陳映真全集

15

1995
|
1996

人間

目次

一九九五年

省籍、統獨都是「假問題」

總評台灣幾個關鍵問題

最近這次大選，特別熱鬧。表面上看來，省籍意識和問題在選戰中特別突出。但我還是以為，省籍矛盾不是台灣社會問題的本質。省籍論是個「假意識」(ideology)，是個假問題。台灣社會的問題，同別的社會一樣，是階級問題，是支配與被支配的結構的問題……這就得從台灣社會結構及其嬗變說起吧。

戰後台灣社會的形成

五十年日本殖民統治期間，台灣農民、工人、市民和中小地主在「台灣文化協會」的旗幟下，結成廣泛的統一戰線，抵抗殖民統治。一九三一年，日本進軍我國東北時，在日本本地、朝鮮和台灣展開對各地政治社會運動的全面鎮壓。因此當一九四五年日本戰敗，台灣島內就沒有本地的社會力量起而解放自己，而是由國民政府來台受降，把當時代表大陸的地主、官僚資產階級和買辦資產階級的國民政府「國家政權」(state)統治權力引申到台灣來。台灣就納入了當時中國「半殖民地／半封建社會」。

到了一九四九年末，國民政府的國家政權，在大陸上一場工農革命中崩潰，流亡來台。這個原被歷史所拋棄的政權，因緣際會，在韓戰勃發，東西冷戰陣勢形成以後，成為美國包圍中共的戰略基地而得以延命，並在反共、國家安全的「大義名分」下，依仗美國在軍事、財政、經濟、外交和政治上的支持，建立了一個高度獨裁的國家政權，人民付出了長期的民主、自由和人權上的嚴重代價。從一九五〇年到一九八〇年代中期，台灣社會遂有這些特點：

(一)被中共打敗潰退來台的國民黨精英，在美國支持下，以權威統治與恐怖獨占了台灣上層中央政、法、軍、特等國家政權上層建築。在省以下，則實施地方國民黨系士紳，經由普選遊戲進行輪莊分贓的「地方自治」。上層中央由外省人國民黨精英獨占，省以下由本地方士紳精英輪替，形成台灣政治的二重構造。

(二)在韓戰之後，由於美國遠東戰略需要，由上而下，由外而內地成立了以反共、國家安全為目標的強有力的蔣氏國家政權。透過這強大的國家政權，美國軍經援助當局和國府經濟官僚，哺育本地人集團大企業和中小企業。外省系國民黨集團沒有著意以國家權力排除本地資本，培養外省系大獨占資本的結果，經過四十年，在兩蔣過世後，造成外省系上層中央勢力全面瓦解，本地台灣資產階級全面獲取政權的今日結果。

(三)當然，一九四五年後，國民黨集團全面將日產基幹產業收為官營企業，但一九五〇後，由於美國的監督干涉，由於反共經濟現代化的需要，這些官業逐漸從中國過去官僚資本的性質脫皮了，而日增其國家公共性。資本剩餘基本上大量挹注於財政和公共工程的投資。李登輝的國家政權成立後，這些「官業」也勢必因新國家政權的性質而改變其性質——私有化而開放給本地資本階級，或大量本地人進入官業上層管理系統。

(四)國民黨和國府「本地化」的內容，還表現在上層中央法政等國家政權的開放化。本省人當上黨政最高領導。中央民意代表論壇開放化，大量地方財團、地方派系直接進入中央民代議事機關。本地財團各有代表在中央政治中為自己的利益代言。傳統國民黨消失。長期威權時代由上而下，由外而內，不經清算和批判(革命或政變)而迎來擬似市民民主時代。但也因為沒有清算批判的手續，金權、黑道、腐敗、利益派系政治變本加厲地延接下來。而所謂「外來政權」早已消失。台獨打「外來政權」，是唐吉訶德打風車。今日台灣，是大的集團資本，以及政(以民代地位聚財而再投資而資本化)、官(以官僚聚財投資而資本化)的「商—政—官」為金字塔頂端的階級社會。這是社會本質。在前五名台灣大集團資本中，「外來」的、「外省」的資本敬陪第五名，是遠東集團的徐家。

因此，所謂省籍矛盾，存在於兩個時期。（一）一九四五到一九五〇，外省系精英獨占中央政治，又以國家名義獨占日人遺留的基幹產業，台灣資產階級在政治、經濟上兩頭落空。（二）一九五〇到八〇年代中期，本地私人資本在資本比率上逐次超過官營資本，集團資本發達，中小企業成為經濟成長的火車頭，卻無法取得中央上層的政治權力，造成經濟基礎和上層（法、政）建築之巨大矛盾。族群的政治矛盾，體現了此基本矛盾的一部分。但在同時期，大量本地人、外省人中產階級崛起，在平等、同一的教養、語言、文化上，泯除了族群差別。

總之，台灣的「族群矛盾」，不同於異民族統治下，種族矛盾與階級矛盾相統一那樣的矛盾。你不能說所有的外省人是統治族群，所有的經濟社會支配階級都是外省人。但日據台灣的情況就完全不同了。所以「外來政權」論、「族群矛盾」論只有一個功能，掩飾台灣社會（階級）矛盾的本質，使階級矛盾逃避了批判與克服的可能。

政治動員口號及其檢驗

你說的不錯。表面上，族群論（「台灣人選台灣人」、「讓×××當選，我們外省人就得跳太平洋」）和統獨論（「金馬撤軍論」對「五通電話論」、「變天論」、「總統的急獨時間表」）的確在這次選舉中，起到了大動員的目的。但我們還是可以在其效果檢驗上，說明族群、統獨是個虛假的問題。

陳水扁的高票中，當然有大量的台獨票和族群票，但他始終堅決不談台獨，只講公共政策，「反對趙少康搞族群矛盾」，肯定為他招來不少外省票。趙少康四十多萬票中，外省族群票，尋找傳統國民黨的票，肯定占多數，但沒有憂心台獨動亂的台灣人中產階級的票，也不會那麼高票落選。選省長，簡直是一次統獨公投了吧。大量本省、外省人，為維持現狀求平安安定計，選擇了非獨（但也不能說選擇了「統一」）。幾度蛋洗新黨，台獨信仰和情感最激進的高雄市，選票卻排拒了台獨可能引起的動亂，讓吳敦義上選了。

總之，維持現狀，不統不獨，是這次全島政治選擇的主旋律吧。這也證實族群（分族群是統獨問題的根源之一）問題其實是現象、表面問題，不是問題的本質。

然而族群、統獨還要在以後幾次大選中繼續吵下去。在面向九七時，選立委、普選總統，是相當於台灣本地資產階級國家政權的形成過程而開放最高政治職位的過程，則台灣整體在跨世紀關口上的未來在何處，成了千萬人民思慮的焦點。台灣和大陸的關係，在今年大選後迅速地被搬上議事曆上來了。

經過這次大選的挫折，公民投票台獨說，不免受到一點挫折。台灣獨立，以「兩國關係」談判台灣與大陸關係，不免空談。於是台獨論轉化為「台灣不是中華人民共和國」論。自二蔣以來，國府和美國一貫說「台灣不是人民共和國的一部分」，即兩個中國，一中一台，也即台獨之意。這是老詞，只不過今天說的，少了「反攻大陸、雪恥復國」，從二蔣立場退卻了半步。然而這也說明族群論的式微，現在要號召人不分外省本省，都要團結起來，抵抗「共匪」之「併吞」。這就是意識形態選擇了。可惜的是這還稍嫌舊了，是冷戰時代的老詞，用在跨世紀的、後冷戰的今日，不免陳舊。

兩套常識

於是有人說台獨黨綱該修了。但也有人說不能修，而且問題不是台獨談得太多，是談得不夠，今後還得多講、常講，才能取得最後勝利。

這就有「兩套常識」的問題。在國際生活上，有一套廣為國際生活所認同的共識：中國（大陸）是個主權國家，是聯合國安理會重要的一員。中國只有一個，台灣是中國的一部分。中國有它一定的政治、經濟的力量。國際生活中，排除中國存在的事實，將使國際生活平添困難……

但是，咱們台灣內部卻有另一套共識：台灣是主權獨立的國家。台灣有雄厚的經濟力，可以依恃這經濟力直闖國際社會，賄買國際生活的通行證。大陸落後、貧困、永無翻身之日，是一群土匪領導的國家。大陸無力攻台，攻台則美日一定插手干涉……

這兩套「共識」差距很大，而且——最近經由地下電台的不斷再生產——正在加速擴大其落差。其實，這也不稀奇。以色列對中東歷史、領土的共識，與廣大回教圈不同；日本的「八紘一宇」、「東亞共榮」與中國人民、南洋人民也沒有共識。但以色列、日本和德國以強大的武力去證明他們的共識之「正確性」。

但台灣內部的共識缺少武力的推論力。這是為什麼《閏八月》可以暢銷二十五萬冊。仔細觀察，《閏八月》不但鼓起移民逃亡保產風，也深刻影響了這次的選舉，諷刺地成了國民黨最強有力的輔選文宣。在沒有「武力的推理」的條件下，這兩套共識的落差越大，危險性就越大。

兩個階級中的兩個構造性矛盾

對了，順便談一談地下電台。反對派資產階級在廣大第三世界法西斯政權中最大的弱點，是無法掌握自己的報紙、電台和電視台。台獨早在八〇年代後半就掌握了幾家日報。今年，它迅速、有效地掌握了自己的電氣（電台）和電子（電視台）傳播工具，進行意識形態的生產與再生產，使上述「兩套共識」快速拉開距離，直接有效而廣泛地動員了自己的民眾。這可是「新生事物」，值得政治學界深入研究。

我們怎麼看三黨呢？用最粗略的階級分析，國民黨是大集團資本，將巨大酬庸資本化的官－政階層、城市地租食利階級的黨。民進黨是中產階級（律師、醫師、會計師……等等）和中小企業資本的黨。新黨從國民黨本土化過程中被「擠壓」而出，代表外省和一部分本省軍、公、教、特、市民等中產階級。在政治意識形態光譜上，同時偏向保守主義。

這樣的階級屬性和意識形態偏向，使這三個黨在面對未來各種急迫問題——台灣戰後資本主義持續發展的策略、與大陸關係等等時，倍顯踟躕難前，極限性和被動性很明顯，不免捉襟見肘。這就使三黨有沒有能力領導「李登輝共和」及其後的台灣的問題，受到質問。

矛盾（一）法、政、意識形態與社會經濟基礎的關係中，後者總是起到最後決定性的作用。台灣社會兩個不同階級中，都存在過兩個不同的構造性矛盾。一個是五〇年代到八〇年代中後的，外省統治精英獨占國家政權，本省經濟精英掌握戰後台灣資本主義經濟的矛盾。這個矛盾，在本地資本不斷擴大，資本額與產值遠遠超過官業資本時，隨二蔣謝世，使台灣本地資產階級快速掌握政權而解決，產生了與本地資本相適應的本地「國家政權」。

矛盾（二）其次是八〇年代中後迄今，台灣戰後資本主義的再生產行程，隨兩岸開放而逐漸重編到以大陸中的中國民族經濟再生產循環，越「陷」越深。但在意識形態上，卻呈現與經濟向心作用完全相反的意識形態離心作用。兩岸經濟關係趨密，但反共、反中共、分離主義論卻甚囂塵上。這是第二個構造性矛盾。目前三黨對於這個構造矛盾，看來都沒有很好的政策。但客觀經濟的需要，即戰後台灣資本主義利率和賡續成長的要求（例如「亞太××中心」計畫），終於要對「國統綱領」、「階段性兩個中國」和「以善意回應、國際空間為轉移」等提出難於抵擋的挑戰。

因此，對於台灣資產階級而言，他們需要一個如李光耀那樣的領導人，而不是為各自基本教義吶喊的領導人。李光耀高度威權主義固不足取，但他作為「新加坡公司」（Singapore Inc.）優秀的總經理的領導方針，和管理方針使新國能屹立於馬來半島而猶賡續發展。

另類的經濟發展

關於我的中國統一論，我已在前年《財訊》（一九九三年三月）訪問中說了。我能補充的，是建立統攝兩岸統一的民族經濟構造。這就要探索一條記取兩岸自己教訓的，也是繼承兩岸優良經驗的，以人為中心的，另類的（alternative）發展。

但除此而外，由兩岸人民共同建構一個未來統一後的政治和社會體制，發展出符合自己具體需要的民主主義，和充分保障社會正義的體制。官僚主義、腐敗、權錢交易、特權……受到制度性之排除。維護環境，保障少數者、婦女、兒童、殘疾者，促進地方的民主與自治……，這些進步主義得以發揚。這就需要兩岸人民共同探討，共同建設了。

初刊一九九五年一月《財訊》第一五四期

十句話[1]

一

在皇民化運動下的「滿洲」和台灣，一些中國人曾經詛咒自己的文化，憎惡自己的血液，為了要把自己的種姓徹底改變為日本人，而囂喊呻吟。今天，日本軍歌在地下電波中四處擴散，八瓣菊花旗彷彿日本皇室的十六瓣菊花旗，在台灣的天空飄揚，日本作家宣揚我們的領袖「在二十二歲前是完全的日本人……」。

這是日帝皇民化運動以來台灣的奇恥和奇變。

親愛的兄弟，制止這狂亂和愚昧吧！

二

受到霸強唆使，聽信外人的邏輯，同一個母親生養的兄弟彼此怨毒，互相詆詈；彼此疑猜，相互交接怒目，而不知以此為世中的至痛，不以此為人倫的大恥。

親愛的兄弟，我們難道不該為此捶胸，淚流滿面……

三

政客們說，台灣是不是中國的領土，要藉公民投票來決定。文學家說，台灣文學不是中國的文學，「台灣話」不是中國話。可敬的學者歌頌日本殖民台灣的歷史，原因是日本統治使台灣脫離了中國……而對於這沸沸揚揚，沒有一個學人秉良識和真理發出駁論。曲學阿世的學風，浪捲袞袞然一世PhD們。

親愛的兄弟，說到見識，我們這卑微的人，怎麼就同那些賢明的人有這麼大的差距！

一九九五年一月

四

許多曾經以反日愛國、宣揚政令為題材寫過成篇累牘的小說的大作家們，今天卻成了台獨文學界的大老和導師；許多在嚴酷的專制時期噤聲不語，甚至做了這樣或者那樣的共犯人的學人；許多在黑暗的歷史時光中寫過社論為獨裁者粉飾，扭曲過事實的大媒體，如今一概不做交代，不表反省，就把自己裝扮成自來民主，自來自由，自來敢言的鬥士和英雄。

哦，親愛的兄弟，這齣醜戲，叫人怎生看得下去？[2]

五

當「台灣人不是中國人！」、「詛咒四十年住這塊土地，吃這塊土地，卻不認同這塊土地的中國人！」、「中國豬，滾回去！」的呼囂響徹校園，響徹社會，響徹遊行示威隊伍時，你懦弱地緘默，以臉上卑怯的笑容掩飾心靈深處的恐懼；你跟著附和句句鞭笞你出生尊嚴的狂言，甚至到電台辱罵你自己的祖鄉和宗姓……啊，你不敢挺身出而為自己的出生保衛起碼的尊嚴，勇敢地同反民族的勢力鬥爭！

親愛的兄弟，很多的時候，抵抗是為了不使對方淪為禽獸，而鬥爭正是為了尋求真誠的團結。

六

漢族往台灣移民的歷史中，有陰慘的暗部。蛇頭苛酷榨取，在大海中謀財害命，在台灣島的近海中棄溺移民，名曰：「種芋」。幸而登岸的「羅漢腳」也立刻陷入先來移民殘暴的主佃關係中，受盡盤剝。幾百年後，這幕大肆魚肉兄弟骨肉的慘劇，在「文明開化」的台灣變本加厲地上演。「大陸客」、「大陸妹」、「偷渡客」、「外勞」這些稱呼，使骨肉兄弟變成了奴隸。非我族類，人可得而壓迫之。非我族類，死了，也不過死了一條野狗。

親愛的兄弟，移民同胞構成的社會，相煎一何太酷！

七

我們嘲笑我們兄弟的菜籃。我們訕弄我們兄弟飯桌上的茶餚。我們仗著金錢姦淫我們的親姊妹。我們以優勢的匯率，輕賤自己兄弟家中的物質，連帶輕賤了自己的兄弟。而我們的兄弟也難忍對露白之財的飢餓與嫉怒，對我們施訛詐，放火燒船，犯下駭人的謀殺。

啊，親愛的兄弟，讓我們一道去照看鏡中的自己，凝視醜惡中的醜惡，而後放聲慟哭吧！

八

鴉片戰爭以後，中國淪入了長期的羞恥、內戰和外患；陷入了無邊的貧困、愚昧、疾病和破滅。但祖國兩岸的兒女，偏偏投向那無涯的黑暗，為了救亡，破碎自己，義無反顧。今天，當兩岸中國開始有自己不可侵侮的國防，開始有自己獨立的海關；開始被世界看成冉冉上升的明日大國，卻反而同族相謾、相仇、相惡，在別人的宴席上，對別人諂笑，對自己怒目。

親愛的兄弟，你倒是評說評說，這究竟是什麼道理！

九

民族主義成了罵人的骯髒話。人們組織「第五十一俱樂部」，公然要爭取台灣成為美國的第五十一州。分離運動的一位大領袖，一下飛機就說：「要統一，怎麼去找一個貧窮又沒衛生的中國？要統一，也要找個像美國那樣的大國去統一。」一位「研習歷史學二十二年」的學者說，要高舉台灣人在日本殖民政府下當了五十年日本人的歷史事實，證明台灣早已「日本化」，不是中國人。

親愛的兄弟，沒多久以前，「膺懲暴支」、「八紘一宇」、「大東亞共榮」的吶喊，曾經震撼日本支配下的滿蒙、台灣和太平洋；納粹的「亞利安人是上天選民」、「猶太惡魔應當滅絕」、「向希特勒致敬！」的呼嘯，使歐洲顫抖。然則，而今安在？

十

啊，中國，永恆的母親！

但願您的兒女不以為奴驕人。但願長期分離的兄弟彼此流淚擁抱，泯除一切恩仇，交杯共飲骨肉的血酒。但願文士不曲學以阿世，政客不向內外的權力諂笑。但願您的稚兒不以出生相歧視，不因出生受威暴……

是的，中國，永恆的母親！

但願您的兒女在前進的途程中，[3]永遠不忘記高擎著正直、公義、和平與團結的火炬，抵擋惡人，扶持弱小……

初刊一九九五年一月爾雅出版社《備忘手記》（隱地編）
收入二〇〇四年九月洪範書店《陳映真散文集1．父親》

1 本文依據初刊本、參酌洪範版校訂。
2 「叫人怎生看得下去？」，洪範版為「什麼時候才收場呦！」。
3 洪範版此處有「像受苦的孩子那樣，」八字。

民族的母儀

一九七五年，我從一個流放的離島回到台灣，好奇地張望著睽隔七年有餘的文化界，高信疆的存在，迅速吸引了我的注意。

在政治上仍然相當嚴苛的當時，高信疆把各報素來只聊備一格的、溫柔恭讓的副刊，辦成了各種文化、思想、文學風雲的中心。他編出來的《人間副刊》全版，每天都牽動著台灣知識分子讀者的思想和感情，讓他們對廣泛的文化議題張開了激動的眼睛，讓沉滯不敢思想和瞻望的心靈情不自禁地開始探索、沉思和創造。

但也得到一九八七年信疆慨允我的力請，來物質條件拮据的《人間》雜誌主持總編的工作，我們才有朝夕相處共事的機會，而我也才對信疆有了比較深刻的認識。

他不以得人信寵而營私。非分的物財，一介不取。他對年齡、才德和學問上的長者，謙恭敬謹，即使與人語及自己的兄長，也若語及尊親。……而凡此，都不是來自道德意識的強制，而出自秉性自然的流露。

及至相談逾深，又發現早在他青少年時代起，他的胸膺中就一直熊熊地燃燒著對於中國的炙熱、深沉的情懷。

起初以為這是信疆個人獨特個性的發露。但逐漸地，我才知道他的家族歷史給予他巨大的影響。而他的家世的傳承，卻鮮活地、實踐地體現在一位獨特無二的母親——高冀惠生女史的生涯，在高信疆（和他的幾位兄長）的成長過程中發揮了深刻的影響。

信疆的父親高立德先生和母親高冀惠生女史一道，從年輕的時候就在遼闊的關外和大西北，從事農業技術推廣、農村經濟建設和農村教育、文化工作的推展。他教導貧困的中國農民種蔬菜、果樹，撲滅蝗蟲，墾荒開地，在黃河兩岸廣造森林，甚至投身於黃河水患災民的救助與重建。學醫的母親和學農的父親，懷抱著一份熱愛祖國、熱愛人民的熱情，每天不知疲倦地工作，贏得廣大中國農民的愛戴。一九四四年，高立德先生在一場車禍中猝然喪生。這以後，年輕新寡的母親，以無比的生命力和堅強的意志，擔負起獨力扶養四男一女的沉重責任，嘗盡了寡母孤兒在那一代亂世中所有的冷暖艱辛。但紛致沓來的苦難，卻絲毫不曾挫折高冀惠生女史崇高、堅毅而鷹揚開闊的品格。自己極度拮据的生活，沒有讓她對周遭任何一個微弱困阨的人失去關懷，縮回同情和援助之手。現實生活的艱難，不曾減損她對亡夫半生志業的尊榮感與自豪；沒有奪去她朗朗的笑聲；沒有讓她對人倫、尊嚴和教養的價值失卻信心。

正式透過這樣的母親，信疆——連同他的兄姊們——認識了祖國，認識了人民，認識了生活，也認識了這祖國與人民的歷史和文化。信疆在無數的場合中所說「母親是我生命的支柱」，就不只是一句泛泛孺慕的話了。

在人類漫長的歷史中，初初結成家庭之時，母性除了孕育，養成民族的幼兒，以附帶著讓民族的幼小者認識部族、認識生活、認識勞動，同時更認識到自己——對那不斷地與嚴酷的大自然鬥爭以維生的，部族共同體之嚴肅責任的職能。後來，隨著私有財產制度的登場，家庭、家族體制經歷了數度深刻的變化，女性和母性的地位與角色，自然也經歷了根本性的變動。但在民族和社會危機深重的時代，「民族母性」的職能，仍然在個別或集體的母親身上體現出來，發揮深遠而貴重的影響。像高冀惠生這樣的母親，就是個鮮活的例子。

一個在婦女雜誌提供的各種幻影中成長，在千萬種消費商品的汪洋大海中生活和思想，在與歷史、民眾隔絕的小木屋中編織夢想的母性，與在祖國的關外和大西北為民族的賡續發展，為搶救受災黎民，為在粗礪的醫療條件下拯救危篤的病人……，而日以繼夜地奔波的母性，當然不能相提並論了。

高冀惠生女史以九十高齡，依大自然的法則，與世長辭了。但哀思之餘，我不願意高家兄弟不知道他們的「幸運」。作為民族的母性，高冀惠生女史留給高家昆仲的，是十分珍貴而豐富有力的遺產。怎樣讓這遺產再度在高家第二代諸英傑的事業中發揮指導、前進的作用，為振興中華再做貢獻，也許是紀念這偉大的民族母儀最好的方式吧。

初刊一九九五年一月二十三日《中國時報．人間副刊》第三十九版

回應三好將夫1

三好(Miyoshi)教授的論文先就今日跨國企業(TNC)在廣泛的人類生活中所起的深刻影響做了分析，接著他思考了幾個抵抗TNC支配和影響的可能途徑，最後，三好教授對於世界性企業體系中之一環的大學，思考了大學作為一個抵抗的場域(site)的可能性。

這是富於啟發、深刻而饒有興趣的論文。

作為對這篇傑出論文的回應，我想就TNC對戰後台灣的深遠影響，也說一說台灣的大學和抵抗的問題。

一、台灣：TNC所塑造的「State」

一八九五年，台灣不是以一個獨立的民族和國家而淪為日本的殖民地。它是作為中國的一省而被割讓給日本。因此，當日本在一九四五年戰敗，台灣不是獨立復國，而是歸還給中國，作為它的一省。

一九四九年底，ＫＭＴ政府在大陸國共內戰中敗退台灣。一九五〇年，韓戰爆發，美國決定恢復四〇年代以來塑造一個親美、非共、與共產中國分離的台灣之政策，以巨大的軍援、經援、政治和外交支持，由上而下、由外而內地確立了高度獨裁的state。然後，再以這美國手造的state與美國ＴＮＣ資本形成雙邊聯盟（duo alliance），在一個因為五十年殖民地歷史而使本地國民經濟殘破、本地民族資本與民族資產階級極度荒廢的台灣，在一個反共・Bonapartist state與ＴＮＣ資本推動台灣戰後資本主義的建設。

美國ＴＮＣ資本塑造了在台灣的KMT state，ＴＮＣ資本再與它所手造的KMT state聯手開展反共富國強兵的台灣資本主義。

這過程，和先進國中資本跨國化以後，脫離nation state的限制造成各種問題有本質的不同。ＴＮＣ對台灣、韓國等NIEs的支配性影響，更為深遠。

二、TNC和台灣的獨裁性經濟發展

一九五〇年韓戰勃發。美國武裝干涉中國海峽。從一九五〇年到一九五三年，在美國默許和支持下，KMT當局在台灣進行了廣泛、殘酷的witch purge，把大約四千人送上刑場，六千—八千人判處十年到無期徒刑監禁。同一段時間中，美國以強大軍經援助支持和確立了風雨飄搖中的蔣介石反共Bonapartist state，協助展開著名的農地改革，協助台灣發展以紡織工業為主的進口替代工業，促成日本對台灣貸款和恢復日台間貿易。

美國TNC資本以援助的形式獨占性地侵入台灣。而witch hunt和蔣氏獨裁體制，正是為美國TNC資本預備了「良好」「有利」的投資環境（investment climate）。一九六五年，美援中止，美TNC資本在TNC所設計的《獎勵投資條例》下，長驅直入，在沒有工會，充滿白色恐怖的台灣馳騁。

Witch hunt不僅僅殺了幾千人，監禁了幾千人。更為重要的，是毀滅了台灣自日據殖民地時代以來一個本土的radical tradition。台灣共產黨（實稱為「日本共產黨台灣民族支部」）於一九二八年創建於上海，隨即遷入島內。一九三一年日本進軍滿州，台共被完全鎮壓。以台共為核心，假借後期「台灣文化協會」形式，結成廣泛的反日統一戰線，展開了活潑的反帝鬥爭。一九四六年，中共「台灣省工作委員會」來台發展，在四七年二月蜂起後迅速發展。韓戰確定了大陸和台灣的長期分斷，從而使中共在台灣地下的發展枯竭而終至在purge中毀滅。台共和中共的傳統之毀滅，不只是人和組織的破壞，而是在血泊中凝煉的台灣左翼哲學、社會科學、文學藝術論述（discourses）的毀滅，但皆對於以美國為首的TNC資本在台灣的擴張，大有助益。

三、台灣的大學和TNC

在殖民地時代，台灣最高等的教育機關，先是總督府醫學專門學校。後來醫專成為「台北帝國大學」的醫學院。以台北帝大為頂點，配合幾個商業和師範高等專校，成為殖民地極少數最高學府。在殖民地歧視政策下，絕大多數台灣青年無緣就學。

一九四五年台灣光復後，KMT增設了多所大專。一九四六年以後，中共的學生工作快速展開，一九五〇年以後，大量台灣大學、師範學院和其他院校生在purge運動中大量被捕被殺。其中有許多是從日本精英大學如東大、京都大、明治大、早稻田大畢業回台的青年。他們唱著日語的〈國際歌〉命斷刑場。

一九五〇年開始為期三、四年的purge過後，台灣的大學沉寂化。美國高等教育的強大影響接踵而至。

一直到今天，美國大學院校的教科書直接成為台灣學生的教科書。殖民地日本的日本語轉換成半生不熟的英語。位於台北、台中、高雄的美國新聞處吸引大量的青年學生。美國各大學當時優渥的獎學金促動下的留學潮，吸引了大量學生。美台大學、機關間的人員交流培訓等等，長期下來，為台灣造就了大量美國製造的PhDs和masters，廣泛占有台灣朝野政治、經濟、軍事、教育、財政、商業和文化諸領域的領導地位。今日KMT政權的精英首長擁有美國高教育學者比率高達八十%以上。

親美、西方中心、在思想學術上偏向保守主義和自由主義的、受過完整美國高等教育精英，一直是美國在台各種機關、公司、研究室豐富的人力資源。他們極少人具有批判美國、日本、批評TNC、批判新殖民主義的視野，他們是台灣長期來成為政治、思想和情感上深度附庸美國的colaborating elites。自從一九四六年台灣學生為了擴及全中國的抗議美軍強姦北大女生沈崇，在台北聚集了一萬個各級學生高喊「美國佬滾回去！」、「中華兒女不可侮！」以後，從五〇年代、六〇年代、七〇年代……以迄於今日，台灣的校園從來不曾聽過「Yankee Go Home!」，而與其他第三世界校園形成強烈對比。

四、Deformed Resistance

像ＴＮＣ的產品在西方市場的life cycle終止時，轉到亞洲市場成為新寵。西方的思想、學說、文藝理論……以一定的時間差到台灣來循環。一九五〇年代台灣從ＵＳＩＳ[2]傳播美國的現代主義、超現實主義文藝理論一直到七〇年代，獨占文壇而不衰。在政治上，美國的代議政治、自由主義、民主制度，長期受到台灣自由主義知識分子的崇拜。「現代化」理論而不是依附理論在台灣廣受討論。當越戰遭到廣泛的批評，台灣的知識界不聞不問，堅持越戰是美國捍衛「自由越南」的正義之戰。一直到八〇年代，才有一點點批判知識的聲音。

但諷刺的是，這些「左」的、「激進」的理論、學說、terminology也完全是進口貨，批判的discourses不免會流於觀念的遊戲和鸚鵡學語。從一九二八年到一九五三年，台灣歷史中本地左派的各種議題（agendas and discourses），例如無產階級文化運動、台灣資本主義論爭和台灣社會性質論絲毫未被吸收與繼承。因此批判的討論，也不能不流於空泛。

語言也是一個問題。很多原有的漢譯被擱置一邊，而出現許多新的譯語。例如nation由民族而改為「國族」，諸如此類，不一而足。事實上，許多批判的知識分子使用英文去思考時覺得比用自己的母語還要「容易」溝通。

Nevertheless，抵抗global economic system，抵抗新殖民主義，抵抗島內某種法西斯・反共的hysteria，面向第三世界……在這一年多以來，是一個發展中的趨勢，至本會議而逾為鮮明。但由於台灣獨特的戰後史的制約，在台灣的抵抗，不能不是一種deformed resistance，有待人們更認真嚴肅地去加以克服。

玉璽兄：

這兒有個conference，我被派對Miyoshi, Masao的論文做回應。會議是英文進行，所以只好請您為我英譯，讓我照稿念。我發言時間是一月十六日下午3:30，希望在十六日上午見到你傳來英文稿。你的英文甚好，無論如何，拜託你了，or 9 am a deal now！

約作於一九九五年一月

本文依據手稿校訂

1 本文按手稿校訂，稿面無標題，此處篇題為編輯所加。手稿未標註寫作時間與刊載處。依據篇末附語，本篇應為作者於「Trajectories II: A New Internationalist Cultural Studies Conference」回應三好將夫教授的發言稿。會議時間：一九九五年一月；主辦：清華大學亞太／文化研究室、清華大學文學所；地點：清華大學。

2 即美國新聞處（United States Information Agency）。

台獨批判的若干理論問題

對陳昭瑛〈論台灣的本土化運動〉之回應[1]

十幾年來，島內台獨運動有巨大的發展。到了今日，它已經儼然成為一種支配性的意識形態；一種不折不扣的意識形態霸權。在學術界、中研院和高等教育領域，台獨派學者、教授、研究生和言論人，獨占各種講壇、學術會議、教育宣傳和言論陣地。而滔滔士林，緘默退避者、曲學以阿世者、諂笑投機者不乏其人。

在這樣的大背景中，讀陳昭瑛的〈論台灣的本土化運動：一個文化史的考察〉，心情不免激動。

在另外一方面，從一九九四年開始，年輕的學者已經開始對台獨派的論述霸權提出了挑戰。就我所知，《島嶼邊緣》雜誌的陳光興，在第十七期的《台灣社會研究季刊》上發表了〈帝國之眼：次帝國與國族國家的文化想像〉（一九九四年七月），針對楊照的〈從中國邊陲到南洋的中心：一段被忽略的歷史〉（一九九四年三月二一四日《中國時報．人間副刊》）批判了後者的南進論，並且進一步提出台灣資本主義「南進」的「次帝國主義」性質。一九九四年十二月，同季刊社舉辦了創社十週年學術討論會，會中出現針對性強烈的批判台獨政治、經濟、文學論述的論文多篇。對於知識、理論和邏輯粗疏，卻充滿法西斯獨斷和基本教義熱狂的台獨派諸論述，年輕的、前進的學界正開始批判的、比較科學的質問。敏銳的人們預感到一場論戰的風雨欲來，引人關切。

陳昭瑛這篇〈論台灣的本土化運動〉論文的成績和貢獻，是顯而易見的。對我來說，陳昭瑛論文的貢獻，可以大分為理論知識和治學論議的風格兩個方面。先說理論知識方面比較大的，富於啟發的方面。

首先，陳昭瑛從辯證的觀點提出台獨意識是「台灣意識的異化」，是台灣意識所衍生的對立物。因此，陳昭瑛又提出了民族統一的主張「就應該是一種對異化的克服」。韓國社會科學界也有「分斷克服」的話。「分斷克服」，就是克服民族分裂的意思，指謂這些廣泛而深刻的實踐內容：研究韓國資本主義的性質；探討韓國「社會構成體」的實質；從而認識壓迫性國家與民族分裂的本質，又進一步探求南北統一的社會、經濟和政治結構，科學地展望民族統一的歷史。陳昭瑛雖未深入申論，也令人想到台獨的克服，便是民族統一這個原則性，與照顧台灣歷史過程中具體的特殊性這個靈活性的統一，這就為台獨批判論和民族團結論留下豐富的思想理論空間去發展，而不機械地把統獨看成毫無關聯，彼此對立的東西看待。當然，有關「台獨意識」是不是「中國意識」的「異化」，我個人則有完全不同的意見。在下文加以申論。但以辯證的邏輯看待「統─獨」，是一個富於啟發的視角。

其次，陳昭瑛看出了日據時代台灣左翼抵抗運動，對「本土」和「台灣」的概念有民族與階級這雙重視野。在人類歷史進入帝國主義世界體系的時代，不但要看到民族分劃成支配者與被支配者不同地位的民族，也要看到民族的階級內容，看到階級在民族內和跨民族間的同盟與鬥爭。關於民族形成的理論，又要能分別因漫長歷史和璀璨文明所凝成的古典的民族——例如埃及與中國，和與資本主義生成過程中因商品、市場、強有力的中央政府、國家政權的登場而形成的現代資產階級民族，以及在帝國主義下，各種前資本主義社會被強制編入邊陲部資本主義過程的抵抗，即對帝國主義民族主義的反帝民族、民主鬥爭而形成的民族主義。陳昭瑛提示了人們，在台灣自有從民族與階級關係的視野去實踐，保衛種性，反對同化，反對自己民族中的買辦資產階級的各式各樣的「本土化」運動的珍貴傳統，並且為台獨民族論之批判開展了重要的視界。

第三，陳昭瑛具體分別了台獨論的本土主義和台灣的左翼在戰前戰後提起的本土主義有本質上的不同，即前者的親帝國主義的、反民族解放的、反中國即反民族的性格，與後者之反帝的、民族解放的、民族主義即中國指向的性質。這種不同，顯示了在帝國主義體系下現當代世界史中，對於中心部資本主義獨占體與邊陲部民族解放運動對立構造中，台獨與台灣左翼傳統不同的自我定位，自然也顯示了在帝國主義體系下，台灣各階級與世界體系諸階級間不同的階級聯盟與鬥爭中的立場。

陳昭瑛以上的論證，雖然在細部上仍然有不少可以進一步探討的理論與邏輯上的問題，但人們也應看見陳昭瑛在反台獨、民族統一的理論發展上，有一定的成績，而且也應該把這些成績看成主要的方面。其次，在陳昭瑛論述的風格上，我們有這兩點體會：

首先是陳昭瑛在台灣的歷史發展中高度意識地也將焦點放在台灣少數民族人民問題上。一九四六年後中共台灣省工作委員會，就由當時台灣少數民族的英華組成「台灣蓬萊民族解放同盟」，並且在一九四九年底美蔣聯手展開的血腥肅清中潰滅。少數民族領袖命喪刑場，或長期監禁。這是一九三〇年霧社事件以來，台灣少數民族自求解放的運動以來第二次遭到慘酷徹底的鎮壓。

在探索對台灣社會和歷史的自我認識過程中，批判漢族中心的史觀，看見漢族移墾過程中對台灣少數民族的支配和掠奪的歷史，看到一九三〇年霧社蜂起中少數民族在斷行堅強的武裝反日帝鬥爭的先進性和漢族當時相對落後性，也要看見一九四六年後，前進的漢人與少數民族在四七年二月蜂起，及以後新民主主義變革運動中相互合作、支援並同遭美蔣反共冷戰暴力摧毀的歷史，當然也要看到戰後台灣資本主義發展過程中，台灣少數民族在勞動（男性）與身體（女性）慘遭商品化，全民族趨於被「同化」而滅絕的過程。

另外，少數民族問題的提起，在今後台獨批判和民族統一論的發展中極關重要。沒有從這個歷史反省中出發，就會在這個問題上造成大漢族主義的錯誤，從而也就會在反對地方分離主義的鬥爭中失去道德與理論的正當性。

最後，陳昭瑛論文在凝視台灣本土論的發展進程中，於批判台獨論之餘，也不憚於對左翼統派中一般與個人所犯的錯誤，提出嚴厲的批判。在這批判的背後，顯現了對於被歪曲的歷史中形成的「台灣意識」或台灣中心的思想感情一份深厚的同情。這當然也提出了台獨批判問題中的團結與鬥爭的分際問題，但更其重要的，是陳昭瑛在文章中所體現的、陣營內部自我批評和相互批評的嚴肅態度。這是令人欽佩的態度。在往後反台獨的理論鬥爭中，應該還要加以普及和發揚。

同所有的學術論文一樣，陳昭瑛的論文，當然也有不少啟發了讀者去做進一層探討的地方。以下提起的幾個問題點，是從這幾個原則出發的，即：(一)不取學院式討論那樣，流於炫示所學，排比書目的態度，而是回應陳昭瑛在台獨批判上內部的切磋與反省的基本態度，進行檢點，目的在端正態度，提高理論的水平；(二)因此，不在細微末節的問題上推敲，而在比較大的問題上，試著做比較科學性的、系統性的補充和展開。

一、關於台灣本土運動的「三階段」論問題

陳昭瑛把「台灣本土化運動」分成「反日時期」、「反西方（美國）時期」和「反中國時期」。在前兩個時期，陳昭瑛準確地提出同時期台灣本土化運動的本質，是在於以中國民族主義的基本立場，反對不同歷史時期中日本和美國（為首的）帝國主義，表現為第一期的反對日本帝國主義，反對同化，保衛民族語言、文字、文學和文化，反對和日帝勾結的台灣地主、士紳等半封建勢力；以及表現為第二期的反對戰後以美帝國主義為中心的「西方」對台灣經濟、政治與文化的支配，表現為在七〇年代新詩論爭、鄉土文學論爭中提出了以中國民族意識為主軸的民族文學（民族的）和民眾文學（階級的）的旗號。

緊接著，陳昭瑛把一九八〇年代以後的「台灣本土化運動」規定為「反中國」階段，把台獨「本土化」論辯證地理解為「中國意識的異化」，並且在分析台獨的「台灣主體性」論時，揭發了台獨的親帝國主義、反中國，從而反「本土」的本質。

但是，把普遍歷史中反對帝國主義支配民族對殖民地、半殖民地被支配民族的同化政策、反對消滅土著民族文化的形形色色的「本土化」運動，和作為其反動的、仇視的和否認自己原有的中華文化，嚮往中心國家即帝國主義文化的台獨主張「本土化」論相提並論，並在「文化史」上

列為先後分期，等量齊觀，在理論上怕就不無瑕疵了。

把握台灣物質的和精神的歷史真實，如同把握一切殖民地、半殖民地以及新殖民地歷史那樣，不僅要從當地、內部去分析，也要從全球的，即世界體系的、外部角度去理解，才能更好地掌握問題的全面和根柢所在。

十九世紀中葉以後，西方中心國家的資本開始逐步跨越民族國家的疆界，向外擴張，世界迎來了帝國主義的時代。台灣和中國大陸本部同時在羞辱的鴉片戰爭中被迫開港，同時被中心部資本主義吸納為它的邊陲部社會，而推向現代世界。海峽兩岸進入了半封建、半殖民地的社會階段。一八九五年，台灣割日，進一步變成殖民地半封建社會。日本帝國主義對台灣進行了一系列殖民地化改造，以帝國主義國家權力掖助日本獨占體以糖業資本的形式全面掠奪台灣的剩餘，使土著資本附庸化，並局限在土地資本範圍；台灣作為日本帝國主義的邊陲部資本主義社會構成體成立，形成由日本獨占資本和台灣親日派大資產階級（辜、林、陳、顏）與廣泛農民與工人、中小地主、小資產階級相持對立的社會。其中尤以「農民組合」旗下農民的抵抗，最為壯烈。

台灣的「殖民地半封建社會」和大陸的「半殖民地半封建社會」，差別只在台灣是一個由日本總督府直接進行殖民地統治的社會。從帝國主義作為全球性體系的時代看，當時兩岸社會都受到帝國主義獨占體及其在地的、與之合作的精英，即半封建的大地主士紳階級的壓迫，因此兩岸社會都以反對帝國主義與反對封建主義的民族民主運動，進行解放鬥爭。兩地社會性質近似，都在帝國主義下被壓迫的殖民地範疇，因而民族解放運動的性質也相同相似。

然而，更重要的是，台灣的殖民地化，是作為中國之一個肢體而割讓出去的殖民地。在歷史上，台灣從來不曾獨立建國、與祖國分立過。陳昭瑛所說明鄭據台，是明清兩個王朝相繼的過渡，鄭成功是懷著「復明」回到中原的職志而不是與中原分立的職志據台的。至於唐景崧的台灣共和國，則志在復歸中國，這是陳昭瑛也十分明白的。台灣的先住民，一直到荷據、鄭據乃至清代，都還停留在原始社會部落共同體的晚期（只有排灣族之一小支呈現擬似奴隸社會極早的萌芽現象）階段，當然還不曾建立現代國家。鴉片戰爭前，台灣漢族社會具體地是中國大陸封建社會的翻版與延長，歷經了荷據重商主義殖民地封建社會，明鄭藩鎮封建社會。鴉片戰爭之後，台灣與大陸同時被迫開港，也和大陸同時淪為半殖民地、半封建社會，成為中國半殖民地半封建社會的組成部分。迨甲午戰後，台灣被迫割讓與日本。因此，她不是以一個獨立的社會，更不是以獨立的國家與民族被殖民地化，像朝鮮、印度和三大洲上無數殖民地那樣。也因此，她和其他殖民地另一個不同，也就在於她不曾亡「國」，而隔海遙企著一個殘破半殖民地化了的、具體存在的祖國。這是殖民地台灣和世界上當時許多殖民地不同的重要歷史特質。

這個特質影響深遠，規定了嗣後殖民地台灣的民族解放鬥爭的本質，迥異於其他殖民地的民族解放運動。後者要打倒帝國主義，恢復國家獨立，民族解放。而殖民地台灣的民族解放運動，因上述特點而和半殖民地、半封建的祖國的民族解放運動有著千絲萬縷的關聯，顯示強大的「中國指向性」。台共(一九二八年—一九三一年，全稱「日共台灣民族支部」)的成立，在第三國際下，受到中國黨的無私、熱情的協助。它的民族綱領確有過「台灣獨立」的口號，但黨人蘇新指出，「獨立」主要指從日帝獨立。而沒有提復歸中國，除了第三國際當時的民族綱領外，還因為中共尚在幼年期，更不能提出復歸台灣予當時國府下的中國云云。蘇新並且指出，台共黨人心繫祖國的證據，還表現在一九三一年綱領中，已無台灣獨立的口號。一九四七年以後，舊台共著名人物謝雪紅、蘇新、王萬得等人先後參加中共，不但沒有人另組獨立的台共或歸籍日共，或參與一九四〇年代初以降，美帝扶持的台獨運動，而且最早地，迭次在香港發表反對台灣託管、台灣獨立的嚴正聲明，其中史實和文獻具在，足可稽徵。

另外，相對比較右翼的民族運動家蔣渭水的民眾黨，直接受到中國國民革命的影響，並且與國民黨聯俄容共的過程相應地左傾化，也是人所共知的事。

因此，在世界進入帝國主義時代，即支配民族與被支配民族的矛盾成為主要矛盾的時代，加上台灣作為從中國割讓出去的殖民地化這個歷史特徵，規定了台灣民族解放運動的反帝、反封建和中國復歸的特質。在這特質的影響下，台灣話文運動、白話文運動、台灣文學的白話文實踐，在在反映了台灣反帝民族運動的反殖民、反同化、堅持種性（中國的種性）的性質。陳昭瑛所說「第一階段」台灣「本土運動」，正是在這世界現代史框架下，以日帝為鬥爭與解放的針對面，以中華中國為歸宿的根源所在。因此，陳昭瑛所說台灣淪為日帝殖民地後，斷了祖國的臍帶，「台灣人逐漸養成了以台灣為中心去思考」事物，就不是事實了。相反，在日據台灣史上，台灣人寄託自己的解放於祖國中國的解放，中國的資產階級革命、五四運動、白話文運動、北伐，乃至抗日，乃至中國的新民主主義革命皆如何牽動著台灣民族解放運動的思想和行動，史料斑斑，至為明顯。而日本總督府所編《台灣警察沿革誌》的編者埋怨台灣改隸至一九三一年以前台灣廣泛的抵抗運動，莫不根源於台灣人民「根深柢固的漢民族意識」。一九四六年出版蕭友山的《台灣解放運動之回顧》一書中也說：「台灣與福建廣東一衣帶水，交往頻繁，風俗、習慣、語言、信仰與大陸無異。且以大陸為父祖墳墓之地，思思慕慕，以中國為祖國……而此民族意識，在抗日運動中扮演了重要角色。」更可佐證。

那麼，怎樣理解陳昭瑛所說台灣本土運動的「第二階段」，即「反美」、「反西方」的階段呢？

一九三一年，台灣左翼民族解放運動在日帝全面鎮壓中潰滅。台共黨人或在大檢舉中入獄；或逃亡大陸，進而參加中國革命，或在台灣沉潛地下。一九四五年日本投降，台灣光復。

而正因為台灣是割讓自中國的殖民地，光復的形式，不是殖民地的獨立建國，而是復歸中國。人民當時舊中國的不是起來獨立建國，而是迎接復歸中國的安排。

復歸中國的台灣，迅即編入當時舊中國的半殖民地、半封建社會，和當時四億中國人民同受代表舊的中國大地主、官僚資本和買辦資本的國府之統治。全中國範圍的階級鬥爭，以國共內戰的形式在戰後迅速擴大。一九四六年，中共省工委來台，經過突發事件二二八慘案的試煉，在台灣工農、市民和知識分子中擴大組織。

一九四七年八月以後，以謝雪紅為首的一部分從舊台共重編到中共省工委的台籍黨人，在二月事件後脫逃香港便迭次發表高舉台灣的民主自治、堅決反對美帝國主義、反對台灣「託管」和「台灣獨立」的宣言和聲明，表現了台灣在反蔣變革運動中鮮明的中國認同和反美帝、「反西方」的歷史特質。

一九四七年九月到一九四九年，《新生報．橋》副刊上展開了「台灣新現實主義文學」的論爭，主張台灣文學服從當時大陸的革命形勢。

一九四九年末到一九五二年，台灣的國府，在冷戰結構的形成過程中，在美帝國主義的默許下，展開了廣泛的恐怖肅清。日據以來，具有中國指向的反帝民族解放運動之組織的、歷史的、人的、社會科學的、哲學的以及文學藝術理論的一切遺產和傳統，付諸一炬，毀於一旦。

一九五〇年韓戰之後，美帝國主義霸權在全球範圍內確立，並且因兩陣營對立的需要，形成帝國主義間、帝國主義與新殖民地精英間，以及各新殖民地精英間的階級同盟。跨國資本的登場，使大跨國企業超出了民族國家的疆界，使國家成為跨國企業的工具。帝國主義間的矛盾因一致反共反蘇而一時緩和，一種「超帝國主義」的時代來臨。

正是在這背景下，在恐怖肅清的血腥中，美帝在台灣炮製了一個反共、軍事性波拿帕國家，編入包圍中國的大陸軍事基地鏈鎖之中，在「獨裁下的經濟成長」中，台灣戰後資本主義依附地、畸形地發展。在意識形態領域，反共、法西斯、親美、「自由主義」——乃至反中國的意識形態取得支配地位。台灣在遼闊第三世界中，成了罕見的、白色的荒蕪之地。

一九六〇年代末，以美國社會為中心，在先進資本主義社會展開了學生、知識分子（沒有工農參與的）左的反省運動。反對越戰，反對資產階級獨占的教育體制，反對對於黑種人民的歧視，反對美帝國主義，要求重新認識中國、古巴和越南的革命……這些反省運動，影響了來自港澳台在北美的留學生和知識分子。一九七〇年，保釣運動勃發，旋即在左右分裂後，其左翼向中國認同運動和統一運動飛躍。

這是兩岸冷戰分裂以來第一個認同社會主義中國的民族統一運動，有重要意義。

而這保釣運動的左翼，重新在台灣點燃熄滅了二十年的民族解放運動的燈火，提出了反對美帝國主義，反對以美帝為核心的西方文化與意識形態的支配，提出了社會經濟上關心工人和農民，在文學上提出民眾文學和民族文學的口號……這些為五〇年以後冷戰意識形態所不容的思想，成為七〇年代台灣「本土」論的重要內容。

從上述的歷史過程看來，陳昭瑛所稱台灣本土文化運動的「第一期」，是以日本殖民地台灣為其背景，而有「反日」內容；而所稱第二期，則以島內的國共內戰（即白色恐怖一九四六年—一九五二年）和保釣運動（一九七〇年到鄉土文學論戰「結束」的一九七八年）為其背景。那麼，以之分別以「第一期」、「第二期」而相提並論，在反對老、新帝國主義，反對帝國主義意識形態霸權的支配（反同化），堅持自己（中國的）民族文化上，有共通性，是可以言而成理的。這裡也要不憚於強調，一九四七、一九四八年以降「台灣民主自治同盟」系統最早而意義重大的反美帝、反託管、反台獨的宣示，受到了包括陳昭瑛這樣用心的大多數學者所忽視的現實。

然而，與上兩個「時期」在本質上完全對立的，即反中國、反民族解放、親帝國主義的，以中國、中國民族、中國文化為對立面的台獨派「本土論」，怎能相提並論而為台灣本土論的「第三期」呢？

二、是「異化」還是「否定的挫折」？

這就聯繫到陳昭瑛對「異化」的理解了。我對異化的理解，則略有不同。陳昭瑛說，黑格爾認為「一個實體在發展的過程中，從本身發展出一個異於自己，並與自己對立的實體。這一實體若同時意識到自己獨立存在，便是一主體」。由於欠學，我不知道所引典出何處。但光就所引看來，這概念更像是辯證法中「否定之否定律」的第一個否定階段，即事物內部互相矛盾的兩個方面，經由鬥爭，使事物向自己的對立方面發展與轉化，由肯定走向否定，由「正」向「反」發展。在帝國主義、殖民主義條件下，帝國主義的支配和同化方面，與被殖民人民的抵抗與反同化（本土化）方面，同時以相互矛盾的性質存在，互相鬥爭，而後者逐步發展為一個與帝國主義獨占體相頡頏的、新生的力量。台獨意識是在反共肅清、戒嚴權威體制、美帝干涉下，中國意識挫折條件中，發展壯大，與中國意識互相矛盾又互相聯繫地相持存在。

但是按照黑格爾的說法，「異化」指人的精神通過其創造物，把自己的一部分「轉讓」給了外部世界，即客觀的世界，而「外化」成為自己相異的東西（《精神現象學》）。而所謂「轉讓」便是「異化」這個詞多層意義中之一。黑格爾激進的學生費爾巴哈說，人創造了神（宗教）卻讓這神回頭宰制了人，即自己手造之物，成為自己的異己物，受其支配，來說明「異化」的概念。馬克思則進一步從私有財產的形成與勞動過程的變化，看到了勞動的異化，即人的勞動所產，在私有制和勞動過程的細分化（例如「福特主義」生產帶體制）、無意義化而成了支配、宰制勞動者的異己物。

但不論如何，異化論有兩個重要關鍵。一是自動的「創造」或「生產」的過程。黑格爾說「精神透過其創造物……」，費爾巴哈、馬克思也看到人所「創造」、所「生產」之物的客體化、異物化。其次是這被造物（物質或精神）取得了主動，被造物成了創造（生產）者的異己、相剋的存在。

如果以這「異化」論來看「中國意識」與「台獨意識」的關係，就得說明中國意識如何「創造」和「生產」了台獨意識，又使後者成了前者的異己存在，進而受到後者的支配。而陳昭瑛對這個關鍵問題的說明是頗為籠統而晦澀的。她說道：

> 台灣意識尋著原先自我意識形成的道路，發展出一股異己力量，反過來對抗自己。就台灣意識中固有的中國意識而言，台獨意識是中國意識的異化。

這是一段難懂的話。歷史地看來，「台灣意識」的「自我意識形成道路」，難道不是在抵抗帝國主義的壓迫，在殖民體制的加害下，反帝中國民族意識「形成的道路」嗎？民族意識形成之道，大約有三：一是古老悠久的歷史文化所形成，如希臘、中國；一是與現代資本主義發展同時發展的民族主義，如西歐民族國家形成過程中發展的民族主義；最後則是在帝國主義時代因抵抗先進國殖民壓迫而在民族解放運動中形成和強化的反帝民族主義，已見前述。日據下的「台灣意識」，是殖民地條件下針對「日本人」、「內地人」、「四腳仔」的「台灣人」、「本島人」、「咱人」意識，是針對「日本人」的「唐山人」意識，表現在語言、文字、文學、文化鬥爭上堅持漢語（現代漢語〔白話文〕和中古漢語〔閩南話語〕）、漢文、漢字白話或台灣話文文學這些反同化，保種性的鬥爭上。而遠在其背後，則是幾千年歷史所形成的漢民族意識。

當然，反帝「本土化」運動的對面，除了日本的壓迫與同化外，還有與日本權力合作的本地「合作精英」——公益會，奮勇同化、苟且保產的「自治論」以及皇民化。在殖民地台灣的條件下，壓迫、同化和庸從的一方，是矛盾的「肯定」側面，維持殖民體制的相對穩定。而反抗、反帝、「本土化」的一方，則是「否定」的側面，在文協、農組、台共等廣泛戰線上力圖顛覆前者，與前者形成尖銳的矛盾與鬥爭。前者與後者則是互為條件的矛盾的兩個方面，自始分立、互相鬥爭，卻不是一方所「創造」或「生產」或「尋著原先自我意識形成的道路」之「發展」物，而成為異己的客體的異化。因此，說台獨意識是中國意識的「異化」，恐怕在哲學上不能成立，在歷史上也不合事實。

然而，在日據時代，台灣反帝運動在一九三一年以潰滅告終。戰後，在台灣的反帝民族解放運動，在五〇年恐怖肅清中全面崩潰。七〇年代保釣運動、現代詩論戰和鄉土文學運動，也在高壓下無法往縱深發展。「否定」的一面，在它自身和客觀歷史條件的制約下，不但沒有勝利發展為使「肯定」向「否定」轉化，反而中途挫敗，表現為兩次（日據與戰後）質變運動的中挫，即表現為否定的挫敗，暫時無法完成「否定之否定」，即「肯定─否定─再肯定」或「正─反─合」的正常週期，即反帝的民族與階級革命的挫折。而這又是受到台灣左翼自身在階級、理論、歷史發展上複雜的缺陷等內因，以及日本帝國主義、冷戰結構、美帝干預和肅共屠殺的強大影響這些外因所制約。

三、關於「中心」（Core）和「邊陲」（Periphery）

其次，說一說「中心」和「邊陲」的問題。

沃拉斯坦認為，從十七世紀中葉，自西歐中心國家開展的資本主義制度，開始逐步支配全世界，消滅了一切替代的社會組織樣式，在人類歷史上第一次建立了單一的、資本主義分工，把世界邊陲地帶工農的剩餘透過不等價交換機制、集中收奪到中心帝國主義國家。世界資本主義體系分成了先進資本主義的「中心」國家形成的地區，和受其剝奪的廣闊「邊陲」不發達國家地帶，以及介乎二者間少數半邊陲地區。「中心」和「邊陲」，因此有其一定的政治經濟學的意涵，恐怕不宜望文生義地使用。

依此，台灣和中國大陸同時在鴉片戰爭後，受不平等條約的強制，被迫開港，成為西歐資本的邊陲，納入邊陲資本主義體系。其實台灣在重商主義荷蘭的殖民地下，更早一些邊陲化了。但無論如何，大陸和台灣同屬帝國主義世界體系之邊陲，受其「文明化」之惠者少，而受其「野蠻化」之害大。台灣社會從荷蘭的西方重商主義封建制而明鄭的藩鎮封建社會，而清朝的封建社會和鴉片戰後的半封建半殖民地社會，而日據下的殖民地半封建社會，留下被帝國主義邊陲化的斑斑歷史。一九五〇年以後，在冷戰體制和美國新殖民主義下，台灣依附型資本主義發展而成為半邊陲社會，已為世界體系論者的公論。

至於中國大陸，自居為「不發達的社會主義社會」，也就是自居於帝國主義體系下的邊陲。在資本主義世界體系下，中國的社會主義終竟不能免於邊陲部資本主義化的道路。但無論如何，兩岸至今仍為世界體系下的邊陲、半邊陲地位，為不爭之實。而台獨派以中國為「中心」、自比受這「中心」壓迫的「邊陲」，並從這不通的前提發展出一大堆不知所云的奇譚怪論。如果兩岸當前經濟關係不是同民族內的分工，則輸出資本、剝奪勞動剩餘者，恰恰是台灣對大陸而不是相反。陳昭瑛沒有從中心—邊陲約定俗成的定義去駁論，反而跟著台獨不通的前提去申論，不免局促難伸。問題的提起已經離題，討論也跟著離題了。

四、「台灣主體性」論的欺罔

陳昭瑛對於台獨派的「台灣主體性」論，已有很好的駁論。這裡只做一些補充。台獨的「台灣主體性」論，大約有兩方面的內容：一方面是說，台灣史上自荷據以降，歷明鄭、有清、日帝和國府幾個時代，台民莫不在「外來」「殖民」政權下受盡壓迫，無法自主。到了今天，台灣人要通過自決和「獨立」取得政治、社會……歷史書寫的「主體性」。這「台灣主體性」論又蔓生為「台灣優先」、「獨立國際空間」、「獨立政治實體」、「分裂分治」、「台灣文學獨自性」等各種各樣的把民族分斷固定化、永久化的口號和說詞。第二個方面，正如陳昭瑛所指出，這「台灣主體性」論，基本上是與中國針鋒相對的「主體性」主張，卻從來不講歷史和現實上台灣對美、日等帝國主義在政治、經濟、文化上的扈從。

隨著私有財產的登場，人類的社會便出現階級制和階級壓迫。在奴隸社會，就有奴隸主對奴隸的苛酷榨取。在封建社會，就有封建地主對農奴、佃農以地租與徭役的形式進行剝削。這是一個社會因處於不同發展階段，因不同的社會結構體之性質，不同的財產關係，即不同的階級關係必有的階級壓迫。但到了從最早的重商主義的殖民主義到現代資本帝國主義時代，就產生自外而內，外加的由外國外族資產階級與本地精英聯手，榨取本地工農人民的社會壓迫。重商主義的殖民主義是以貿易、租稅甚至赤裸裸的武裝掠奪，將殖民地財富吸回宗主國。現代資本帝國主義以資本輸出，不等價交換、政治和意識形態支配，來掠奪殖民地／半殖民地之剩餘。在殖民地社會，就形成了自上而下的帝國主義獨占資本—當地大封建地主—中小地主—小農—佃農—工人的階級關係和複雜的掠奪與被掠奪關係。以史明為中心的台獨派台灣社會史觀，把殖民地社會和本地前資本主義時代封建社會，一概稱為殖民地社會，把階級性矛盾和民族矛盾混同起來，完全沒有科學性根據。

荷據台灣社會，是代表當時歐洲封建社會末期，即現代資本主義萌芽期的荷蘭王室的東印度公司為上層，在台灣建築堡寨，招募貧困中國農民為農奴（「官佃」），沿用從台灣東北部傳來的「結首」制，分地（「官田」）佃耕，收取貨幣地租，並以商品農獵產品，貿易求利。複雜苛重的封建稅捐也是重要的掠奪手段。在這個西歐封建制下重商主義殖民地台灣，以荷蘭東印公司為頂端，下有少數漢族「合作精英」的「長老」階級，與先住民土官，再下則漢族「官佃」農奴與先住民。社會矛盾首先體現為荷蘭統治民族全體與全體台灣漢族、原住民的根本矛盾，再次為荷蘭統治階級及其外圍的漢人「長老」與原住民（「土官」）酋長，與底層的漢人「官佃」農奴與原住民。而官田勞動的剩餘、狩獵勞動的剩餘，絕大部分經由地租、賦稅、貿易等形式為荷蘭「聯邦議會」所收奪。

鄭氏領台，驅逐了荷蘭人。封建殖民地性質一變而為鄭氏藩鎮封建社會。鄭氏名義上所奉的母國明王朝已亡，清王朝為鄭氏之敵。鄭領台灣，是明清王朝交替的過渡，是中國王朝相迭歷史的一部分，不是外國對台灣的支配，鄭氏台灣政權背後並沒有一個其所代表的宗主國，從而對台施行「殖民地統治」。形式邏輯地把荷蘭和鄭氏對台灣的統治等量齊觀，自然是錯誤的。

而鄭領台灣社會，正如對岸清王朝下之中國封建社會，同為近世封建社會，主要矛盾表現為封建官僚、地主、豪門對貧困佃農的壓迫與剝削。

鴉片戰後，中國近世封建社會一變。經過不平等條約，強迫開港，大陸和台灣同時被迫併入中心帝國主義地帶的邊陲，逐漸形成薩・阿敏所說「邊陲部資本主義社會構成體」。在社會性質上，是半封建半殖民地社會。

帝國主義資本深入台灣和中國沿江沿海地區，買辦階級形成，資本對商品農業形成支配，鴉片貿易步步進逼，教案鬥爭頻仍……這都是台灣與大陸沿海共同的經驗，階級關係與階級壓迫也產生了形式和內容的變化。首先是各帝國主義與全中國各族人民的深刻矛盾，其次是帝國主義下中國社會內部階級矛盾之重編和激化。清朝下的台灣社會，和大陸社會一樣，以鴉片戰爭為分水嶺，分成兩個性質不同的社會。前期是同國內封建社會的階級矛盾，後期則增加了半殖民地下外來資本的收奪。

一八九五年，台灣成為日本帝國主義的殖民地。社會矛盾也體現為總督府所代表日本國家獨占資本與台灣全體漢族、少數民族各族人民的根本矛盾，再次體現為漢奸大地主與中小地主、農民、佃農、工人、先住民之間複雜的矛盾。台灣社會呈現殖民地半封建社會的特質。一九三一年進入戰爭體制之後，本地資本迅速萎縮，台灣社會形成日本獨占資本全面擴張和苛烈榨取的局面。

一九四五年日本戰敗，日本在台殖民體制崩潰於一旦，復歸於祖國之台灣，在社會性質上，重編到當時半殖民地半封建的中國社會，由代表地主、官僚資本與買辦的國家政權的陳儀當局治台。一九四六年，中共省工委來台發展，台灣人民於是直接介入中國內戰。一九四九年，新生共和國成立，而地下黨在台灣則開始全面覆滅，刑殺監禁，拷刑無數。一九五〇年，舊中國國府政權在冷戰結構中經美帝國主義強力介入而鞏固，展開恐怖肅清（一九四九—一九五二）後的獨裁、依附性資本主義發展。台灣在美國新殖民地間接支配下，已進入「新殖民地半邊陲資本主義社會」。兩岸在外力干涉下再度分斷。在國民黨權威主義國家政權和跨國資本的帶動下，台灣戰後資本主義取得依附性經濟發展。從一九五〇年到一九八七年，本地集團資本在戒嚴壓制體制下快速累積。一九八七年蔣經國去世，一九四九年流亡來台的國民黨集團萎謝，本地集團大資本和地方官商資產階級接掌中央政權，李登輝共和登場。

一九五〇年以後，流亡台灣的國民黨背後並沒有另一個中國的宗主國，說國府是「中國的殖民政府」，和指明鄭為殖民政府同樣可笑。國府一家一黨，代表中國革命中敗亡的階級，出賣台灣之利益，容許美國武裝干涉中國內戰，占據台灣，成為美國新殖民主義的代理人。但這恰恰是台獨各派理論所不予聞問的。李登輝政權登場後，台灣大集團資本與官商資本成了統治者。國府為「外來」「殖民政權」之論全面破產。

在具體的台灣社會史的分析下，台灣人民受歷次「外來政權」「殖民政府壓迫」論的欺罔，暴露無遺。從台灣社會史的角度，恰恰突出地說明，台灣的歷史，是帝國主義侵凌下，侵略與反侵略，殖民與反殖民鬥爭中，台灣與祖國時而被迫分斷，時而復歸統一的歷史。荷據台灣是荷蘭重商主義的殖民主義迫使台灣與中國分離。明鄭以武力收復了台灣，清代繼承兩岸的統一，迨鴉片戰爭，又使台灣與大陸同時半殖民地化。一八九五年，台灣割讓，台灣又與中國分離，淪為日本殖民地。一九四五年，台灣復歸中國，兩岸統一。一九五〇年，美帝武裝干預中國內戰，霸占台灣，以國府政權為代理人，中國兩岸又告分斷。

從這歷史過程以觀，「台灣人」的「主體性」恰恰表現在郭懷一的反荷鬥爭，表現在鴉片戰前無數反封建官僚與地主豪門的農民蜂起，表現在鴉片戰爭後，各種教案，反對長老教會仗教欺民的鬥爭、反對教會與士紳聯手為日本占領軍開城門投降的鬥爭，表現在一八九五到一九二〇年前的武裝抗日鬥爭、二〇年到三一年非武裝抗日鬥爭，也表現在一九四六年沈崇事件反美鬥爭、四七年二月反內戰、要求民主自治的市民鬥爭，也表現在一九四六年到一九五二年地下黨之鬥爭。五〇年代血腥鎮壓後，又表現在一九七〇年保釣愛國主義鬥爭與新詩論戰的平行進行，並且延續到一九七八年的鄉土文學論爭。而陳昭瑛論文引起台獨派反論，以及近兩年學術界逐漸蓄勢待發的統獨論爭，預料將不可迴避地指向一個全面性的爭論。歷史將說明這必來的論爭，是台灣人民真正「主體性」與反民族、非主體性的鬥爭。而這些民族與階級鬥爭的歷史，說明了台灣人民在帝國主義時代，對外反對新舊殖民主義和帝國主義，對內反對封建主義和漢奸主義，爭取廣泛的民主主義的真正主體性。而且在具體的台灣歷史過程中，台灣人民的主體性，更表現在堅決反對外力干涉下的民族分斷，為復歸民族統一與團結鬥爭的這個特點上。這是殖民地·半殖民地台灣的歷史以血淚寫成的史實所揭示的，豈容湮滅與歪曲！

五、批判「以台灣為中心」的意識形態霸權

對台獨派「台灣主體性」的批判，就不免談談統一派要不要也強調「以台灣為中心」的問題。遠的不說，難道不是保釣運動掀起了當年台灣大專學生「百萬小時服務」運動，走向人民，為台灣人民服務？保釣也發展上山下海，發展調查台灣外商工廠的女工的勞動條件……這是不是「以

台灣為中心」?早在鄉土文學論戰之前，是統派「夏潮」系首先展開了台灣文學的再認識與再評價，展開了抗日歷史的探索，首先開展了人民的歷史書寫。這是不是「以台灣為中心」?在萬馬齊喑，當台獨在海內外龜縮保身之時，難道不是統派在恐怖下高舉了台灣鄉土文學的戰旗，和國民黨文特鬥爭?那麼，這是不是「以台灣為中心」呢?據說憑空「激」出了遍地台獨的陳映真，他寫的小說，坐的牢，有不以台灣為中心的嗎?他辦的《人間》雜誌，相信至今還沒有一份台獨刊物比《人間》更本質性地、深刻地以「台灣為中心」吧。

因此，問題似乎不在於統派有沒有，該不該以「台灣為中心」。因為凡是左派，就一定會從具體生活的科學分析開始實踐。這也是為什麼台共兩個綱領莫不以台灣社會的分析展開。問題在於這幾年來，朝野上下、學術界、言論界都在極力、全面、不憚強調地側重兩岸民族「分離」、「分立」、「分治」的「現實」;側重台灣自己「獨自」「獨特」的「共同體」，同時也在全力、眾口鑠金地拒絕、排斥、否認民族團結和民族統一的展望;拒絕和否認中國大陸和台灣同為中國民族共同體的組成部分;否認、拒絕民族和解與統一的意願與努力，千方百計延長對大陸的猜忌、鄙視和仇恨;千方百計使兩岸分斷永久化和固著化，絲毫沒有彌補、發展和恢復兩岸人民與民族同質性的懇願和志向。

在主要是殖民地/半殖民地和新殖民地社會的台灣社會史中，有殖民主義，有帝國主義，便歷來就有「長老」（荷據時代），有買辦階級和仗教欺民的吃教士紳與官僚（有清一代），就有「公益會」，有「貴族院議員」，有附日地主士紳階級，有皇民奉公的文人、壯丁團團長和警察保正（日據），也有親美親日的官僚、學者、知識分子和精英階級，自然也會有否認自己的中國種性，依附外國、分裂國家的形形色色的民族分離主義的政客、學人和資產階級。

因此，從這個歷史脈絡看來，堅決地與帝國主義、民族分裂主義鬥爭，就不應受到霸權化了的，陽為「台灣優先」、「台灣中心」，陰為奴事外來勢力的口號所拘泥吧。

六、結語

為了不使文章長過一個雜誌的刊載負擔，有關台灣原住民的問題，就不能不一時不加論及，而有待於來日，但是對台灣社會史的討論，不應該缺少台灣原住民社會討論，也不應該迴避漢族對原住民而言一切「外來」民族所加予的慘酷殺戮與掠奪的歷史，並從中嚴肅地自我批判。再次，我要對陳昭瑛文章中的原住民問題的視野，表示欽佩與讚賞之情。

在台獨批判的理論與知識的發展上，從台灣社會史的研究著手，從而取得科學性的自我認識，至少對我而言，是個重要的途徑。這種對台灣社會性質的科學的研究，早在二〇年代末、三〇年代初台共黨人已經展開。後來在陳逢源等人的台灣資本主義論爭、李友邦的日據台灣社會論中，皆有所發展。四六年到五二年的地下黨，從新民主主義變革的全國全局背景出發，自然沒有特別研究當時的台灣社會的餘裕。白色恐怖（一九四九年—一九五二年，以及延續到一九八七年）根除和斷絕了台灣社會之史的唯物論的分析與研究，荒廢至今，實有待年輕一代人賡續和發展。這不僅關係到開展科學的台獨批判，也關係著統一後的建國論，具有十分重要的意義。

最後，我不能不由衷地對陳昭瑛表示感謝。不僅僅感謝她對於我的一些足以自誡的缺點，所做的批評，還要感謝她對於我這一代人沒有做好，失職失責，以至台獨論猖狂，民族團結的展望受挫之時，在台大那樣一個民族分離論占統治地位的學園，一個人挺身而出，在理論上和風格上都較好地提出了台獨批判，很好地承繼了台灣歷史上光榮的、愛國主義、民族主義的知識分子傳統。當然，這感謝之情，也包含著一份對自己的羞慚與自責。

初刊一九九五年四月《海峽評論》第五十二期

1 本篇為《海峽評論》「『二二八』的真相與假象」專題文章。

追悼五〇年代政治案件受害人・祭文[1]

一九九五年四月二日寶島初春，五〇年代政治案件被害者眾家屬，和倖活下來的舊時同志們，連同社會各界知名人士，在這當年含恨斷魂的馬場町，設立祭壇，向眾英靈燔香致祭，表達我們最沉痛的哀思，和最深切的懷念[2]。

您們短促而激動的一生，踵繼了一段火熱的歷史，一個狂飆的時代。從一九二〇年代初開始，和您們一樣純粹、一樣猛烈探求真理的台灣青年，從黑沉沉的殖民地島嶼，奔向日本[3]，奔向祖國大陸，接受民族解放運動熱火朝天的洗禮。回到故鄉台灣，他們向農民組合、向文化協會、向工農人民的先鋒隊伍報到，開展了激動人心的工作。

一九三一年，日本推動了鯨吞中國的侵略戰爭，同時在日本本土、朝鮮和台灣展開了徹底的、鐵腕的鎮壓與肅清。志士們被捕、被拷訊、被投入長年的黑牢。有人潛逃大陸，有人隱遁。戰旗摧折，組織崩潰，不旋踵就被「皇民化運動」的法西斯反動狂潮所淹沒。

一九四五年，您們以一顆年輕的心所能感受到的最大的喜悅，迎接了台灣的光復[4]。

但是，殘酷的歷史，讓您們苦澀地體會到舊中國的矛盾、落後、殘暴與混亂。經過一九四七年二月蜂起事件的試煉，您們終於更加清晰地看見了新舊中國交替的胎動所造成的陣痛與展望。

是的。您們再也不猶疑、苦悶和徬徨。您們看見全中國的人民都在回應歷史提出的選擇題：中國走獨立自主、人民民主的道路，還是走庸從外國、任由封建舊勢力支配的道路？您們做了毅然的、明確的選擇。

整整二〇年代的前一代，和四〇年代後半以迄五〇年代初的您們這一代人，雖然有世代之別，但是您們都同樣地把一生只能開花一次的青春，獻給了民族解放和國家獨立的事業；您們都懷抱著對於自由、光明和幸福的應許和憧憬，打碎了自己。

一九五〇年，世界冷戰形勢拔高，到了頂點。在中東和近東、在南朝鮮、在台灣、在廣闊的亞非拉大地上，甚至在美國與日本，同時颳起了異端撲殺的狂風暴雨。偵探和劊子手在黑暗的大地上四處竄動，秘密逮捕、秘密審訊和拷問、秘密刑殺，或公開進行輿論和社會性的歧視和壓迫……在全球範圍中展開，人權和民主主義遭到最無忌憚的蹂躪。

就在那陰冷肅殺的時代，您們抱著對於生的無限眷戀，和對於死的堅定的決意，以萬古以來最大的孤獨，迎向殘酷的拷問，面對死亡的點呼。

啊啊！還是在那彷彿永無盡期、無數的凌晨裡，您們被強盜們點名帶到這斷魂的馬場町。清晨的月亮還來不及掩面躲避，夜風還來不及收起慌張的裙裾，劊子手的槍聲響處，您們就應聲倒向被晨霧沾濕的荒草地上，讓您們身上溫熱的鮮血浸染了淡水河邊悲愴的土地。

風雲色變，草木含悲。眾神噤默，鬼魅悲哭！

從那以後，您們的苦難和強盜們的暴行，都被強權、暴力和謊言所湮沒。物換星移，竟然已是四十五個年年歲歲[5]！

然而，歷史的正義何等教人敬畏！一九九三年夏天，台北市六張犁公墓上出現了您們兩百多墳四十年來未曾回家的英塚[6]。兩百個沉默的墓石，竟然向歷史發出了高亢和雄辯的控訴。

四十五年的悲情，近半個世紀的沉冤！

英靈有知，就讓奈何橋變成真相和申冤的通衢大道！就讓遺忘之川，變成記憶的滔滔大河，叫歷史的記憶，鉅細靡遺！

您們應當記得，當年押房裡的難友和同志們，總是唱那一首〈安息歌〉送您們走向刑場。那首歌一開始就說：「安息吧！死難的同志，別再為祖國擔憂……」

雖然一直到今天，這個世界，這個祖國，還叫人牽牽掛掛，但最近以來，我們民族和解與民族團結的勢頭，客觀上勢必有所進展，這應該可以稍慰您們在天之靈了。

您們是最真誠的愛國者，是勤勞民眾的好兒女，是我們民族最優秀的子孫。

您們為了使台灣人民當家做主人，過上幸福的日子，您們為了反對黑暗的獨裁政治，爭取人民的民主權利，為了打倒內外之敵，振興中華，流盡了最後一滴血。

您們將永遠活在民族共同的記憶中。

中華英魂，永垂不朽！

奠祭馬場，心魄震動。

悵望雲天，哀哉尚饗！

台灣地區政治受難人互助會

一九九五年四月

初刊一九九五年四月二日「五〇年代政治案件受害者春季慰靈大會」活動手冊，署名台灣地區政治受難人互助會

本文依據手稿校訂

1 本篇發表於一九九五年四月二日「五〇年代政治案件受害者春季慰靈大會」。
2 初刊版無「，和最深切的懷念」。
3 初刊版無「，奔向日本」。
4 初刊版此處有「與解放」三字。
5 「四十五個年年歲歲」，初刊版為「四十五年久」。
6 「兩百多墳四十年來未曾回家的英塚」，初刊版為「兩百多座英塚」。

台獨運動和新皇民主義

馬關割台百年紀念學術研討會上的講話[1]

主席，各位女士先生，各位朋友：

今天，我們在這兒相聚，共同紀念百年前一場羞辱的戰敗後割台的慘痛與悲憤。但也是在今天，台北市有一群教授們、政客們和民族分裂主義者們，公開示威遊行，名目叫「馬關百年，告別中國」。這是日據下「皇民化運動」以來第一次公開的反華辱華，棄絕自己中國種性的活動。它已經深刻地傷害了中華民族的情感，彰明昭著地表現了台灣朝野反共、反華運動可恥的本質。

然而，這也絕不只是一小撮個別團體、組織的思想感情。歷史地看來，台灣的民族分離主義運動的各家各派，對待台灣日統下殖民地歷史、對於日、美帝國主義，素來是謳歌讚頌的。而這謳歌讚頌的主要原因，是帝國主義和殖民主義占有台灣，使台灣得以和祖國分離。對於他們，凡是使台灣與中國分離的歷史過程及結果都是善的，反之則惡。

舉例而言，台獨的祖師廖文毅就說，日本治台，給台灣帶來科學與技術，而歐美英支配台灣的歷史，給台灣帶來了基督教。科技和基督教使台灣文明化，遂與中國斷絕。史明之類的人說，日本統治台灣，使台灣脫離前現代社會，進入現代社會，這就使台灣從長期停滯在前現代的中國社會脫穎而出。有很多「自由派」說，沒有台灣殖民地時代「現代化」基礎，不會有戰後經濟發展；戰後台灣經濟進步的功勞者不是國民黨「中國人」，而是「日本人的建設」……有留美回來的台獨學者居然說日據下「內地延長」主義是日本人以「平等」待台灣人，使台灣人成為完全的日本人，台灣人於是得以親炙現代文明，享受殖民地的工業化。他還歌頌台灣早在一九三九年以後工業產值就超過了農業產值。另外還有一種在台獨「理論」中最近普遍宣傳的，一個源自支持台獨的日本學者的說法：台灣在中國現代民族主義形成的時期（二十世紀一〇年代到抗日戰爭時期），已因成為日本殖民地而未參與，故與中國民族主義漠然無關，而形成台灣獨自的「台灣民族主義」，云云。

「亡人之國，先亡其史。」這些奇譚怪論，多半是美國化、日本化了的台灣學界，甚至是美國人、日本人所炮製的。台灣的歷史遭到肆無忌憚的歪曲和變造，一至於斯，可為浩嘆。現在，我想在極為有限的發言時間內，和大家一塊兒檢核一下甚囂目前塵世上的這些邪談異論。

一、關於殖民地台灣的工業化

殖民地知識分子在評價殖民時代經濟時，不能只看到數量，也要看到殖民地經濟的本質；要看殖民地經濟「發展」中本地資本、本地人民所處的地位，看財富是留在台灣本地，還是大量流向殖民國家，最後也要看殖民地經濟的發展是為誰的發展，以日本還是台灣為中心、為主軸的發展，等等。

殖民地台灣經濟的開發，大略分成兩個階段：一是一九〇五—一九三〇年的米糖單一栽種(monoculture)為主軸的時期；二是一九三一—一九四五年的戰爭基地化的工業發展時期。

在頭一個時期裡，台灣在日帝經濟圈的分工角色，是對日本提供糧食與農產加工品(糖和大米)，所謂「工業日本，農業台灣」，是大家都知道的。而台灣與日本的這種分工，基本上是由殖民者日本所決定，即決定於日本帝國主義獨占資本的利益和邏輯，也就是受到日本帝國主義獨占資本的再生產循環及其積累的目標所決定，為其充分服務的。台灣、台灣人民的經濟利益和經濟意志，則完全不受到顧念。這就是一九〇五年到一九三〇年台灣米糖經濟的殖民地本質。

日帝下台灣米糖經濟建立在半封建的地主／佃農體制。底層農民受到本地封建地主和日本獨占資本的雙重壓迫，民不聊生。民族和階級矛盾交疊，成為二〇年代到三〇年代殖民地抗日反帝民族運動和階級運動的社會根源。

另外，在總督府權力強大干涉下，以製糖業現代化為藉口，大力培植日本三井、三菱、日本製糖等糖業資本在台灣全面擴張。本地的台灣傳統糖廍作坊全面消滅。少數本地現代製糖資本也被併吞、從屬於日本大糖業資本，台灣糖業資本主義的根苗慘遭摧折。在殖民地體制下，日本大資本獨占台灣米糖對日「輸出」，創造長年巨額對日出超，使經濟剩餘長年巨額移入日本，故現代製糖工業雖然發達，但其剩餘外流，人民貧困化依舊。

一九三一年，日本帝國主義向我國東北進軍。包括殖民地台、鮮在內的全日本進入戰爭體制，積極向中國華北、華南和南洋開展侵略攻勢。而所謂「南進」，不只是指向南洋侵攻，更多地意指對華南的擴張，台灣自然成為日本這種「南進」的跳板和基地，於是有台灣的「南進基地化」，也就有在台灣展開「南進工業化」的政策出台。

「南進工業化」和米糖經濟一樣，是為日帝國家獨占資本的再生產與積累的利益服務的。日本獨占資本在二〇年代末開始的全球不景氣中，採取軍事擴張政策來解決日本資本主義的巨大矛盾，藉著戰爭經濟體制進行全面獨占化，向日本國家獨占資本主義階級改組。這種軍國主義的、軍需性、掠奪性工業化，在一九三九年到一九四五年日本戰敗前，造成了一時性的台灣的工業產值超過農業產值的局面，而在米糖經濟之外，一九三四年以後，製鋁、合金、化肥、無水酒精、煉鐵、機械、造船、石化、纖維、水泥、農機、皮革和製藥等工業，有所發展。然而推動這軍事工業化的主要角色，幾乎清一色是日本資本。台灣少數本地資本不但沒有增長，反而在統制經濟體制下，被日資藉國家權力裁併，侵奪其管理權，或歸併於日本資本，終至退守農業土地資本。但戰時的統制經濟，又大大限制米糖的流通，土地資本積累的基盤受到極大限制，本地資本在一九三一年到一九四五年的統制經濟中萎縮，而日本資本則大大地獨占化而肥大了。

因此，在戰爭末期，依統計，台灣當時資本金五百萬圓以上的企業，有百分之九十六·九是日本資本。零小企業即資本在二十萬圓以下者，也有百分之九十一是日本籍。二十萬圓到五百萬圓的中小企業，日本人資本也占百分之七十。台籍資本在全體資本結構中平均只占百分之十三·六左右，足見台灣本地資本受盡壓迫而趨於沒落的實況。

另外，盲目歌頌日本對台殖民地化過程中對台灣工業化的「貢獻」，是極端的民族自卑主義。這種人沒有看到以下這三個方面：（一）在鴉片戰爭以後因列強對中國東南海疆的壓力，迫使清當局不得不用力經營台灣。土地地籍的整頓丈量，鐵道、電訊的敷設、現代郵政的推展，商品性農業的發展以及農產品加工工業（例如糖廍手工作坊）的發展，在在都呈現前期性商業資本和類若糖廍作坊這種資本主義萌芽的經濟。如果不是日帝割取台灣，以其國家權力揠長日本獨占資本，同時歧視性地抑壓和打擊台灣本地資本，假以時日，台灣和中國東南沿海的萌芽期資本主義就會自然成長茁壯的；（二）一九三九—一九四五年短短六年間的戰爭工業化，根基自然淺薄，再經戰爭終期盟軍轟炸破壞，工業建設破滅殆盡，致光復後台灣只能向大陸輸出米糖等農產品，反自大陸京滬一帶輸入輕工業日用品；（三）馬關割台，中國對日本付出了巨額（兩億兩的白銀）賠款，成為日本資本主義原初積累，使日本的工業化、現代化巨步前進，而中國則益為貧困化，積弱不起；日本以強權剝奪中國人民進行資本主義工業化，是台灣和中國現代化的阻斷者，而不是功勞者，是仇人而不是恩人。

總之，日帝支配下台灣的「工業化」，是以日本獨占資本主義的利益、意志與規律為中心，進行高強度剝削與收奪所推動的積累與集聚。工業的發展、財富的創造、剩餘的產出，皆大率流入日本的獨占體，台灣社會和人民基本上處於相對性貧困化狀態。進入戰時侵略體制後，日本獨占資本全面支配台灣經濟，本地資本則全面萎縮，而隨著敗戰，日本在台灣的一點點工業幾乎在戰火中毀壞殆盡了。因此，評價殖民地台灣的「發展」與「工業化」，除了要做科學的實證與研究，還要究明殖民地台灣經濟「開發」的主體資本是誰的，發展是為了誰的利益，以誰為中心，服從於誰的經濟需要，創造的剩餘有沒有留在台灣，還是大量流出台灣，肥大了日本的獨占體？

二、關於「沒有殖民地時代日本推動的工業化，就沒有戰後台灣的經濟發展」

台獨理論家一貫喜歡這樣說。有些台獨人士甚至說，如果台灣不光復，至今仍為日本的國土，今日台灣經濟比現在還要好！上文已經說過，一九三九年到一九四五年間台灣的戰爭工業化，在戰火中摧毀淨盡，馴至光復後，台灣必須從大陸京滬地區輸入紡織品、火柴等輕工業日用品，而向大陸輸出米、糖等農業加工製品。當時台灣連輕工業日用品都無力生產，說日本為台灣留下雄厚的工業基礎，當然是無知而來的過高評價。

平心而論，台灣米糖的農業過程與工業（加工）過程是進步了。日本人留下的現代基本建設（公路、鐵路、電訊、能源、教育體系、醫療體制等等）對戰後台灣經濟發展，發揮了一定的作用。但對這些作用，也要科學分析。這些基礎建設，首先是為了日本獨占體的利益而不是台灣人民的利益。教育普及，有利勞動力品質的均一與提高、交通體系有利原料的收奪與日本工業產品之滲入，以及統治威力的機動化。醫療有利勞動力的品質之提高，與殖民官僚體系在殖民地異質氣候下的健康；能源有利於日本獨占資本主義在台灣的運轉等等。過大、無批判地評價、歌頌這些「貢獻」，當然是錯誤的。因為這就會給「帝國主義有功」論、「殖民主義有利」論增添旁證與理由。在非洲、在拉美各地、在古老亞洲，數百年殖民地體制留下的毒害罄竹難書：構造性貧困、文盲、內戰、國境糾紛、沉重的國債、裡通外國的買辦階級、軍事獨裁政團、制度化的嚴重饑饉、環境的崩潰、有毒的工業廢棄物之傾銷、知識文化和價值的對外國依附、傳統文明之崩潰、國家和民族的分裂……。如果殖民體制一定帶來現代化發展，二次戰前全球有百分之七十五地區是殖民地和半殖民地。今天，全球恰恰仍有接近百分之七十五前殖民地地區人口生活在貧困、飢餓、戰亂、疾病、文盲和環境崩解之中。

怎樣解釋包括台灣在內的前殖民地在戰後的經濟發展呢？以台灣而言，首先是冷戰體制，為了反共與包圍中共，美國從五〇年代開始挹注大量的軍經援助予台灣，為了反共安全體制，由美援機關推行農地改革，支援進口替代產業，強化作為國府權力基礎的「公營」農業體系，協助改革匯率、制定《獎勵外資條例》，在國際分工上，開放美國的輕工產品市場，形成「美—日—台」三角貿易體系。這一切的一切，美國是為了它自己的戰略利益：即封鎖包圍社會主義中國，塑造一個非(反)共、親美、脫離中國的台灣，使台灣成為包圍大陸的前哨基地，進行反共資本主義化以使台灣在自己的體質內成為反共社會和反共堡壘。於是由美國全力卵翼和支持高度獨裁的國民黨國家政權，再由這國家政權排除民眾，引入外來資本，以國家政權與外來資本推動工業化——依附型的工業化。簡言之，NIEs工業化，是冷戰局勢下，世界資本主義體系的管理與允許下的經濟發展，是特例而不是通例。

因此，說什麼日本留在台灣的「工業基礎」，其實幾乎是個空殼子，更遑論其對戰後台灣工業化的貢獻。台灣戰後的發展，主要是以冷戰體制與美國為首的戰後世界經濟體系在遠東的利益和邏輯為條件的。沒有這些條件，日本人留下的「基礎」，也起不了作用。而事實上，日本在台灣的遺物對台灣戰後發展的「貢獻」，遠遠不如日本在冷戰體制下，經美國刻意栽培，而在它的前殖民地——南韓與台灣所獲得的特殊利益為大。美—日—NIEs（韓、台、港、新）三角貿易結構，使日本成為對台、韓控制性輸出技術、半成品與生產設備的國家，造成越來越大的對台、韓出超，形成了有名的「鵜鶘經濟」。台韓成了為飼養它們的漁翁（日本）辛勤下水捕獵肥魚，受盡剝奪的鵜鶘。

三、關於日本人的「內地延長」主義是以平等待台灣人的問題

一些台獨理論家說，三〇年代，日本當局推動「內地延長主義」，以平等待台灣人，這才把工業建設移到台灣，使台民能「平等」地接近與吸收日本現代文明……但事實是怎樣的呢？

一直到一九四五年日本戰敗，台灣與朝鮮都一直被視為相對於殖民母國日本——「內地」的

「外地」(即殖民地)。台灣與日本，從來是「內外有別」的。在法律關係上，一貫是「異法地區」，沒有資格適用日本本國的法律體系，而另自施行殖民地特別統治。一直到戰敗之前，只有日本人才有資格適用日本帝國憲法。

日本之殖民地立法，有兩個形式：(一)由殖民地總督發布，卻具有法律強權效用的「律令立法」形式；(二)由日本內閣藉天皇名義發布「敕令」(行政命令之一種)，選擇性地將某法律之部分或全部施行於殖民地，叫「敕令立法」。

歷史地看來，一八九六年到一九二一年間，在被台獨人士廣泛歌頌的「兒玉－後藤體制」下，台灣搞的是壓服性的律令立法，以軍人為總督，施行軍人獨裁，總督有以律令立法的大權，施行武力壓服性的同化政策。

一九二二年以後，由於蘇聯革命和民族自決風潮，台灣的民族解放運動風雲大作，日本當局的殖民地政策改採同化主義，喊出了「內地延長」論口號。一九二一年，日本宣布在台結束律令立法，改為敕令立法，即將日本內地法某一個部分實施於台灣。但這絕不意味台灣人可以與日本人同享平等的法律處遇。因為不論律令立法或敕令立法，皆殖民地立法形式，皆行政立法而非議會立法，僅僅是立法權在形式上由總督府移轉到日本中央政府而已。但殖民地台灣與朝鮮，在「內地延長」論下，依然沒有資格適用日本帝國憲法；依然是殖民地「特別統治下」的「異法地區」！

「內地延長」主義，在外表上宣稱「大部分」內地法已適用於台灣。實際上大量的律令卻一直有效。特別是與殖民地人民權益相關規定，仍然是由舊律令所規定。例如刑事法就仍沿用律令；改為敕令立法的《治安維持法》與舊律令《治安警察法》一樣，同是壓迫、歧視性的惡法。尤其重要的，在「內地延長」論下，總督仍可沿用舊律令相關規定，嚴重干涉司法審判的獨立。

因之，所謂「內地延長主義」，基本上不是什麼「日本人以平等待我」的政策，而是傲慢強權的同化主義。民族同化，就是以支配民族為高強、文明、優越，被支配民族為低弱、野蠻、卑劣為前提的。高強、文明、優越者，以強權而欲「低弱、野蠻、卑劣」民族捨其種性、棄其文明而臣服於支配民族，其理至明。明石總督曰：「台灣施政，在感化島民，使具日本國民之資質。」田總督曰：「使台民成為純粹之日本臣民，效忠日本朝廷……」侮慢優越之情，溢於言表。因此，日本學者泉哲指出，所謂「內地延長主義」，是「對殖民地人民之義務採同化論，但不予與日本人相同之權利。原—田同化主義，是內地（日本）優位的殖民地統治術，絕非著眼於殖民地之安寧與幸福者也」。這就說出了「內地延長」論的本質。日本學者尚且能洞燭其奸，台獨人士反倒大聲謳歌，令人齒冷。

發端於一九二二年的內地延長論，到了日本發動侵華戰爭的一九三七年，轉化為瘋狂的「皇民化」運動。日本侵華，需要台民到大陸與南洋打仗，台人與中國人同為漢族，且自二〇年代以來反日運動莫不發端於台民的漢民族主義。為了動員戰爭時絕對性忠貞安全的要求，全面進行對台人的同化方針，使忠於日本皇國，奪其種性，改其姓名，廢其語言，效忠天皇，以便充當其華南及南洋戰場的炮灰。

皇民主義的殘害，在廢人母語、絕人文學、斷人傳統風習及改人宗教信仰，從精神、心靈、生活上使自己原有民族卑賤化，臣伏於日本民族。在皇民主義的歇斯底里下，被驅往戰場的島民不下三十萬人，而戰死者、失蹤者也在三、四萬人之譜。至於「內地延長」主義或其後期的皇民化運動之中，台灣人從來沒有享受過任何與日人平等的待遇。教育的不平等、工作權的不平等、人格之不平等、種族歧視……是殖民地台灣人民日常生活中的習聞常見，只要問今日六十五歲以上的人都知道的。

而這沒有嚴肅清理的皇民主義，一直殘留在八瓣菊花旗上；在競選車隊播放日本〈軍艦進行曲〉中；在親日反華「學者」、「專家」的言行上……延命殘存而發展於戰後台灣，令人激忿，也令人深憂。

四、關於日統五十年間，台灣與中國現代民族運動剝離的問題

台獨理論家經常說，日本統治台灣五十年，使台灣與在列強侵凌下發展起來的中國現代反帝民族主義因互相隔絕而剝離，於是台灣人乃自己發展了獨自的「台灣民族主義」。但事實並不是這樣。

民族主義有三種。一種是悠久輝煌的歷史文化所形成的民族意識，如希臘與中國。中國因此很早就有華夏意識，有漢「番」之別。另外一種民族意識來自資本主義時代商品、市場的流通與統一，現代國家政權的登場，產生民族國家的歷史過程。最後一種，是帝國主義時代中被侵略的各個前現代社會和人民，在抵抗帝國主義時發展起來的反帝民族意識。中國在鴉片戰爭以降到抗日民族解放戰爭的歷史過程，昂揚了中國的現代反帝民族主義。而如下文將要說及，這一段反帝民族運動，正好與台灣現代民族解放運動，不但有關係，這關係還環環相扣，十分密切。而箇中原因，是因台灣為一個割讓的殖民地。它在客觀上還有一個積弱卻具體存在的祖國。這就使得台灣的民族解放運動有鮮明的中國—祖國的指向性。

一八九五年到一九一五年以前的台灣農民武裝游擊抗日運動，具有前現代性，不免有封建主義的、宗教迷信的色彩，但卻有鮮明的漢夷之辨。割台當初，紳民抵抗文件，以日本為「倭」、「倭奴」、「倭夷」；以「海外二百餘年戴天不二」描寫台灣；以「列祖列宗」指涉中國；以

「遙戴皇靈，為南洋屏蔽」說明割讓的殖民地對祖國忠誠之所專；以「夏變為夷」來形容台灣之淪日；以「匡復」指陳抗日而復歸中國；以「天朝赤子」自居於殖民地台灣；以「義之所在，誓不向夷」表抗日而保種性的決心。台灣陷日十九年後，至羅福星，已經以「我中華民國國民」說明他的民族認同。他對當時世界形勢，已早有分析能力，且能從政治、社會、經濟……諸方面指控日本治台之虐政，並與中國資產階級民主革命有密切聯繫，要求從日帝下獨立，而以「我中華民族之台灣人」自稱，已明顯表現了現代中國民族主義的精神。

至於一九二〇年代至三〇年代非武裝抗日運動中，台灣的民族解放運動，在廣泛的思想、文化、社會、文學、勞動、農民等各個運動戰線上受到蘇共革命、中國五四運動反帝反封建精神的影響，受到五四當時中國社會主義青年同盟，以及中國共產主義運動的影響，史跡斑斑，是大家都知道的。台灣的白話文運動、新舊文學之鬥爭、台灣共產黨與中共的關係、農民組合、工人運動和第一次鄉土文學運動，都與五四風潮、中共的發展與「台共」的指導息息相關，而「改革同盟」後的台共，又與中國共產主義運動關係密切。民眾黨的激進化與中國北伐革命，與國民黨左翼的發展有密切關聯。抗日戰爭勃發後，台灣籍志士仁人投身民族抗日戰爭者不乏其人。

一九四六年中共地下黨入台，台灣人民直接在台灣參與了新民主主義變革的潮流。一九四七年年初，就在二月事變前一個月，台灣萬名學生發動了抗議美軍強姦北大女生的沈崇事件反美示威，高呼「中華兒女不可侮」、「美國佬滾回去！」一九四七年二月，台灣人民起而反對腐敗，反對內戰，要求民主與自治，與大陸人民當時的要求保持了一致。一九五〇年，台灣名作家楊逵和外省籍文化人發表《和平宣言》，要求停止內戰，改革政治、釋放政治犯、發展經濟、反對台灣託管與台灣獨立，被判徒刑。一九四七年九月，台灣文學界展開「台灣新現實主義文學」討論，提出當時台灣文學為新民主主義變革運動服務的要求。一九四六年起，中共地下黨在台灣全省發展，組織了廣泛的台灣知識分子、農民、工人和市民投入在台灣的國共內戰。一九四七年以後，中共地下黨展開蓬勃的青年學生組織，一九四九年四月，國民黨大捕學生，震動了全島。是為「四六事件」。

五〇年代白色恐怖鎮壓後，一直要到一九七〇年，爆發了保釣愛國運動。運動左翼提出了反對美日帝國主義、認同中國，推展民族統一運動的政治要求。保釣運動觸發了一九七〇年到七四年的現代詩批判，提出了反對文學西化，主張文學的民族風格，文學為人民服務的口號。一九七八年的鄉土文學論爭，進一步深化了現代詩論戰，提出民眾文學和民族文學的概念。在這個過程中，發展了以《夏潮》雜誌為中心的反帝、統一派，成為八〇年代「工黨」、「勞動黨」、「中國統一聯盟」和「台灣地區政治受難人互助會」等中國民族主義團體和系統的骨幹。台獨「理論家」們以一八九五年為界，一刀切斷台灣與中國的連帶，在現實與知識上都站不住腳。

五、結語

五〇年代冷戰體制形成，美國以武裝干涉海峽，凍結了國共內戰，並以軍事、外交、政治和經濟支持國府虛構的法統，宣稱其代表全中國。國府便以美國的支持取得外在「合法性」，從而利用這國際的、外在合法性支持其在台灣內部的獨裁統治。

七〇年代末，美國被迫放棄對台外交承認，承認中共政府為中國唯一合法政府。國民黨政府國際合法性崩解，國共內戰態勢復活，國府的法統、戒嚴體制崩壞。台灣頓時面對以戰爭或和平方式解決內戰歷史的局面。

從一九四九年底展開的肅共恐怖，基本上消滅了台灣的民族解放勢力。四十年冷戰對峙，使反共成為唯一、無上的價值。在美國長期培育台灣反蔣、反共、反華、親美的台灣「民主派」的結果，後國府、後蔣的台灣朝野在面對以戰爭或和平方式解決內戰歷史時，一致選擇了民族分離主義，企圖依恃外國勢力，使兩岸分裂長期化和固定化。

而這民族分裂主義的哲學、歷史和社會科學，便不能不是歌頌帝國主義分裂中國；鄙視中國、中國人民；反對民族的再團結與再統一；否定自己的中國種性，同族相憎、同胞相仇的哲學、歷史學和社會科學。馬關百年的今年，這些反統一、反中國、反共、奴事外國的言論和行動毫無忌憚地出籠，張牙舞爪，直不知人間之羞恥為何物了。

馬來西亞的馬哈迪，對西方霸權主義表現了不稍假詞色的獨立與尊嚴立場。新加坡的李光耀，對日本吝於為二戰期間在全亞洲所犯的戰爭罪行道歉，做了義正詞嚴的批評。中國大陸對日本戰爭罪行正在進一步恢復其批判的姿態。南韓人民、菲律賓人民一直沒有放鬆過對日本戰後新帝國主義的批評。而台灣的朝野，卻一致稱頌日本，使日本一貫宣揚大東亞戰爭為「解放戰爭」；宣傳日本殖民政策為NIEs戰後現代化奠基的日本右派，眉開眼笑，振振有詞。台獨系立委和一些台獨文人，甚至迢迢到日本下關稱頌馬關割台，參拜日皇神社，接受日本右派學者的招待，醜態有不忍卒睹者！

在冷戰結構中規避了歷史的清算，在反共國安體系中延命的台灣皇民主義，在當前的時局中驚人地復活，表現為歌頌馬關割台，表現為歌頌日本對台灣殖民統治的歷史，表現為肯定日本對台殖民統治對戰後經濟發展的「貢獻」，表現為「台灣共和國」的八瓣菊花旗，表現為台獨社會運動中的日本軍國主義〈軍艦進行曲〉。沒有經受歷史清理和批判的皇民化腐屍，終於復活為今日台獨派新皇民主義的幽靈。

台獨派的新皇民主義，其實便是日本帝國主義在台灣心靈留下的未癒的創傷。是不知以屈辱為屈辱，不知以羞恥為羞恥，不知以被奪取與破壞種性為痛苦的嚴重深刻的創傷，思之錐心。一九三七年，當日帝吹起皇國主義和皇民化的法螺，中國的大地和天空，因為腐敗與惡政，因為列強的壓迫而一片黑暗。將近六〇年後的今日中國和中國人民，已非昔比。驅逐皇民主義惡靈，治療一直不曾治療的日帝在台灣殖民地歷史中留下的深重創痕，是知恥、知痛的台灣人民無可旁貸的責任了。

一九九五年五月二日定稿

（本文根據四月十六日研討會之引言寫成）

初刊一九九五年六月《海峽評論》第五十四期

1 本篇改寫自一九九五年四月十六日「馬關割台百年紀念學術研討會」之引言；初刊《海峽評論》「新皇民的漢奸罪行」專題。

「天下雜誌新聞寫作獎」報導文學類評審意見[1]

這次評審報告文學作品，竟而先就碰到「報告文學」的定義問題。這個難題不小，具體反映在參選作品形式、內容的巨大差異上。在我個人看來，送來評審的作品，可以是不錯的特寫、深度報導或專題報導，但都不是嚴格意義上的報導文學。

報導文學（大陸稱為「報告文學」）在我們中國發展的歷史已有六、七十年，而報導文學在世界文學領域中登場，至今也不過七十五年左右。在大陸，由於延續了中國自二、三〇年代以來的報告文學，代有名作，典型性的作品和著名作家都被廣為認同與接受，當然沒有定義不明的問題。在台灣，由於嚴苛的政治文化，報導文學不易發展。七〇年代中，時報《人間副刊》曾由主編高信疆倡導過報導文學，也應該說收穫了一些較好的作品，但還沒有成為眾所推崇的典範作品，以致今日而猶有如何定義報導文學的難題。

什麼是報導文學？

報導文學是文學的一種。它絕不是新聞寫作的一個體裁。

但是它同其他文學形式，例如詩、散文、小說、戲曲……之不同，在於它的新聞性，即客觀上的真實性、報知性、及時性、時效性等。而其中最為重要者，在嚴格的真實性。報導文學不容許有一般文學最突出的特點——虛構。報導文學中涉及的人、地、時、事，著名的「誰」、「什麼地方」、「什麼時候」、「如何」、「什麼事實」這五種疑問代名詞所涉的事實，不許有絲毫差錯，更不許有憑空杜撰和虛構。報導文學，必須在嚴格的真實、事實的範圍內，以一切文學可以使用的手法——結構、人物描寫、性格塑造、對話、語言風格、象徵、隱喻、嘲諷(irony)、等等，以文字，主要是小說(story)的形式表現出來。

因此，報導文學與一切新聞寫作的形式——例如特寫、深度報導、專題報導的不同，就在於它的文學性了。在結構上，它有文學作品(尤其是小說)的起承轉合；有「開始—中間—結尾」；有介紹性的鋪陳而小矛盾的層出，而拔高到終極性的矛盾的形成，而矛盾的爆發而終至於終局的平靜與宣洩。有人物外面與內面性格的形成，與人物隨情節的起伏與變化，有作家獨自的語言及敘述風格，有象徵、隱喻的手法，尤其有對生命與人生強烈感嘆的嘲諷(irony)，當然更有生動、富於說明力的對話，等等。這都不是新聞寫作中輕易允許的。

學新聞的人特別不放心報導文學的文學性，深怕文學性戕害了報導的真實性，這是因為把報導文學當作新聞寫作體裁的一種來看待。如果換一個角度，把報導文學根本上看成一種具有強烈新聞特質的文學體裁，讓她落籍於文學的領域，就沒有那一份焦慮和不安了。然而，也要知道，報導文學的力量，除了文學性，也在於真實性。《人間》雜誌關於曹族青年湯英伸的文章如果是小說和虛構，固也感人，但因為湯英伸案是血淚交織的真實，更在當時宗教界、少數民族各界、文化界、知識分子、青少年學生甚至法學界引起了廣泛衝擊、感動的漣漪。因此，一旦報導文學家調查研究不足，過度閉門造車，恣意虛構人物和事實，和其他體裁的文學家不同的是，這個報導文學家將會立刻失去信用，儘管此後如何生花妙筆，再也不會受到重視了。

報導文學另一個讓新聞學者不安者，是它的政論性格。報導文學家從來不故作「客觀公正」，從來不掩飾自己的政治、人文和社會立場。有時候，報導文學的黨派性十分明確，這和報導文學誕生於一九一七年蘇聯革命後全歐革命風潮雲湧的時代有密切的關係。因此，報導文學的作家，往往或者透過人物、或者乾脆現身說法，對時局、問題評論一番，突顯所關切問題的本質。這不但為傳統新聞學之所忌，在文學上要做得像布萊希特（舊東德著名戲劇大師）那麼好，也要很多的認識與創作才華。

然而，報導文學的政論性，也要建立在大量的調查研究上，在大量事實經過文學手段的鋪述，在緊要恰當的時候，發為喟嘆、批評、呼籲，非但不令人生厭，反倒更讓讀者直接逼視問題的核心，興起認識生活、改變生活的決心。但，拙劣的作者，如若徒然呼喊空洞的政治口號，則不但不引起共鳴，反為讀者所棄了。

報導文學工作者的養成訓練

要成為一個好的報導文學作家，首先他要具備和一切好的新聞工作者一樣，對於人，以及圍繞在人的周圍的、與人息息相關的生活、社會、歷史、事件，懷抱著永不熄滅的熱情與關懷。他要有永不疲倦的、追究真實、探索事實本質的衝動。其次，他對一切形象思維的文藝作品有狂熾的愛好，長期對小說、詩歌、戲劇、散文、電影等作品有深度愛好，甚至研究和創作實踐上的經驗。最後，他必須對廣泛的人文科學、哲學、批判的知識等等有長期廣泛的閱讀與思考的生活，從而對人與生活具備了敏銳的、探求和捕捉本質的能力。

關於「公正客觀」的問題

文學性突出，「主觀」政論性很強的報導文學，是不是會因比較「偏激」、「不客觀公正」、而有害於人們對生活與社會之真實的理解呢？要回答這個問題，理論的對話，不若事實的經驗。八〇年代中期，台灣政治在自由化的前夜，當時大規模的、有社會信用的媒體對於兒童虐待、雛妓、少數民族、核電公害、環境（河川、空氣、土地）汙染、傳播民主化、工人權益、白色恐怖、二二八歷史……這些議題，甚至連問題意識也沒有。當時《人間》雜誌則以形象的方式（照片、文學性敘述）加以廣泛地思議。在那時也有不少人擔心「偏激」、不公正客觀，但到了今日，一切問題已被承認，對問題本質的認識，基本上也沒有超越當年《人間》的層次與範圍。

當然，這絕不意味報導文學可以完全取代主流的新聞書寫，也不意味報導文學可以扮演「包青天」的角色。但報導文學在追求真相、為民喉舌這一點上，是與嚴肅的新聞倫理最近的一種文學體裁——尤其在政局惡劣，社會的是非混迷的時代為尤然。

因此，在這個比較嚴格的對於報導文學的定義和要求下，三位評審即徐佳士教授、邱坤良教授和我，一致同意第一名獎項從缺。這個決定並且也獲得主辦單位的充分理解與支持。

一九九五年五月

相對權衡下的選擇

在第二、三名的選擇上，徐佳士教授選了〈看不見面容的世界〉和〈老娘的故事〉；邱坤良教授選擇了〈大地的血痕〉和〈鎘地之春何時來〉；我則選擇了〈中國舞蹈先驅許淑媖〉和〈老娘的故事〉。從總的傾向看來，徐教授重視報知性，邱教授側重報導的淑世批判的性質，我則相對側重文學性的敘述。而報知性、政論（批判）性和文學性加在一起，其實就是完整的報導文學了。由於界定不明確，同學們又很少閱讀、接觸典型的報導文學作品，應徵的作品各在文學性、報知性和政論性上有所偏重，卻一時不曾產生完整的報導文學作品，評審老師們在相對權衡下所做的選擇，恰恰表現了報導文學的三個側面。

經過充分討論和票決的結果，三位評審基本同意（一）第一名從缺；（二）第二名為〈老娘的故事〉；（三）第三名為〈大地的血痕〉。

約作於一九九五年五月
本文依據手稿校訂

1 本文依據手稿校訂，稿面無篇題，此處篇題為編輯所加。手稿未標註寫作時間與刊載處，依據內文言及獲獎篇目，推知本篇是作者為一九九五年五月第三屆「天下雜誌新聞寫作獎」報導文學類所撰寫的評審意見。

向日本控訴・後語[1]

在台灣讀柳白的《向日本控訴》，心情是激動而又複雜的。

日本帝國主義在十四年對華侵略的歷史中，對中國人民造成的深重損害，罄竹難書。在中國各地對平民老弱婦孺進行集體強姦與屠殺、細菌武器的使用、以活人進行細菌及其他活體實驗、南京大屠殺、強掠民伕從事奴工勞動，以及強擄民女從事軍中性奴隸的「慰安婦」體制等，即使只讀文件資料，已經令人對日本的戰爭機器充滿厭惡與憤怒的情緒。如今讀《向日本控訴》，以報導文學、紀實文學的形式，直接披瀝了當年受害倖存者的證言，直接傳達了被損害、被羞辱、被壓迫者蓄積在心靈最深部的受害、苦痛和羞憤，好幾次為之眼熱喉哽，掩卷憤恚，不能自已。

而這種悲憤和怨恚，因著戰後五十年來，日本至今堅決不向亞洲廣泛戰爭受害者道歉賠償，堅決拒不為其如同獸類魔界的殘暴戰爭罪行負責，而益為怨大仇深。

每次讀到日本人在侵華戰爭中的鬼獸行徑，對於人性中隱藏的凶惡野蠻的可能，震驚不已。日本人，在侵華戰爭中的獸性，往往有力地挑戰我素來堅不相信的、作為種族主義之基礎的「民族性」論。因為除了以「日本民族素性殘暴」為言，人們很難找出理由來說明日本軍國主義在中國大地上，以及南洋地區中所犯過的不可思議的殘酷、凶暴而冷血的罪行。

戰後五十年來，日本政府、日本保守系重要政治家、日本右翼政客、知識分子和市民，迭次透過修改日本歷史教科書、閣僚參拜靖國神社、民間私設紀念戰犯廟群、著書或聲明「太平洋戰爭」、「大東亞戰爭」不是侵略戰爭而是「民族解放戰爭」，並且宣稱南京大屠殺為中國人所偽造，原是烏有子虛。日本人不但徹底否認自己聳人聽聞的戰爭犯行，還進一步美化和合理化犯行，更回過頭來控訴別人揑造了犯行，彰明昭著地說明了：沒有經受清算的日本戰爭機器在戰時中所犯滔天罪行，絕不是戰爭中一時的迷亂，而是深植在日本民族文化和血脈中的，令人毛骨聳然的冷血和殘暴。

美國縱容了日本戰爭罪責

日本戰爭勢力，在今天猶極力、公開反對在日本政府藉著紀念終戰五十年的「不戰決議」

中加入向亞洲各國為其戰時責任道歉的詞語而爭鬧不休。在戰後，每一次日本人修改歷史教科書、參拜靖國神社、拒絕道歉……就彷彿又一次殘暴地鞭打了、強暴了中國人民和一切曾經遭受日本侵凌的亞洲各族人民。

挑動了侵略戰爭而終至遭到戰敗的日本，何以不但沒有受到正義的裁判，反而能逞其霸強於戰後，不斷地羞辱在戰時被它所凌辱的各族人民？

答案在東西間的冷戰。

一九五〇年，標誌著東西冷戰高峰的朝鮮戰爭爆發。對西方資本主義體系而言，扼制蘇聯和新中國的發展，圍堵共產主義，成為當務之急。扶持、復興和重建一個親美、反共、資本主義的日本，使日本成為美國圍堵中國和蘇聯的超級軍事基地，更成為美國遠東反共大戰略中重要的一環。而事實上，早在日本戰敗後不久，日本戰爭官僚就在美蘇間全球範圍中的矛盾中敏銳地嗅出了為自己脫罪、延命和復辟的機會。他們預見了西方在全球範圍內推動反共運動的大趨勢，以反共之名，與美國占領當局進行了交易：維護天皇制，以七三一部隊殘酷的實驗成果換取七三一部隊的免罪，縱放重要的日本戰犯（如岸信介），把戰時中艱苦反戰的日本左翼人士、進步學者和社會運動家在一九五〇年的肅清中全部從公職上「追放」出去。美國也得到了它的厚利：日本成為遠東的反共基地國家，在外交上緊跟美國，繼續與新中國為敵，參與干涉台灣海峽，使中國民族分裂的局面固定化。

在冷戰局勢下，日本成了美國在戰後「大東亞」地域最大的寵兒。在冷戰政治中，二次大戰反法西斯鬥爭中的各國右派，在美國卵翼下，掌握政權，從而以美國霸權為中心，締造了縱橫交錯的反共軍事和政治同盟。正是在這樣的戰後美國的「大東亞」秩序下，日本不但逃脫了東亞、南洋各國對其戰爭責任的清算，而且頤指氣使於全亞洲的美國扈從國家之中。在一九七〇年代以前，過去遭到日本帝國主義荼毒的亞洲太平洋地區中，只有中國大陸、北朝鮮、北越和各地左派團體持續不斷地強烈批判日本的戰爭責任和日本在戰後為虎作倀的罪行。

台灣的戰後史可以作為冷戰體制下日本軍國主義延命猖狂於亞洲「自由世界」的縮影。

韓戰勃發之後，美國為了使台灣成為敵對中國大陸的「不沉的母艦」，給予台灣強大的軍經援助，在國際上，美國排除了大陸，使台灣「代表全中國」於聯合國等國際組織中。而日本則在戰後數十年緊跟美國，持續和中國敵對，以中國為假想敵，將它的國防線傲慢地推展到台灣。

在美日支持下，國民政府得以在台灣施行高度獨裁的統治。而正是在國共內戰和東西冷戰雙重構造下，國府以反共為大義名分，將「國家安全」無限上綱，在一九四九年到一九五二年全面白色恐怖殘酷肅清中，滅絕了日據時代以來反日民族解放勢力，對台灣抗日愛國的民族民主運動家進行了殘酷的殺害、拷問和監禁，台灣抗日勢力為之全面瓦解！

不僅如此，在日據時期與日本合作的漢奸士紳地主資產階級，也在這內戰和冷戰局勢下，不但得以規避歷史的結算，更且得以出賣日據下的政敵——台灣抗日愛國人士——取得高官厚祿、榮華富貴，以迄於今日。

而戰後的台灣當局，為了自己的延命，一貫與日本舊的侵華、反共、右翼政客過從甚密。岸信介、藤尾正行、奧野誠亮等人一貫是蔣家國府座上貴賓。對中國人民犯下不可逭赦罪行的岡村寧次，受蔣家豢養隱匿於台灣，為台灣「訓練」反共內戰的軍隊，則更是公開的秘密。

在這種戰後條件下，戰後五十年間，台灣幾乎不舉行任何抗日紀念會，幾乎從來不做任何抗日史的研究。一九七〇年抗日保釣愛國運動受到國府當局的鎮壓。一九五〇年，作家楊逵以「抗日過激」的歷史，疑為「奸匪」，判刑十年入獄……漢奸分子得意於中央和地方政壇，享受經濟上的獨占利益。到了蔣家舊國民黨勢力式微之後，長期隱蔽發展，在少壯時期深受「皇國民教育」洗禮的一代，嶄露頭角，占取了從高層政治領導地位以至經濟、企業的主導地位，朝野一片崇媚日本，敵視中國之風潮。在野黨中的一部分人更明目張膽地仿日本皇室「菊花御紋章」，以八瓣菊花為「台灣共和國」國旗，在他們「馬關百年・告別中國」的遊行隊伍中，公開播送在侵華戰爭中漫天價響的日本〈軍艦進行曲〉！

中國人的「共犯結構」

而外因總是通過內因發揮它的作用。以台灣而言，日本右派戰爭勢力膽敢當著蔣介石的面參拜靖國神社，膽敢發表「南京大屠殺虛妄論」，膽敢表示日本不為侵華戰爭道歉而不怕你難堪、忿怒，仗的就是他們明知道國府必須仰仗美日反共戰略才能獲得國防的「合法性」；仗的就是國府為了它自己的安全，必須在台灣趕盡殺絕堅定的反日派，必須與殖民地台灣的漢奸士紳苟合；仗的就是國府不敢在島內搞反日教育；仗的就是台灣島內抗日愛國命脈斷絕了，朝野市井，到處是親日媚日的氣氛……

如果說整個在台灣的國民黨全是親日派，那也絕不真實。但是它為了內戰，為了自己的階級利益，為了必須仰仗外力來取得其國家政權的「外在合法性」，它不惜以中華民族的正義和利益去和昔日的寇仇交易，以為自己的安全與利益的「權宜之計」。

一九七二年，狡慧的田中角榮匆匆趕搭巴士，和中國大陸建交。中共的領導人，為了長期在冷戰封鎖中撬開一道隙縫，看來也擅自以民族之利益，搞了權宜主義，放棄了日本對華戰爭賠償，甚至連一句道歉的話都沒有撈著。「開放改革」之後，資本需求孔急，狡猾的日本以鉅額對華貸款打軟了中國的手臂，封死了中國的嘴巴。所謂「維護中日國交」，成了壓抑對日苦大仇深的中國人民向日本憤怒索討損害賠償運動的警棒。中國人民對日索賠的行動受到中共當局嚴密監視、干涉和威嚇。

我自己也親身經驗了這些令人沮喪與忿慨的騷擾。一九八〇年代中後，我開始關懷著名的「花岡事件」。九〇年，我第一次訪問大陸，見到了花岡慘案倖活下來的奴工和幹部。九二年吧，我們和一些關心事件的中日朋友計畫到天津去舉行公開悼奠花岡慘案烈士的儀式，卻受到中共當局堅定的阻撓，迫使我們把活動局限在離開市區的室內舉辦。那一回，日本反戰派的朋友特別組織了近百名日本青少年來華，意在對日本青少年進行隨機性反戰和平教育。我們畢竟在那個孤獨的室內，同日本人、同奴工遺屬、同倖存的奴工在燭光與淚光中舉辦了莊嚴悲愴的奠念式，而心中五味雜陳，至今難以忘懷。在我的胸中，充塞著台灣當局歷來對台灣的抗日、反日活動的不信與敵視經驗的回憶，和當下受困一室，在監控下悼念花岡忠魂的沮喪，以及在日本朋友們禮貌的沉默中加倍放大的羞恥之感……

我的旅居日本、長年為花岡慘案索賠鬥爭的一些中國——以及日本朋友，當然比我更有資格為此發出不平不滿之聲。然而他們卻以加倍的耐心與決心，毫不洩氣地工作至今，使索賠工作取得了可喜的進展。

從過去介入花岡事件索賠工作的一點經驗，我也體會了大陸在整理抗日歷史和人物上，確實也會製造無謂的政治糾紛。花岡起義的隊長耿諄先生是個國民黨軍官。在日本奴工隊中，國共被擄官兵通力合作抗日蜂起的歷史美談被置一旁，現在卻在背後攪動著當年花岡暴動的領導者是國是共的、喊喊喳喳的「國共紛爭」。

而特別在八九年六四事件之後，中共當局對於對日索賠運動平添了一份神經過敏，惟恐有人「利用」索賠運動，發展「反革命活動」。這種神經過敏，在不得人心的獨裁專制下（例如八七年之前的台灣）是司空見慣的。一九九一年，在南開大學舉辦的花岡歷史座談會，在「六四」之後，沒讓一個學生來參加，來的只是「馬列教研所」的幾位老師。

是什麼時候開始，共產黨竟變得駭怕群眾「利用」抗日活動反對它了？翻開中共黨史，推動全民族壯烈偉大的抗日統一戰線，推翻了官僚資本主義和買辦資本主義政權、打敗日帝的，不就是當時全國景從的中國共產黨嗎？

必須提起的是，這本《向日本控訴》中，透露了幾位前「慰安婦」在自己的同胞中所經受的、悲慘而竟其一生的二度傷害。在任何古老的亞洲社會，前「慰安婦」在南朝鮮、台灣、南洋任何一個「舊社會」中，無不千方百計隱瞞自己的歷史以避免丈夫、夫家、子女和全社會的歧視。而身分曝露者，也無不含垢蒙辱地在社會歧視下度過痛苦的餘生。

但我卻萬萬沒有想到，在實踐上曾使萬萬千千舊社會的妓女革心洗面，重返社會，引為美談的中國大陸社會，人民對前「慰安婦」所造成的歧視和壓迫，竟而如此深重刻毒，令我震驚。共產黨，首先是受苦、受凌辱者的黨。我讀著書中幾位大娘的遭遇，心魄震動，掩卷啞然。

十萬、百萬、千萬人的一個個親受的無告的苦難所砌成的對於正義吶喊，是不能以政治權宜主義，以一黨一派的私欲去玩弄的。

如果我們無知到敢於以政治的權宜論、以一黨一派的私欲去玩弄千萬同胞深沉的苦難、仇恨、冤抑和無告的羞辱，有什麼理由不讓那昔日加無量苦難、仇怨、冤抑與羞辱的日本鬼畜，繼續恣意地以修改歷史教科書、否認戰爭責任、拒不道歉和賠償……來蹂躪我們、威暴我們、羞辱我們！

《向日本控訴》，因而絕不是只知道一味指責侵略者的嚎啕之書，《向日本控訴》也是一本要求民族深刻內省，對民族內部與日本暴行間的共犯性構造進行嚴厲自我批判的書。

抵抗與解放

不知經過了幾千萬年，人類才從野獸般的覓食與交合生養的生活，向血族共同體的社會移行，從此分開了人獸之別，逐步開創了文明。

在野獸的世界，森林的法則統治著一切。弱肉強食、以強暴弱，是大自然的不易的法則。但人類的文明，經過幾十萬年的演進，在反動物–反森林律則的基礎上，產生了正義、公平、仁愛、羞惡、榮辱、利他、自尊……這些認識與要求。在人的本質中，固然寓寄著隨時可以勃發的獸性，但文明和各種德目，卻引人走出森林獸道，創造了輝煌的精神世界。

當著人去奴役、榨取、凌暴另外的人，而當下事後，又無悛悔羞惡之情，是獸道的發露。當著人受到別人的奴役、榨取、凌暴而不知忿怒和抵抗，而猶凌暴和羞辱同受威暴的同儕，對施暴者只知馴服、諂媚、任人宰割……也是獸道的發露吧。

只有當奴隸、被剝奪者、被羞辱者勃然而怒，憤然蜂起，奮勇抵抗，雖刀鋸鼎鑊而不詞，只有在這抵抗實踐的一瞬開始，奴隸、被剝奪者、被羞辱者才從獸畜恢復成為人。

而那毅然的蜂起，又不止是為了使自己從奴隸、從被剝奪者和被羞辱者的地位獲得解放，也是為了使奴隸主、收奪者和施侮辱者從施暴的獸道中獲得解放，而還原為人。

抵抗，因此不僅是使自己獲至解放的道路，也是透過堅定的抵抗鬥爭去解放壓迫者於鬼畜之道的責任。在這個意義上，日本的右翼反動派至今對中國、中國人懷著深刻的侮慢，堅決拒不為其戰時的鬼畜犯行道歉賠償，是有我們一份責任在的。我們的出於政治、外交需要的權宜主義；我們自己禁壓人民正義的索賠要求；我們在處理抗日歷史與評價抗日人物時的唯政治論；我們同為受損害者中的以強凌弱。要言之，即我們在抵抗上的猶疑、示弱、曝短，竟使我們成為永不後悔的日本戰爭派的「共犯」，而不自知。

《向日本控訴》之竟而一時無法在大陸出版，當然也是這「共犯結構」的一種。但這本書終究也爭取在中國東南的島嶼台灣出版了。雖然這個島嶼上的一些中國人刻意要遺忘台灣的殖民地化過程中被日本人屠殺了六十五萬人——等於兩個南京大屠殺還多一些——的史實，跟著那些否認侵華戰爭責任的日本人一道，歌頌日本帝國主義統治台灣時留下的建設……但畢竟把同遭日帝凌辱與威暴而發出的控訴與怒吼——《向日本控訴》——從台灣發出了第一聲吶喊。歷史地看來，這是意義深長的出版。

我並不完全同意作者出於義的激憤所發的若干判斷，但我卻完全、充分地理解、同情、衛護作者的義憤及其表達之權。平心而論，尤其與台灣比較起來，大陸在草根層次上，以十分有限的物力和人力，長期收集和編寫抗日戰爭在中國各地的史料，有動人的成績。我們也必須充分注意到，中國大陸近年來對民間向日索取戰爭損害賠償公開、以官方立場譴責日本戰爭責任，在全國範圍舉行抗日勝利五十週年，對外發布日本「七三一」部隊在華製造細菌武器、從事細菌戰爭材料……這些政策上的改正之巨大意義。

沒有經受歷史正義嚴肅的裁判與清算的日本軍國主義，當前正以草根的層次，瘋狂、傲慢地在日本全國推動反對國會公表「不戰決議」的運動，由日本民間各右翼團體進行大串聯，「反對」、「不容許」日本國會通過日本不再從事戰爭和為日本戰爭責任謝罪的決議。

這是日本在發動和遂行那殘暴的侵華戰爭以及「太平洋戰爭」之後，第二次對中國和東南亞各國人民的、最放膽的挑釁和羞辱。《向日本控訴》正是中國人民及時斥責和回擊這挑釁與羞辱的先聲。盼望《向日本控訴》轟然喚醒沉睡的人們，組織和進行更多、更深入的關於日帝造成凶殘損害的證言調查，激起堅決要求謝罪、申冤、賠償的洶湧波濤！

敬以為跋。

一九九五年六月五日

初刊一九九五年七月日臻出版社《向日本控訴：赤裸揭露本世紀獸類集團暴行血證》（柳白著）

1 本篇為柳白（原名陳宗舜）著《向日本控訴：赤裸揭露本世紀獸類集團暴行血證》書跋。

強盜的說詞

評日本右派「太平洋戰爭為民族解放戰爭」論

五月二十九日，一個自稱為「終戰五十週年國民委員會」的組織——其實是日本右派人士的白手套——要在東京舉行一個追悼在二次大戰中戰歿者的「追悼會」。這些右翼政客基本上不承認日本的戰爭責任，基本上不主張對戰中受到日本侵凌的國家與民族道歉，基本上反共，甚至於基本上認為日本發動的太平洋戰爭根本不是侵略戰爭，而是一場「善良的戰爭」——是把亞洲從白人帝國主義、殖民主義解放出來的「民族解放戰爭」！

對於遭受過日本帝國主義殘酷侵略的亞洲各民族，日本發動的「太平洋戰爭」，是不折不扣的帝國主義國家間爭奪殖民地、爭奪資源、市場和勞動力的戰爭，早已明若白日。把侵略戰爭說成「民族解放戰爭」，不過是強盜自圓其說的邏輯，在亞洲人民當中，絲毫沒有說服力，但卻頗能對素性規避責任的日本人起到一定的欺騙作用。

後藤乾一的反論

對於日本發動的太平洋戰爭是「解放戰爭」的暴論，日本少數一些良心的、反戰派學者，迭有駁論。其中，尤以後藤乾一的反論具代表性。

根據他的看法，日本在太平洋戰爭中敗北的結果，中國大陸、東北（偽滿）、朝鮮、台灣得以從日本的侵凌、控制和殖民地鎖鏈中解放，足證日帝不是民族解放者，而是民族壓迫者。

如果說，日本的武力介入使東南亞從舊的白人宗主國「解放」，從形式上看，指的是印尼從荷蘭、越南從法國的「解放」。但殖民地越南在一九四五年三月之前，仍在日法共同統治之下，如何說日本援助了越南擺脫了西方殖民主義？至於印尼的反荷獨立戰爭，依當時日本海軍少將中堂觀惠的說法，日本是不曾「為了他國的所謂民族解放而以日本的國運為賭注，去發動戰爭」。印尼在戰後的獨立，不過是「大東亞戰爭」的副產品而已。

爭奪殖民地之戰

此外從一九四〇年七月日本發布的《相應世界情勢演變之時局處理要綱》，日本「建設大東亞新秩序」，其實是強加於東亞各民族的，以日本為中心的政經秩序。易言之，是日帝與西方各帝國主義在東亞爭奪殖民地的戰爭。而從一九四一年日本的《南方占領地行政實施綱要》看，太平洋戰爭，根本是奪取與獨占南洋石油、橡膠、錫礦等重要物資的戰爭。

一九四二年，日本海軍調查課做成「大東亞共榮圈論」，其中是把日本當作「指導國」而將整個東亞分成「獨立國」、「獨立保護國」和日本「直轄地區」，由日本君臨和統治。而所謂「獨立國」（指中國、滿洲、泰國）則又應服從於日本的「指導媒介」。而爪哇、印尼、馬來西亞則明白列為日本的「直轄」地區。這個構想透露了以日本為殖民統治者的東亞殖民地系譜，日本之民族壓迫者的角色，昭然如揭。

「貝塔」的抗日歷史

至於日本右派所說，日本打敗荷蘭勢力，「解放」印尼，助印尼組成「貝塔」武裝（爪哇鄉土防衛義勇軍），發展成戰後爭取印尼獨立的武裝力量，因此，日本對印尼獨立有功。實際上，資料顯示，「貝塔」不是日本為印尼人組建的民族武力，而是為了戰局變化下，為日軍抵抗聯軍的補助武裝。而且，早在一九四五年二月，貝塔在爪哇發動了大規模的抗日暴動，震驚日本當局。今日印尼軍事政權的正當性，正是建立在「貝塔」的抗日歷史上，而不是作為日本協力者的角色。如上各點皆為後藤乾一的重要論述。

公然否認之無恥

因此，不論從「大東亞共榮論」的設想、策略，從日本對南洋占領統治的實際、從日本戰敗後東南亞各族人民獨立的歷史來看，說日本在「太平洋戰爭」中，作為國家意志，進行了一場協助東亞被壓迫民族解放的戰爭，是完全禁不起歷史檢證與分析的彌天謊言。

強盜、殺人者，可以不顧受害人尚存、犯罪的人證、物證俱在之時，公然否認自己的犯行，還進一步美化自己的犯罪，則倘若有朝一日，可以更加肆無忌憚之時，這無羞恥、無道德的強盜和殺人者會如何猙獰地撬門而來，豈可不深為警惕！

初刊一九九五年六月二十三日《聯合晚報．天地》第二十一版

盲人瞎馬的鬧劇與悲劇

從歷史事實看台灣「主權獨立國家」的理論荒謬性[1]

台灣島內目前瀰漫著各式反對統一的論調。今日朝野三黨皆在爭權奪利當中漠視了台灣當代史一貫與大陸不可分的關係，也註定歲末年初的選舉是一場欠缺民族智慧的鬧劇。

面對年底和明年初台灣的兩次重大選舉，「解嚴」後「自由化」的台灣政治，不但沒有解放與進步的趨勢，反而呈現政治、思想、知識的全面保守化。表面上，三黨尖銳對立，競爭劇烈，但在實質上三黨的思想及政治光譜極為相近。三黨的鬥爭，不是階級、哲學、政權的鬥爭，而是赤裸裸的政治爭奪的鬥爭。

三黨的政治光譜相近

國民黨要確立「中華民國在台灣」；民進黨說台灣早已獨立，奪取政權後可以仍然叫中華民國；新黨說要捍衛中華民國。台獨喊台灣命運共同體；李登輝喊「台灣生命共同體」；新黨沒有什麼「共同體」，但從中共導彈演習後，新黨奮勇宣誓與台灣共存亡，也可猜測到它的共同體範圍。國民黨搞務實外交，至李登輝訪美而達於頂點，基本上是民進黨「台灣獨立國際政治空間論」的具體實踐，因此李總統自康奈爾「榮歸」後，民進黨表示「讚賞」，新黨沒吭聲。在思想上，三黨都堅定反共。在統獨問題上，民進黨要獨立，路人皆知。國民黨嘴上說統一，實踐上搞兩個中國、一中一台，甚至台灣獨立。新黨的統一論，其實是舊朝故音；反共統一、勝共統一、和平演變統一，這與國民黨內「非主流」派的統一論一致，實質上是反共拒和、抗共拒統，等於保持現狀，阻擋而不是促進統一。獨立論、一中一台／兩個中國論和反共統一／勝共統一論，屬於反統一即分離論，而不是統一論的範疇。

在和戰問題上，三黨都主張強化以大陸為敵的國防，在外交上，三黨都主張倒向美日，在國際關係上，三黨都有脫中國、脫離第三世界而入西歐的願望。朝野三黨，相同相似乃爾。在意識形態上，屬於右翼保守主義之極，無庸置疑。而這右翼的、形形色色的反統一論、民族分裂論，是今日台灣的主流論述、霸權論述：順我者昌，逆我者亡。

台獨論的主流化和霸權化，有其國際政治的聯繫和歷史。

遠者不說，二戰末期，美國軍、情部內，力言基於美國在中國和太平洋地區的國益，在戰後占有台灣，使台灣與中國分離。戰後，隨中國內戰激化，又力主台灣託管、台灣占領、台灣獨立，以避免台灣赤化，但受到一直企望中共民族化而與蘇共反目的白宮及國務院所反對，並明白宣示台灣為中國領土，美國無意干涉中共解放台灣。

「國際合法性」的焦慮

韓戰後，美國政策一變，以其國際霸權採取武力干預台灣海峽，在國際外交上抹殺新中國，以美國國際政、經、軍事力量支持蔣氏統治下的台灣，使台灣保持在聯合國安理會席次，「代表全中國」。正是這個強加於國際社會的台灣的「國際合法性」，使國民政府由上而下、由外而內，鞏固了它在台灣統治的「中華民國」國家政權（state）的「內部合法性」。

五〇年代初在日本、七〇年代轉移到美國的台灣獨立運動，以反蔣、親美、反共，向美國爭取美國給予台灣的「國際合法性」。一九七二年，台灣被逐出聯合國，它的國際合法性受到重大挫折，為免挫折影響其依附國際合法性的統治「內部合法性」，蔣經國展開控制下的「台灣化」改革，有限制地吸納本省精英。然而形勢強於人，一九七九年，美中建交，美台斷交，國府外在合法性受到重大衝擊。同一年美麗島事件向國府統治之內部合法性挑戰，以大逮捕收場。但國民黨統治的國際內部合法性岌岌可危，此時台獨勢力開始在島內全面擴大。

進入八〇年代，在國府國際／內部合法性危機下，海外台獨運動與島內資產階級民主化運動合流，聲勢更加壯大，八七年民進黨闖關建黨成功。八八年李登輝政權登台。

台美斷交後，美國仍然留下一條繩索給失去國際合法性而漂流大海的台灣——《台灣關係法》。這雖不能給予台灣以國際合法性，但勉強給予台灣以美國的合法性，即作為美國附從的合法性。

李氏政權成立後，和國府一樣，有深刻缺少「國際合法性」的焦慮。這種焦慮，生動說明了台灣從來不是一個獨立的民族、獨立的國家，而是中國不可分割的一部分這樣一個事實。因為中華人民共和國以革命繼承了中華民國的國際合法性之後，經二十年美國霸權的抹殺，仍然最終取得了一個主權國家自有的國際合法性，名實一致。而李氏的焦慮，與蔣經國在美台斷交後的焦慮一樣，正是源於要抵抗自己的國際非合法性而另立一國。

「度假外交」、「校友外交」、「參與聯合國」，這些行動的背後，其實是企圖重建台灣原所沒有的作為獨立主權國家的國際合法性的行動。李登輝說尋求國家統一和尋求國際空間之間沒有矛盾的說詞，只能欲蓋而彌彰。

因此，使民族分裂固定化和永久化，建立中華民國「獨立」的國際合法性，並以這國際合法性展開新的統治的內部合法性——在這一個思路上，國民黨、民進黨、新黨，基本上沒有分歧。

「內在合法性」的虛構

明年初大選還有一個焦點，就是建立新的內部合法性。和明年初大選相密切聯繫的三黨立法院席次爭奪戰，也連帶沾上了三黨亟欲「脫中國」的興奮與焦慮。

李總統原先的設計，看來是要以他個人的「度假外交」……一系列外交行動，包括花錢「遊說」買倒美國國會，攻破一點，再以骨牌效應取得日本等較重要國家的雙重或交叉性承認，終至重新取得國際合法性。

如果這個計畫成功實現，他將以「外交突破」的盛威贏得普選，並藉以建立「台灣民選總統」而另立正統，與大陸國共糾結的歷史斷絕聯繫，建立新的統治與國家政權的「內在合法性」，使台灣分離運動獲至國際及至內部的正當性。

這個戰略構造完好，乍見頗為銳猛。但李總統自康奈爾校園興沖沖「凱旋」後不久，中共就以導彈演習向台灣示威，實際上，中共與美國關係也陷入低潮，迨十月末勉強恢復關係。

在這巨大的轉變中，直接、間接以反共拒和，尋求兩個中國、台灣獨立的三黨，對於自己所導致的危機，失去了處理和解決的立場和能力。台灣朝野主流政治企圖以重新爭取與中國分離的台灣之國際合法性，從而據以重建新的統治之內在合法性的設計，遭到了中共以軍事優勢武力、外交力量具體、明確而有威力的限制。

十月下旬，美國與中共高峰會談後，錢其琛做了一次未被重視卻極為重要的談話：台灣內部的選舉或其他政治行事，不能夠改變台灣作為中國領土的事實。話說得明白不過：在保衛中國主權的決心和實力下，台灣企望外交上尋求外國勢力支持其國際合法性，在內欲以民選總統建立與中國分斷的內部合法性的一切作為，都將遭到挫折。而台灣對這一限制之無法對立，並不僅僅是因為台灣在軍力、國際外交上的弱質，而是因為**台灣問題不是一個自來獨立的國家，如今面臨被別的大國強欲「併吞」的問題，而是歷經百年恥辱的中國，堅決保衛自己領土主權的完整的內政問題，牽動著十二億中國人民、海外華僑和島內至少七成人民的感情。**

民族分離主義在台灣的坐大，自然不能只歸於外因——帝國主義和國際冷戰形勢。外因總是透過內因起作用。

一九四九年到一九五三年的反共肅清毀了台灣自日據以來艱苦發展的反帝愛國主義勢力。與一般殖民地／半殖民地一樣，台灣的民族、民主運動由左翼領導。台灣左翼政治哲學、社會科學與文化藝術運動在韓戰後的台灣冷戰、內戰結構形成過程中遭到殘酷摧殘。相應於這個變化，台灣在日本統治期間的反共親日派不但沒有受到歷史的清算，反而在冷戰、內戰結構中與國府野合而壯大，至今榮華富貴——忠奸是非完全顛倒。

「脫中國」化與兩岸互動矛盾

在台灣左翼的毀滅後，美援和留學體制長期培養親美反共精英，至於今日而占領台灣各領域的制高點。李登輝政權登台後，以國家政權的力量利用台獨民粹主義奪取政權，鞏固權力，縱容和發展了台獨。在經濟上，一九五〇年到一九八八年，兩岸經濟斷絕，台灣經濟納入美日台循環而積累，與中國民族經濟體脫離。

四十年台灣經濟的「脫中國」發展，規定了思想、政治、意識形態的「脫中國」化。通過這些內因，帝國主義、國際干涉主義才起到作用，使它們的代理者台獨運動在島內坐大。

事物以不居的變動為其本質。一九八八年以後，在台灣戰後資本主義面對途窮時，兩岸經濟依資本的邏輯開始結合。今天，兩岸經濟已經成為台灣資本主義中資本循環構造不可或缺的組織部分。橫跨兩岸的中國民族經濟體正在迅猛形成。獨立於人們意志的資本的邏輯，不但強大地牽引著台灣中小企業資本，也正在吸納著台灣公營的「國家」資本主義性的資本和私人集團資本。另一方面，美國經濟正開始它漫長的衰退與沒落的進程。

這些「向中國」的經濟趨勢，正與政治、意識形態的台獨「脫中國」趨勢形成越來越大的矛盾。歷史說明了這種下層建築與上層建築矛盾的時代之屢見不鮮。但歷史也見證了這矛盾的解決，以下層建築的決定性作用解決了矛盾。

台灣分離主義的分離運動與大陸不惜武力與外交展示的反分離即統一運動的矛盾，掩蓋了台灣歷史自有的反分離即祖國統一運動。

馬關割台，台灣農民反近衛師團登陸的抵抗鬥爭慘烈。一九〇七年北埔反日事件，一九一二年林圯埔反日事件，一九一三年苗栗事件，一九一五年西來庵事件，一九二〇年以後台灣文化協會、民眾黨、農民組合、台共等民族民主運動，三〇年代台灣人在廣州、南京的抗日運動，史蹟斑斑，基本上是割讓的殖民地復歸祖國性質的運動。

台灣的歷史智慧有待恢復

一九四七年二月事變中「處委會」卅二條，基本上是反對內戰，台人治台，以高度自治的形式復歸中國的綱領。事變後成立的「台灣民主自治同盟」，突出反美帝干涉台灣、反託管、反台獨、反內戰，倡言台灣高度民主自治的綱領。一九五〇年楊逵的《和平宣言》，也突出反國際託管台灣、反台獨、高舉民主自治主張。這是充分注意到殖民地化五十年的歷史特殊性，依具體條件所提統一中國的政綱了。那時中共尚未建國或建國伊始，不存在與今日「一國兩制」呼應的問題，而是台灣人民在統一問題上智慧的表現。

而與台灣現當代史剝離的今日朝野三黨，被歷史收奪了解決當前困局的能力。今年年底和明年初的選舉云云，就難免是一場盲人騎瞎馬的鬧劇與悲劇吧。

初刊一九九五年十二月《明報月刊》（香港）第三六〇期
另載二〇〇九年十二月《世界華文文學論壇》（南京）第四期

1
本篇載於《世界華文文學論壇》時，該刊編者按：「〈盲人瞎馬的鬧劇與悲劇〉是陳映真先生寫於一九九五年十一月十一日的文章，他說：『寫完再讀，索然無味。』因此沒有發表。然而我們讀來，不能不佩服映真先生的深刻與睿智。雖然時光已隔十四年，但文中對台獨的揭露與批判仍然有著巨大的警世和醒世作用。尤其讓我們感動的是文中飽含著一腔渴望統一的愛國熱忱。這樣的文章，即使到了將來兩岸統一之後，也不會過時。感激中國社科院的黎湘萍先生收藏並向本刊提供了這篇文章，也感謝陳夫人麗娜女士代表映真先生授權本刊發表這篇文章。」查本篇已初刊於《明報月刊》「統獨之爭與兩岸前途」專題，文末並註明作者為「台灣作家、『中國統一聯盟』執行委員」。

禁錮與重構

讀鍾喬《戲中壁》

鍾喬的中長篇小說《戲中壁》，是台灣當代第一部以激動的台灣四〇年代末、五〇年代初戲劇運動和地下黨運動的交錯為背景的小說。在這一段被當今朝野主流政治刻意抹殺和強欲湮滅的歷史中，多少激烈的青春，瘖啞的吶喊，奮銳的潛行，果敢的鬥爭和對於幸福、正義最純粹的執念，都被慣習化的庸俗、怡然自得的機會主義和放膽的反共保守主義所刻意蔑視和掩埋。本身為詩人，台灣戲劇史的研究者，劇場運動家的鍾喬，在八〇年代中後的民眾史現地採訪生活中，頭一次接觸了深埋在冰冷的地層下的五〇年代初貧困客家佃農「地下人」的歷史，五體震動。《戲中壁》的受孕，應該是他的台灣戲劇史知識與地下黨歷史採掘的感性體驗相互撞擊產生的火花吧。

在地底下被禁錮了四〇年的獵捕、拷問、審訊、槍殺和監禁的歷史，怎樣地被遺忘，又怎樣地被記憶和再構成，都是無由逃遁的政治。以巨大、長期的恐怖、威脅和迫害，嚴厲禁止那白色歷史的紀錄和流傳，造成甚至父母不以語子女，師長不能以語弟子的，暴力的遺忘機制。解嚴以後，恐怖的記憶，有的被強制套上台灣民族論和台灣國家論的邏輯（例如有關二二八事變的記憶），有的被新的冷戰意識形態貼上「赤色」異端的牌子，刻意從主流政治中驅逐出去（例如一九四六至一九五二年間地下黨的運動）。

然而，國家暴力機制在資本的邏輯中融解。之後，另一種以文藝小說、電影、戲劇和詩歌的方式去記憶和重構那隱密的傷口，就無法加以抑制。八〇年代初以降，以小說、紀實報導、電影、詩歌等文藝形式去沉思、重現和記憶那一段集體回憶中暗黑的隧道的工作，正在逐步開展。《戲中壁》就是其中一個虔誠而優美動人的成果。

把高度政治性的題材，以高度的自覺，用藝術形象的思維加以表現——即以高度的自覺，避免用獨斷、粗糙的教條口號加以表現，是《戲中壁》值得推崇的優點。鍾喬在《戲中壁》中，幾乎頭一次表現了散文敘述的詩的質素。他選詞造句之力求雋美、冷靜與準確的刻意，躍然紙上，以致在最好的地方，讀之動容。當然，刻意的推敲，在偶然失敗的時候，自不免拗口。

十餘萬字的小說，被一個明亮理想，一個充滿殺身亡家的危機的網罟下的純粹的執念所吸引，造成牽動讀者閱讀的緊迫與張力。這種張力，克服或者補償了作者在人物的塑造和動作的發展上的缺陷。《戲中壁》的人物基本上是理念的、比較未經過具體化的、平面的人物，缺乏伴隨動作而成長、改變的歷程。在動作上，也比較缺乏辯證性的矛盾與統一的連鎖。

然而，當人們知道《戲中壁》是鍾喬的第一篇小說，人們很容易注意到大凡「第一篇」小說所不能免的自我中心、冗長、繁瑣、膚淺的激情等毛病，從而顯現出「第一篇小說」所難於一見的客觀、冷靜與敘述上的從容，令人訝異。鍾喬在小說這個文類上的第一個嘗試，在這個意義上，是相當成功的，已無疑義。

初刊一九九五年十二月《聯合文學》第一三四期

金明植：歌唱希望、自由和解放的詩人[1]

一、濟州島貧困農民的兒子

金明植（Kim Myonshik）在一九四四年生於韓國濟州島。一九四八年四月三日，當金明植五歲的時候，濟州島爆發了悲慘的「濟州島四三事件」。戰後占駐南韓的美軍當局所指揮的李承晚武裝警察，對呼號著祖國統一的濟州島農民蜂起，進行殘虐的撲殺，殺害了島上七萬居民，燒毀、破壞了島上百分之八十的村莊。

「四三事件」其實是戰後南韓具體政治、思想和軍事形勢的典型產物。一九四五年八月十五日，日帝因戰敗而瓦解，殖民地朝鮮獲得了解放，一時恢復朝鮮半島獨立，建設民主主義新國家的呼聲響徹雲霄，要求破除由蘇軍、美軍占領分界的三十八度線，完成祖國的統一。在這樣的氛圍下，一九四六年三月一日，濟州島民眾舉行了紀念一九一九年在日據下朝鮮起事失敗的「三一獨立運動」示威遊行。美國軍政下的軍警開槍鎮壓示威，射殺了一個觀看遊行的無辜少年，並造成多起流血負傷事件。為了抗議美國軍政下李承晚當局的殘暴，濟州島民眾斷行大罷工，要求美國軍政當局道歉。美方拒絕，濟州島左右對峙激化，民間右翼暴力團「西北青年會」等仗勢展開對「赤色分子」的全面恐怖肅清，抵抗的居民被迫轉入地下，史稱「三一」事變。

一九四六年三月的「三一」事變中血腥的逮捕、私刑拷問、逮捕和處決的恐怖，使濟州島的民主勢力，被迫在全面屈服和奮起抵抗中做出選擇。李承晚在美國軍政當局授意之下，正急著要推動一九四八年「五一〇」選舉，企圖搶先在南韓片面成立政府，造成南北分裂分治的現實，引起了熱望祖國統一獨立的人民的憤慨。於是，為反對「五一〇」選舉，爭取祖國統一和自由，抵抗反共恐怖虐政，濟州島居民應聲武裝蜂起，在同年的四月三日勃發。戰後在遠東地區迅速升高的冷戰，使美國進駐南韓的軍事行政當局，迫切推動「圍堵」共產主義運動、抵制「朝鮮人民政府」的形成和圍堵共產主義中國的一整套政策。因此，美國當局向李承晚提供了現代化武器以裝備數個師團，並動員飛機和驅逐艦，對濟州島居民蜂起進行徹底、堅決的白色恐怖肅清作戰。濟州島的浩劫，只有日本關東軍隊在中國戰場的「三光政策」(即殺光、燒光、搶光)的殘暴可以比喻。[一]

就在「四三」事變的前一年，金明植的貧困農民父親過世，嗣後便由寡母以艱難沉重的農事勞動，扶養金明植兄弟。「四三」事變被鎮壓後的濟州島，恍若鬼村，經濟衰疲，農村破產。

金明植的幼年和少年時代，便在母親和鄰人為生活、糧食而飲泣的哭聲中成長。金明植嘗謂：「我的少年時代，是眼淚的時代。」[三]這一段貧困、飢餓、哭泣和對於幸福、正義的嚮往的體驗，成了金明植文學思想和感情的重要質素。

一九七〇年，金明植自漢城東國大學畢業。一九七六年，漢城西江大學哲學系肄業並成為天主教耶穌會修道士。

從一九六二年到一九八六年的十五年期間，南韓達成了平均九．七％的經濟年增長率。輸出的年增率也高達四十％，到一九七七年，突破了輸出總額一百億美元。南韓在一個高度軍事威權主義國家、加上外資所起動的出口導向工業化，達成了快速的經濟成長。[四]

但這種依附外資和對外貿易的國際分工體系下的工業化，付出了這些沉重的代價：(一)國家強權干預下的低米價政策，以確保低工資條件；因此(二)農民和工資工人生活與福利被迫長期抑壓，貧富差距擴大；(三)以反共國家安全體制，壓制勞動三權(團結組織權、集體爭議權和集體交涉權)，破壞基本自由權利和對民主主義的壓制；(四)南北間民族分裂結構的永久化等。

一九七六年，朴正熙軍事獨裁下的經濟發展，積累了大量上述的社會、經濟和政治的矛盾，但在國際冷戰構造支持下的朴正熙絕對化的國安體系下，矛盾被強力壓抑下來。一九七〇年十一月，發生工人全泰壹自焚抗議事件，[五]激發了知識分子、進步教會關懷在殘酷的原始積累下喘息的廣泛工人的思想與社會運動，而各種勞資爭議也在高壓之下奮力湧現。

就在這一九七六年三月，作為修士的金明植，以其作品《歷史研究十章》（「十章」又代表十字架）因強烈明顯的諷刺和批判色彩，觸犯了朴正熙的《大統領緊急措施令》，在軍警包圍西江大學下，金明植從容被捕，入獄三年。

一九七八年，金明植出獄。在獄中，金明植遇見了自五〇年代以來為民主主義和克服祖國分裂而在被抹殺的苦牢中受難的囚人們。他在囚房每日的生活中，看見了那些被政權在社會上誣蔑凶徒匪類的政治犯，人格崇高，知識學問淵博，在患難拮据的生活中平分共享有限的日用品，互相扶持照顧，這些深刻的體驗，也深入影響了金明植的文學。

出獄後的金明植，知道了母親在他被捕次年去世，悲痛逾恆。母親之死，使金明植文學形成了苦難韓國的苦難母親這個重要的意象。出獄後，金明植居於漢城貧民窟，在窮人中生活和創作。一九八〇年四月，在朴正熙被刺身亡後迎來的「漢城之春」[六]，使民主運動巨步發展，和民眾更加貼近了的金明植，在漢城四一九紀念會（紀念一九六〇年四月十九日韓國學生運動推翻李承晚政權）中發表並朗讀了〈四月的火花〉。五月，他在民族文學紀念儀式上朗讀〈人民的燈火〉。不久，在光州事件後全斗煥頒布《全國非常戒嚴令》前夕被捕，受到嚴苛的拷訊，體悟到暴力拷問背後靈魂的黑暗，成為他日後重要作品〈拷問〉的素材。

同年八月，金明植出獄。不久，入漢城基督教宣教教育院，在大學課程中研究「民眾神學」[七]，逐漸形成了他那著重公分共享之實踐的「和平神學」（或作「平安神學」）。

一九八三年，金明植三十九歲，東渡日本人東京國際基督教大學比較文化研究所。

一九八五年開始，金明植以他過人的信念，在日本展開了拒絕按捺指紋的鬥爭。原來，一九五二年日本頒布《外國人居留登記法》中，要求滯留日本的一切外國人在進行居留登記時必須留下指紋，迨一九五五年全面實施，此一挫辱人格的規定，四十年來不斷引起在日居留外國人的批評和反抗。但是具體而言，被要求「按捺指紋」而受辱的人，百分之九十是在日韓僑和華人，其中又以在日朝鮮人占絕大多數。這些長期在日韓僑和少數華人，是在一九〇九年日本併吞朝鮮，侵占遼東時，因生活困苦，或自動，或徵用移民到日本，在日本社會的下層過生活的人。這些人對保持自己民族種姓特別「頑固」，在日數代以來，不肯歸化日本，改易姓名，成為長期在日「外籍人」，被迫每五年（前此為每三年，每兩年）按捺一次指紋留底。

一九八四年十月五日，在日朝鮮人一千餘人聚集東京荒川，發表宣言，號召開展全面、大量拒捺指紋。

在這樣的背景下，一九八五年九月，金明植在申請更新在日居留證時拒絕履行按捺指紋的規定。八六年，日本當局正式拒絕金明植延長居留。在這段期間，金明植發表了像〈指頭〉、〈美麗的指紋〉這樣動人至深的抗議詩篇。八七年，金明植發表宣言，拒絕以按捺恥辱的指紋交換留學居留權利，在四月一日，毅然整裝回到韓國。四年餘留學日本的生活，使他體會到先進資本主義日本社會的諸多深刻的矛盾，發而為詩，強化了他作為「第三世界」一員的認識。

一九八九年，我第二次訪問韓國，在漢城市貧民窟中金明植所主持「亞非拉研究所」(Asia, Africa and Latin America Research Institute, AALARI)會見了金先生，並與幾位研究員有過一次至今難忘的交流與分享，會後還共進菜餚素樸、心智豐盛的晚餐。

一九九〇年夏秋之交，傳來金明植再次被捕，並判刑三年的消息。嗣後年餘，又傳說他提早獲釋，幾經聯繫，皆不能證實，至今沒有確切的信息。

金明植為人溫婉謙和，乍見不是議論叱吒的革命型人物。但在他的溫柔中，帶有對於理想與真理的不移的執著，文如其人，令人難以淡忘。

二、金明植詩中的韓國民眾

金明植詩中，韓國的平民百姓，婦女、幼兒、農民和勞動者經常出現。但這些韓國民眾，決不是革命理論中無血肉，只有概念的民眾，而是苦難的濟州島農民、為生計哭泣的母親和飢餓幼兒；在苛烈的農事勞動下的農民，在囚房中為義受苦的政治犯；在漢城市貧民窟生活的、「經濟奇蹟」下的窮人們。金明植對他們充滿了深情厚意，在他的詩中，充滿著這些民眾動人的形象，充滿著詩人為民眾的幸福而獻身的決志。因此，當他寫自己的母親時，其實他寫了在「現代化」的殘暴中顛躓掙扎的韓國弱小者的母親：

我從來不曾有機會供養過一粒米飯的，
哦，我的母親！
不知道您在已拱的墓木中，想著些什麼？
您以農民的妻子和寡婦，度過了一生，
歲歲月月，操勞困頓，不曾歇息。
有人說您的一生彷彿永恆；
有人說是無盡的寒冬。
當我身陷囹圄，即使僅僅一次也好，
我是多麼渴望見您一面。
是啊，即便是一次也好，

我渴想為您煮一餐熱烘烘的米飯……
每天，我總有一個時刻，
從鐵窗瞭望著
母親居住的方向。
現在，我卻盤坐在您的
寸草未生的墳前。
在春天的田野上，
當您背著雙手走過小麥田；
當早春冷冽的北風凍人骨髓；
當您的老眼昏花；
當您的門牙一顆顆脫落，
我不能為您添一件夾衣；
不曾為您置一副眼鏡；
不能送給您一副假牙……
而您的生命夜復一夜地消逝。

如果這一切不是為了我，
又能是為了阿誰？

——〈母親的臉〉八

這是金明植對自己飽受苦難的母親的描寫，但同時也是在曲折的社會和非理的政治下無數為義受到折磨的韓國兒女在囚室、在逃亡的路上，在鬥爭的生活中，心中切切眷戀、不捨、歉疚和祈念的母親的形象。

等著父親，
一面呼喚著長子的名字，
等著么女順仁。
等得胸口發燒，
心焦心痛地等著，等著。
四十年，就等著盼著在破曉時飛來的袈裟鳥。
我的母親，

是淚的墳墓。

——〈淚的墳墓〉九

詩人金明植〈淚的墳墓〉敘說一個故事。父親為了出去要回被橫奪的土地，一去不返。長男被徵調當兵，奉命「在撕裂的國土上殺害自己的同胞／把槍口指向自己的骨肉」。么女順仁被「美國佬揮灑的美金屑末／奪走她美麗的臉龐／離家出走」。而母親等焦了心，流乾了眼淚。「袈裟鳥」是韓國民間傳說中帶來幸福的吉祥之鳥。據金明植的感懷，一九七八年出獄後，遽知慈母棄世，他直奔濟州島老家，在母親墓前沉思，深深地自問，離開了慈母，追求學問，寫詩，當了修士……這些對像他的苦痛一生的母親——以及全韓國無數無名的母親，到底有什麼意義？一〇這種反省與悲慟，在〈淚的墳墓〉中，把失母之痛，擴大成對全韓母親的悲傷最生動、最形象化的描述，允為金明植的傑作之一。

在貧苦、勤勞的生活中生活的民眾，永遠能激起詩人金明植最大的喜悅，最深的情感：

從小，就一直
喜歡黃昏時分。

喜歡
從田裡回家的人們的
汗水的味道。
喜歡
被泥土弄髒的手。
非常，喜歡死了
象徵著勞苦的
鋤與鍬。

——〈黃昏〉二

在另外一首詩〈臉〉裡，詩人唱道：

那些人們的臉，經過
日曬、
風吹，

變得面色淺黑。
那是
耕耘解放之地的、進香巡禮者的臉。

——〈臉〉二三

詩人歌頌這些「面目淺黑」、「身體佝僂」的勞動人民，「掃淨」「富人所汙遺的垃圾」，「擦拭」「有力者所散播的毒害農藥」，是「鞏固大地的大地之子」。因此，詩人的心思，詩人的感情，永遠站在這些民眾的一邊，同民眾同擔苦難，同行苦路。詩人說道：

我不要站在強有力者的一邊。
我要同
心地美善，與我同行的人一道走。
我不要站在並不勞動　卻能過好日子的人們的一邊。

我要同
在工廠裡勞動、
在田裡幹活的
正直的人們一道走。

我不要站在那些構想著高尚的詞語，
坐在書桌前議論世事者的一邊。
我要同在那刻骨銘心的勞動場所裡的
工人們一道，同那些
要把勞動變成嘉年華會的人們一道走。

我不要站在搞意識形態之爭　搶奪政權者的一邊。
我要同痛苦的人們一道痛苦；
同悲傷的人們一起悲傷；
同挨餓的人們一道餓飯；

同襤褸的人們一起襤褸；
同失去了故鄉、
同失去慈母的人們，
時時刻刻，我要同他們一道走，
走到任何要去的所在，
我是自太古以來的同行人。

——〈同行人〉一三

至此，「民眾」已不是被「領導」、「教育」、「鼓動」的對象，也不只是文藝寫作的素材，而是詩人生命與創作的根源，是同擔苦難、同行苦路的「同行人」。而這與民「共享」、「分擔」的思想，又源自詩人獨特的神學——「和平的神學」，成為金明植動人而深刻的終極性的關懷，加深了他的作品的思想深度。

三、希望——金明植的理想主義

讀金明植的詩，詩質十分豐潤。以前舉〈母親的臉〉為例，「米飯」、「農婦」、「寡婦」、「背著手走過小麥田」、「早春的寒風」、「昏花的老眼」、「脫落的門牙」……這些形象鮮明的意象，互相激盪，形成動人心魄、豐富深遠的思想和感情的運動。但金明植文學的特質，並不僅僅限於詩的語言、想像和境界上的傑出的表現，更在於在這語言、聲音、想像的藝術性之上，多了一分執著而真誠的理想主義。他憧憬著一個不再有眼淚、飢餓，不再有戰爭、歧視、收奪壓迫、同族相仇和對立的世界。他譴責暴力、欺騙、獨占與支配；他盼望和平、友情、正義：他深信糧食、勞動、喜悅與苦難的平分共享；企盼一個沒有歧視、沒有壓迫，可以自由和樂、共同起居的共同體……他的作品，幾乎都直接、間接地流露著對於幸福、光明、和平與進步最強烈、熱情而真摯的信念與希企。

作為當代韓國人，使分裂的祖國恢復統一，結束同族間互相咒罵、互相仇恨、互相對峙和廝殺的歷史，無疑是普遍而強烈的希望。因此，詩人譴責使朝鮮南北遮斷，家族離散的國際冷戰構造：

而且，
冷戰的刀鋸使人民和人民分裂
在國界與國界之間舉槍相對
遮斷往來南北的路途
使兄弟、父母、妻兒離散
終至剝奪我們的生命
冷戰的刀鋸
是企盼世界末日的假先知的大騙局

——〈冷戰的刀鋸〉[一四]

在〈底層的吶喊〉中，金明植寫了滯留異國日本、一個卑微的韓國烤肉店老板對祖國統一深沉的、庶民的悲願：

朝鮮人烤肉店的
老闆

問我要的
竟而不是烤肉的埋單

請付給我祖國統一的精神和決心吧
請付給我可以從北方到南方
從南方到北方
自由往來的
祖國開通的大道吧

東京上野的
烤肉店老闆，以哽咽的聲音
這樣向我索求

——〈底層的吶喊〉一五

在另外一首詩裡。詩人要燃燒火焰，守著黑暗的長夜，直到祖國統一的黎明：

遙遠的，
朦朧的祖國。
我的祖國，
是被人掠奪之地；
是遭人分斷之地。

直到祖國終於成為
我的大地，
在這包圍著我的
漆黑的夜裡，
我得把篝火繼續燒旺。

——〈祖國〉一六

北朝鮮中朝交界之地，有白頭山（長白山），相傳是韓民族的祖先自天界降凡之地，是朝鮮第一高山（標高二七四四公尺）。朝鮮人不分南北，白頭山是生前切盼一致的故土。南北分斷之後，南韓人民的祖國統一運動，多以白頭山作為統一的象徵和懇願。所以在〈白頭山，I〉中，詩人劈頭這樣說：

不知從什麼時候開始
我就彷彿覺得
我的另一個故鄉
是白頭山麓上的一個村莊
……

——〈白頭山，I〉[一七]

一個被分斷而對峙的祖國，一個被政治和意識形態所遮斷的民族的聖山，在詩人強烈渴念中，成為詩人對一切美好事物和幸福的憧憬的焦點，在詩人的想像中，成了理想的、童話般美好的世界。這首詩的最後一段，這樣歌唱：

白頭山，

有水有糧的地方；
鳥兒歌唱樹木繁茂的所在：
野獸安居；
飛禽滋生；
山泉淺澗與河川共流的地方。
流呀流喲，
滋潤了旱田和水田，
孕育著一切生命的源頭活水，
是生命之天水地淵，
生命之子宮的
白頭山。

那裡是
山神所居；
雨降雲飄；

風雲四集　瑞雪飄落的地方。
是神仙的居所；
是那白鬚老人
我們天帝的故鄉；
是心地佳美的骨肉兄弟的故鄉。

那兒是孕育著生之倫理，
和生命種源的所在；
是使解放的精神四處流傳的
泉源；
是培育一切夢想的地方……
白頭山。

——〈白頭山，I〉

詩人想像的翅膀，繽紛美麗地飛翔在詩人曾未一見的白頭山，象徵著民族和解與統一的祖國的白頭山，形象地表現了對統一的渴念和幸福的嚮往。在迎接新年的一個除夕，金明植以最美好的想像，對分裂的祖國獻上了良好的祝禱：

當黎明揭開嶄新的一天
從北方到南方
四十年來的恨(han)
會不會消解
冷戰的三十八度線
會不會崩塌

——〈祖國的早晨——迎新年〉一八

這首詩的每一節，以疑問句的形式，不斷地提出詩人對即將展開的新的一年的祈盼。在這第一節裡出現的「恨」(han)，在朝鮮民族的精神史中，是一個獨特的概念，有重要意義。歷史上，朝鮮半島為強鄰包圍，受到中國、俄國和日本等強國的宰制、統治和欺凌。這種強國環伺下的自己弱小的存在，成為一種「恨」(遺憾、委屈、憤怒、悲痛等)。朝鮮歷經內外統治者苛烈的壓迫，也是一種「恨」；在極端儒教封建主義下，在「男尊女卑」的禮教下，韓國婦女受到男權、宗族權和外來勢力的歧視與殘虐，有社會處境上的女性之「恨」。在封建歷史中，朝鮮最多時幾乎有三分之一的男女人口，在嚴厲的封建身分制下，淪為僕婢家奴，在人格上被物化和財產化、任人買賣，也是另一個「恨」的存在。南韓著名詩人高銀曾說：「不容否認，我們都在『恨』的母胎中誕生，在『恨』的懷抱中成長。」[一九]「恨」，成為被壓迫下韓國人民底層普遍的情感。一方面，「恨」成為弱小者敗北、被傷害的意識。這種意識，固然會走向虛無和自棄，但更多的時候昇華為韓民族無數優秀的民間戲曲、傳說和文藝。在另一方面，「恨」也為弱小者悲忿的執念，衍生為自毀、孤注一擲的衝動，但這種悲忿也能因理論化、組織化而成為革命和變革的重要動力。[二〇]

接著，詩人再問，新的一年裡南北離散家族之痛會不會消除？南北對峙的槍口會不會消失？呻吟的冷牆會不會崩塌？而監獄之門會不會大開，讓同胞在祖先靈位前互道安好……最後一節，詩人這樣祈禱：

> 當黎明揭開了嶄新的一天
> 讓我們把糧食平均分配

讓我們在春天的田地播種希望的種籽
在豐饒與和平的時刻
讓我們等待秋天收穫的日子
當黎明揭開了嶄新的一天

——〈祖國的早晨——迎新年〉

金明植的這種動人心弦、激動人心的信念和希望，可以說是他的文學的一個鮮明的素質，他沒有教條，也沒有口號。他以人民群眾中普遍的感情和語言，向美好的生活輸誠，歌唱。他以優美的讚頌，歌唱他要前去的道路：

我們要去的所在，
不是有國境團團圍起的祖國。
我們要欣然回去的所在，
一定是大夥兒可以一塊居住，
國境的門戶大開的祖國。

——〈我們要回去的所在〉二

接著，詩人繼續憧憬和想像著一個沒有監獄，沒有貧富的差距；一個受綑綁的人得自由，離散的兄弟重逢；一個以勞動為嘉年華會的地方，一個：

大地的呼吸
與花草們明亮的笑聲
同花兒一道綻放的地方

——〈我們要回去的所在〉

而到了〈一起生活的街坊〉，金明植已經描繪了一個和平、平分共享、以勞動為樂、溫飽有餘的烏托邦了。

沒有一個可以一起生活的街坊嗎？
在大夥兒可以一起創造和平，

一起生活的街坊裡，
栽種和平的花木，
一邊聞著花香，
在那沒有窮人　也沒有大人物的街坊裡，
一起分配和平的糧食，
在懷抱著小而美好的夢想的街坊裡
人們因期盼著有一天勞動會變得像是歡樂的節日
而一起生活的街坊；
小小而又美麗的街坊；
沒有一個可以這樣子一起生活的街坊嗎？

——〈一起生活的街坊〉[32]

四、自由——對於強者和權者的抵抗與批判

在金明植所堅心仰望的烏托邦裡，沒有飢餓、獨占、壓迫、歧視，沒有戰爭，沒有流離失

散……這些理想的意象，當然是現實生活和世界的顛倒的影子。金明植固不憚於歌唱這些美麗的「倒影」，同時也勇於批判現實存在的黑暗——飢餓、獨占、剝奪、獨裁、戰爭、離散……不，他不但以筆以口討伐，他更以具體的實踐干預了生活，並因而三度下獄。他篤信人自由的本質；篤信人的根本性的尊嚴。人的自由和尊嚴對於金明植是不可假借交易的原則。為堅守原則，金明植不惜喪失自由，不惜與慈母生離死別，不惜放棄在東京留學的機會，而況為詩撻伐呢？

在他著名〈拷問〉中，他對偵探警察對犯人的酷刑拷打，發出了震人心弦的控訴：

拷問，是漆黑的地下室裡
在劇痛之後的
絕望，是
在劇痛之後的
人的否定，
是切斷互相信賴的絕壁。

自然的死亡已足傷悲，

而況
槍斃刀斬的死亡，
更是滲透血漬的恨怨。
而且，因為
拷問是漆黑的地下室裡的勾當
同太陽月亮和星星相背反的拷問
是撕裂人與生命的
殺人的刀劍，害命的炸彈。
拷問是　創造的否定，
是人對於人的背叛。

與其說是劇痛是悲傷　毋寧說是恐怖的
拷問　是生之中止
是成長的中斷
是暗夜的顏色

凡大地的呻吟
都是拷問
凡大地的眼淚
莫非殺人
歧視、蔑視和掠奪，不論發生在什麼地方
都是嚴重的拷問

拷問的開始　是戰爭的預告
拷問的發端　是火海的前奏
拷問
使愛止息　拷問
迫使人憎恨自己的祖國
拷問　是
剝奪歡笑的
地獄之火　是

一九九五年十二月

撒旦的惡行　惡鬼的財寶……

——〈拷問〉[23]

自己曾數度在戒嚴安全體制的偵訊室經歷了嚴苛拷訊的金明植，以懾人的形象語言，敘說拷問對人類靈魂、人格和肉體的不可置信的破壞和挫辱，從而發為最厲聲的控訴。在〈刀鋸之國——請回答我〉[24]，詩人控訴之聲，激越而近於怒吼。一九八七年，當韓國學生運動高昂，大學生朴鍾晢和權姓女大學生遭到憲警拷訊致死，詩人抑壓不住內心的悲憤、大聲疾呼。他指責南韓是「殺人之國」，指責那些對朴、權二君的橫死無動於衷，猶夸夸然談論民主的教授、議員、神父，批駁那些誇口富強和現代化的正人君子，讀之動容。

〈在日暮裡〉是一首寫身在異國而懷念尚在故國的囹圄中的友人的懷人之詩。詩一開章，金明植就說：

在日暮裡　我
一直等待著故國光明的消息　一面又
懷想著獄中的友人們的臉

想著光州的友人們冰冷的屍體。

——〈在日暮裡〉二五

然而高樓兀自櫛比，名流自我吹擂，大腹賈仍然宴樂。故國友人吶喊和戰鬥，但等待著他們的是拷打、鐵窗和槍決。在異國，詩人傾聽著在故國深山逃亡的友人的跫音，傾聽著逃亡者的妹妹們在山下等待逃亡人時狂亂的心悸……在最後一節，詩人這樣寫道：

在日暮裡　我
一面等待著故國的消息　一面
試著傾聽孤獨者們醉酒的足音
試著呼喚因鬥爭被捕、在鐵窗裡的名字

——〈在日暮裡〉

資本主義經濟蒸蒸日上，但飽食的韓國，並不能麻醉學生、詩人、市民對非理生活的抵抗。七〇、八〇年代的上升的經濟，和校園、工廠、文藝界苛烈的抵抗和鎮壓的交織，構成韓國當代文學獨特的面貌，表現了詩人對於自由、和平、解放與發展的強烈的企盼，和他對於強權加予的痛苦的高聲指責：

太陽底下　傷痛之地
那裡
小兒的哭聲更昂
戀人們
淚流如小溪
善良的勞動者們
中彈仆倒

太陽底下　傷痛之地
那裡
布置著鐵蒺藜
監獄的石壁堆得老高

把鄰居隔開
將戀人拆離
把鄰人和鄰人　戀人同戀人的
早晨的問好
強行奪去

——〈太陽底下　傷痛之地〉二六

一九八三年，金明植第二次出獄不久，有機會出國到日本留學。一時離脫了獨裁，在先進國的學園發心鑽研的金明植，並沒有貪戀一時的「自由」與便利。他以銳利的眼睛、易感的心和溫柔的性情，看見了日本「帝國」、「敵國」、「敵地」的深刻的矛盾，同時也結交了日本人和在日同胞。在日期間，他寫了批評日本社會、促使日本反省的詩作。但作為韓國詩人，這一期間他最重要、最好的作品，就要數一系列為保證人格尊嚴和民族尊嚴而堅定拒絕按捺指紋的作品。其中，〈美麗的指紋〉無疑是最重要的作品之一。在這一首詩中，詩人以豐富的想像、聯想和記憶，讓人們重新認識了在我們日常生活中埋沒的微不足道的手指和指紋，讓人們重新理解了指紋的尊貴和不容剝奪、羞辱的尊嚴。詩人用形象鮮明而豐裕的語言，為讀者開啟了指紋在人的生命中動人的記憶。詩人是這樣開始了指紋的故事的：

請不要讓任何人奪去了
這美麗的指紋吧　因為
在那指紋裡
有美好的生命
在那指紋上
鐫刻著摸索母親的乳房的
最初的際會
這小手上的指紋
是尋找生命之母乳時
最早的帶路人

——〈美麗的指紋〉[27]

人的指紋決定於生殖細胞中的基因，在人的受胎卵成長的全程中形成，在滑出母胎時早已完成，並在本能地探求母乳時就把小手上的指紋孺慕、溫柔、喜悅地印滿了母親的乳房。詩人以這強烈的回憶，溫暖而激動的想像，立即喚起了指紋在每個人生命中崇高、密切而不容強奪的重要性。接著，詩人說，我們的美麗的指紋，是「愛的證人」。在「精細的指紋」上，刻畫著「調和的曲線／神祕的地形」。「孕藏著教育我們以宇宙之攝理的／美學」。在我們的指紋裡「沉睡著初戀的情感／刻印著最初的勞動／散發著／認識黑暗與罪惡的／善良的光輝」……美麗的指紋是「自由的羽翼／渴望翱翔於和平的天空／渴想以清純的心／遍走解放的大地」。美麗的指紋「是我們在結婚的初夜裡緊緊合而為一的／活的見證人」。因此，詩人呼籲受盡屈辱的在日韓國同胞，「不要讓油墨染汙」我們的指紋，「不要讓黑墨、白墨遮斷了我們前去的道路」。在詩的結尾，詩人向被迫按捺「恥辱的烙印」的人們吶喊了：

美麗的指紋絕不是
理念的刀劍
飽食後的冷漠
強權的牢獄
歧視的法制和

侵略的飛彈
所能強奪的

——〈美麗的指紋〉

一九八七年，在金明植因拒捺指紋而被迫中斷留學生活，毅然回國前一年，寫了長詩〈指頭——為抗拒按捺指紋的人們而作〉。

同胞喲！
即便已經被掠奪了三十六年　即便
在槍聲歇止之後　又被剝奪了四十年
我們的這隻手指
可千萬再不能叫人奪了去
因為　在這指頭上
脈動著咱祖先的血流
生息著咱祖國的魂魄

——〈指頭——為抗拒按捺指紋的人們而作〉[二八]

日本併吞朝鮮半島三十六年。而戰後四十年廣泛的在日韓僑仍然在日本社會的底層，受盡歧視和收奪。但即使如此，詩人高聲呼求在日同胞，拒絕日本以按捺指紋的形式剝奪在日朝鮮民族不可侮慢的尊嚴。詩人接著對在日同胞說，敵人恐怕還在「覬覦我們的生命」和「我們的土地／還在渴想著我們的血液」，因此不要忘記「敵人溫和的笑容／正把我們的靈魂帶向黑暗的道路／正掠奪著我們的幼兒對明日的美夢」。詩人再三吩咐：

千萬牢記啊
我們的春天
在民族統一的那一天
在建造了和平的那一天
在實現了民主的那一天
應該合成為巨大的力量
被用來當成迎接

那新時代的尊貴的工具吧！

——〈指頭——為抗拒按捺指紋的人們而作〉

詩人迫切地向在日同胞呼喊，不能再次招來第二次三十六年的殖民，不能再次招來「恨(han)的四十年」。在災難與「恨」的三十六年和四十年之後，剩下的只是這不能再被奪去的手指。因此「請不要忘記／為什麼我們一定要守護著指頭／為什麼要拒絕按捺指紋……」可以被殺戮，可以被劫掠一空，可以被拷打，可以遭監禁，但民族和人格的尊嚴，心靈的自由卻絕不能降服、挫辱和交易，這種民族和個人主體的自由精神，貫穿著金明植的文學實踐。

五、解放——金明植的「和平神學」

金明植有一首長詩，題為《解放的日子就要到來》[二九]，全詩計分為十一章，各章長短不一，全體地形成一個虔誠厚重的交響。這十一章，分別是(一)〈侵略〉；(二)〈統治〉；(三)〈罪惡〉；(四)〈敵人〉；(五)〈解放所從來的道路〉；(六)〈詩人的精神〉；(七)〈解放的日子就要來到〉；(八)〈到解放之路——主啊！請帶領我們〉；(九)〈解放之路〉；(十)〈解放——凡受禁閉者必得釋放〉和（十一）〈溫暖的解放〉。

「解放」（liberation）這個詞，在長期反共國安體制下的社會，至為「敏感」，原因是這個詞是從二〇年代以降的，殖民地朝鮮、中國和其他第三世界馬克思·列寧主義的反帝民族民主運動的重要戰旗。但金明植文學思想裡的「解放」論，即使或多或少受到左翼概念裡的「解放」論的影響，但在本質上，金明植的「解放」論，畢竟是屬於他自己的，一方面帶有強烈的基督教福音主義色彩，另一方面也有出身貧困農民的金明植自己的小農平均主義烏托邦的特質吧。

馬克思·列寧主義的「解放」論，至少有三個特點：

（一）一個社會的上層建築（政治、法律、宗教哲學、法政體系等）和其下層建築（經濟、生產手段，等等）是處在相對協調和穩定，以及絕對矛盾、變動的關係。當著兩者一時性地諧和之時，生產力受到「解放」而發展；當著兩者發生矛盾，即上層建築（生產諸關係）成為意欲不斷變動發展的下層建築（生產力）的桎梏時，就要引發社會革命，掙脫舊的生產關係＝上層建築，繼而「解放」生產力，使其巨步發展，社會遂往前進步。

（二）上層建築與下層建築的矛盾，表現在人的關係上，就是階級鬥爭，就是各種形式的革命，就是統治階級和被統治階級的顛倒，就是被壓抑階級的「解放」，成了新歷史和新社會的主人。十九世紀中後，世界進入了帝國主義的時代。百分之七十五以上的人口受到形式不同的殖民地體制的統治。世界規模的階級解放鬥爭便表現為世界規模的民族「解放」鬥爭，也表現為二次大戰後廣泛的民族民主運動。

(三)下層建築從舊時的上層建築中「解放」，被壓迫階級從舊的支配階級取得了「解放」，在精神領域，即政治、宗教、哲學、社會人文科學和文學藝術從舊時的論述體系中得到「解放」，發展出適應於新的生產關係、新的統治階級之思想感情、鞏固和發展新秩序的新論述系統。

(四)因此，馬克思·列寧主義的「解放」論，是其社會發展論，即著名的「五階段」社會發展論的一個重要組成部分，表現為一個客觀的社會—經濟定論，一個不能以人的主觀意願為轉移的客觀規律。雖然馬克思·列寧主義也注重上層建築和人的「主觀能動性」所起的作用，但那畢竟是個別的、暫時的、局部性的作用。[三〇]

但詩人·文學家金明植的「解放」論，就顯得歧義，有時候帶著唯心主義，帶有強烈的福音主義和道德論及感情論的色彩，卻斑爛可觀，感人唯深。

說到金明植的解放論與基督教福音主義的關聯，人們絕不能忽略金明植的神學論文——〈和平神學：公分共享的實踐和上帝的國度〉[三一]。以下是金明植「和平神學」最概括的介紹：

> 耶穌終其短暫的一生，都在加利利生活和宣教。相對於作為外來統治者殖民地首都、繁華、光彩、精英雲集的耶路撒冷，加利利是一個被隔離統治之地，被視為犯上反亂、低賤、貧

困、落後之地。「加利利還能出什麼好的？」成為時代對受盡剝奪和壓抑的加利利的嘲諷。加利利有重重的苛捐雜稅、政治社會不公，人民貧困而憤怒。

當時猶太人的社會、經濟、政治和宗教精英，無不蝟集在明亮文明的耶路撒冷，爭向統治者羅馬輸誠。

但耶穌基督反而在加利利的窮人中降生和生活，與病人、痲瘋患者、瞎子、飢餓者、被棄絕者、被疏離者、乞丐和妓女、農漁業勞動者一起生活，和這些追求改變生活、改變政治的人們一起勞動糊口，一起祈禱、醫治病人、宣講全新的、解放的福音，一起流淚、讀經，一起清理腐敗的教會、赦免他們的罪愆，傾聽他們的懺悔，安慰他們傷痛破碎的心靈，與數代隔絕的撒馬利亞人重新和解。尤其重要的是，耶穌選擇了這些窮苦受盡收奪的人，讓他們追隨他，親自經歷受難，親眼見證了復活與升天的榮耀。

耶穌宣揚即將來到的上帝的國度。但他並沒有把這光榮的國度局限在末日。他以在現世實踐凡物凡事「平分共享」的實踐，來建設上帝之國，即困厄貧窮者的解放之國於當世。耶穌的門徒，遵照耶穌的宣教，大家在一起共同生活，分享終極的夢想、分擔悲苦、艱難與各樣的重擔、平分共享日用的糧食、分享精神、心靈和信仰的體會。從初代教會的生活看來，平分共享的正義與平等實踐，就是和平（平安＝Sharom）的基礎，即解放的真諦。這平分共享的實踐，表現在耶穌以五個餅二條魚在平分共享下成為著名的神蹟，餵飽了數千身心飢餓的人民。在最後的晚餐中，耶穌以自己的肉體和血汁讓弟子公分共享，讓弟子在他走上苦路的前夕，互相分享了主耶穌的悲痛、絕望、犧牲和救贖，為門徒後世的宣教與殉難，保證了真實的自由與解放，預告凡物凡事平分共享的地方，就有主耶穌，就有教會，就有解放。

在另一方面，金明植看到了耶穌宣教對於耶路撒冷及蝟居其中的「精英」們的批判。耶穌宣教的徹底性（radicalness），使他在現世上作為一個「激進」分子、一個「危險思想者」、一個批判和動搖現有統制秩序的「匪類」、一個拒絕從屬化、掠奪、歧視，一個為了使人民從物質、制度、心靈的重擔中獲取解放的「煽動家」和實踐者而受磔刑之苦，結束了凡塵的一生，完成了對全人類的救贖。

因此，以恩慈之心，堅毅的立場，拒絕和批判一切的非理和不義，以物質和精神的公分共享，實踐地上的天國，實現和平、正義、自由與解放——這就是金明植「和平神學」的精義。

從此，我們理解了為什麼對於戰爭、剝削、飢餓、殺人、民族與家族的離散的譴責、對於和平、「節日一般的勞動」、不虞飢餓、歡笑和盛開的花朵的神往，以及分享糧食、分享生活與勞動、「平分共享」的詞語和意象在金明植的文學中大量、重複地出現的緣由了。

在這個參照系統下，我們再回到金明植文學思想中的「解放」的意義和想像，就更容易明白。

解放，對於金明植先是對欲望的拒絕，在為了與號泣者流淚，與飢餓者同飢而受到屈折與殺害時，「解放就會到來」（〈解放所從來的道路〉）[三二]。

解放也是「同一切殺人的機制的戰爭」（〈詩人的精神〉）[三三]。

詩人也說，只有「在苦難的道路上／為解放而鬥爭的人」才會產生思想與思考。不通過鬥爭，就沒有解放，就沒有解放的思想。人因戰鬥而存在，不是因思想而存在。因此人是以「解放者」而存在的。這是在《解放的日子就要來到》[三四]中，詩人所做的哲學式的、關於「解放」的展開。

在一首優美、深刻的，彷彿祈禱文似的長詩〈通往解放的道路——主啊！請您帶領我們〉裡，詩人求告上帝，為了安慰因飢餓而慟哭的幼兒，祈求讓他「遠離安樂的睡眠與飽食的餐桌」，讓他捨棄一切權力、名望和吸血的戰利品，斷絕奪人勞動，財富滿倉的惡業，而且——

請將平分共享糧食和勞動的
當年分餅的神蹟　變成福音
並且
請斷裂那阻礙分餅的教訓
成為和平之根基的

一切的鎖鍊

——〈通往解放的道路——主啊！請您帶領我們〉三五

緊接著，詩人唱出了他對「解放」的體會：

解放
始於廢棄榨取的常習
在和平之地
結出為平分共享日用糧食
而勞動的果實

解放不是別人施予的東西
解放是
不走惡人的道路
先傾聽餓漢的慟哭

先要成為那被剝削的鎖鍊所困的
弱小工人的鄰人
解放始於
那獻出自己的一切與人共享的
喜樂共居之地

從而 解放要在我們
遠離殺人的團伙
不走戰爭的道路
在勞動變成了節日的歡樂的片刻
綻開花朵

主啊！
請引領我們
走向和平之路

一九九五年十二月

請為我們揭開
凡物平分共用而生活的
解放的新的清晨

——〈通往解放的道路——主啊！請您帶領我們〉

另外，在〈解放之路〉[三六]中，詩人把解放詮釋為依自己的本然——而不是為奉承帝王、教皇、首相、主席、書記——而活。在〈解放〉[三七]這首短詩中，正如詩的副題「凡受禁閉者必得釋放」那樣，詩人深情地惦念著不得休息的男女童工，惦念著因飢餓而哭泣、而死亡的幼兒，惦記著受囚禁而與所愛之人離散的人；懷念著身負沉重的枷鎖的友人，並為他們最終解放的應許，發出虔誠的祈求。

六、結語

小論最大的缺憾，是小論的作者無法直接閱讀韓文。有關金明植的作品，皆從其日譯本而來，因此無法從原詩的韓文體會詩人在語言、言外微義、象徵、比喻、詩境等方面更為細微的成就，加以申論。

其次，從金明植的文學，可以看到現當代南韓文學緊密介入南韓現當代歷史、政治和社會的矛盾，在矛盾中感受、沉思、實踐與創作的這麼一個特質。日本殖民地時代固不必論，在戰後國家分斷、軍政獨裁和國家安全體制下，韓國戰後資本主義在軍部、財閥、政客驚人的勾結下，排除民眾的正當權利、犧牲弱小階級和階層，完成工業化，付出了蹂躪人權、壓制民主、使權力與市民、學生長期剝離對峙，付出了慘重代價。在這荒廢而非理的四十年資本積累過程中，韓國文學家沒有也無法置身事外，在嚴苛的軍政體制下，正如金明植所言，作家「在戰鬥中學會了思想，在戰鬥中凝結了解放的思維，也在戰鬥中體現了主體的存在」[三八]。這所謂「戰鬥」或「鬥爭」，其實意味著體現思維的「實踐」，意味著因對於真理的執著而對於非理現實的「抵抗」。

因此，當一九七〇年以後世界資本主義的進一步發展，戰後以迄七〇年初的，中心國家與邊陲國家的抵抗與解放的運動基本上消沉、退潮時，獨有南韓的運動卻自七〇年代而八〇年代中後不斷深化，爭論不斷往理論的縱深發展，抵抗的文學、美術、戲劇的質量與數量基本上不斷在成長。和台灣相較，南韓的民主化運動絕不僅是政治、社會運動，它深遠、深刻地擴及文學、藝術和人文社會科學的領域，取得令人驚嘆和崇敬的成果，這是從金明植作品在宗教、哲學、心靈的深度，可以概見的。

最後，我們不憚於指出的是，即使通過日譯本，人們也很容易受到金明植在文學創作的高度藝術性所激動。絕大多數的時候，金明植不是一個革命的鼓動者，呼喊著僵直憤怒的口號。正相反，他更像一個虔誠的修士，溫柔、親切、善體別人的苦難，深刻同情處在殺戮、飢餓與鞭打下的苦人。他祈求寬恕，祈求愛與和平，他憧憬著一個素樸的「平分共享」的公社性社會，一個平等的共同體，分享口糧與勞務的公社。他歌唱人的自由與解放，他期待有這一天：勞動不再因異化而苦役，勞動因與人的合一而成為「嘉年華會」，成為歡笑的節慶……

正是在這些理想主義、這些動人的福音主義和烏托邦主義，正是在這些美好的夢想與祝禱中，金明植表現了他對於民族和個人的尊嚴、自由與解放，對於抵抗一切不正與非理的不可假借與交易的堅定不移的信念。用溫柔謙卑真摯的語言，道出他對於人和生活最美善的堅持——這毋寧是金明植文學最為動人的神髓所在吧。

一九九五、十二、五

初刊一九九六年五月《韓國學報》第十四期

一　美軍在一九四五年八月九日進駐漢城，頒發第一號、第二號布告，置朝鮮半島三十八度線以南於盟軍總部麥克阿瑟直接軍事占領統治之下。嗣後盟軍當局與南韓右翼如金九、李承晚一派結合，鎮壓左翼的工運和社運，展開白色肅清。一九四七年六月三日，美軍政廳當局頒一四一號令，將原「南朝鮮立法院」改為「南朝鮮過渡政府」，給予親英派李承晚以（代理美國）統治南韓的「合法性」。

二　金奉鉉『済州島血の歴史—4・3武装闘争の記録』（国書刊行会、一九七八年）、一〇七—一四五頁、二三七—二四五頁。

三　市野宗彦「解説」、『光の中へ 金明植詩集』（日本カトリック正義と平和協議会、一九八七年）、二七三—二七四頁。

四　高峻石『南朝鮮経済史』（柘植書房、一九八〇年）第八章　第十一章を参照。

五　李丞玉『韓国の労働運動—胎動する闘いとその思想』（社会評論社、一九七九年）、七四—七六頁。

六　一九七九年十月十六日，韓國人民對朴正熙極端獨裁的「維新」體制群起反抗，引發了釜山市內的群眾蜂起。十八日，朴正熙當局宣告釜山戒嚴，但示威遊行一發不可收拾。十月二十六日，朴正熙遭金載圭（韓中情局長）暗殺，崔圭夏出任代理總統，表明繼續推行「沒有朴正熙的維新體制」，受到美國支持。十一月十三日「（因政治迫害遭）解職教授協議會」和「民主青年協議會」等五團體，團結學生、學界、宗教界發表聲明，反對「維新」獨裁體制，要求廣泛的民主改革，一時全韓激動，民主化運動風起，世稱「漢城之春」。高峻石『南朝鮮政治史』（柘植書房、一九八〇年）、三七四—三七六頁。

七　隨著第三世界反對歐美政治經濟文化的宰制運動之發展，一種掙脫白人—西方中心的神學，從而依據第三世界具體的歷史文化脈絡，發展自己的神學，在七〇年代後蔚然成風。韓國的「民眾神學」便是其中富有創意的努力。「民眾神學」肯定和繼承韓國民眾的歷史和文化，啟發人與上帝的新關係。James H. Cone (1983). "Preface." In Commission on Theological Concerns, Christian Conference of Asia (Ed.), *Minjung Theology: People as the Subject of Theology*. Maryknoll: Orbis Books.

八　陳映真譯，《人間》第四十五期，一九八九年七月，頁一四〇。

九　『光の中へ 金明植詩集』（日本カトリック正義と平和協議会、一九八七年）、八五—八八頁。

一〇　同註三，頁二七七。

一一　同註九所揭書，頁二四—二五。

一二　前揭書，頁二八—二九。

一三　前揭書，頁三〇—三一。

一四　前揭書，頁六七—七〇。

一五　前揭書，頁八三—八四。

一六　前揭書，頁一〇五。

一七　前揭書，頁一〇六—一一一。

一八　前揭書，頁一一二—一一四。

一九　同註七所揭書，頁一〇四。

二〇　前揭書，頁五五—七二，Suh Nam Dong (1983). "Towards a Theology of Han." In Commission on Theological Concerns, Christian Conference of Asia (Ed.), *Minjung Theology: People as the Subject of Theology*. Maryknoll: Orbis Books.

二一　同註九所揭書，頁三二—三三。

二二　前揭書，頁一五〇—一五四。

二三　前揭書，頁七一—七三。

二四　前揭書，頁七六—八二。

二五　前揭書，頁一〇二—一〇四。

二六　前揭書，頁二六—二七。

二七　前揭書，頁一二九—一三五。

二八　前揭書，頁一三六—一四二。

二九　前揭書，頁三九—六六。

三〇　陳先達主編《馬克思主義基本原理》（第六章—第八章），北京：中國人民大學出版社，一九八八年。

三一　同註九所揭書，頁二五四—三七一。

三二　前揭書，頁四四—四五。
三三　前揭書，頁四六—四七。
三四　前揭書，頁四八—五〇。
三五　前揭書，頁五一—五八。
三六　前揭書，頁五九—六〇。
三七　見〈解放的日子就要來到〉，前揭書，頁四八—五〇。
三八　同註三七。

1　本篇發表於「中韓文化關係與展望」國際學術會議，時間：一九九五年十二月十七日；地點：台北市金華街一八七號、政大公企中心國際會議廳。後刊載於中華民國韓國研究學會發行之《韓國學報》第十四期（一九九六年五月）。

我對馬華文學的觀感[1]

一九九五年十二月二十日，晚上六時三十分，第九屆大馬旅台文學獎工委會在台灣大學新生大樓的一〇三教室舉辦了上述的講座，邀請了台灣著名小說家文學批評家——陳映真先生，談他對馬華文學的觀感，以下簡單記錄陳先生的演說要點。（編案）

我四月、五月的時候到過馬來西亞，給我的印象變深刻的。這一次去呢，我真正從感性上理解到馬來西亞巨大的變化。那就是，所謂亞洲資本主義促使馬來西亞資本主義的發展，從市容、車子的模樣到建築，各方面在在說明，馬來西亞正經驗一場巨大的變化。它對馬來西亞有重大的意義，它也是跨世紀的亞洲，「全世界的經濟集中在亞洲」的這麼一種說法的明顯徵兆。

任何海外的人到馬來西亞去所得到的一個深刻印象，就是他們的獨立中學，是在馬來西亞這樣的環境下形成的。由於各種各樣複雜的歷史原因，漢語或華語的推廣或教育是有很多困難的。在那裡，我遇見了一些對馬華文學非常有興趣的朋友，實際上呢，馬華文學界也經常會到我們台灣來活動。所以呢，我今天就想講一講我對馬華文學的一些想法。

今天晚上的講話並不是非常有體系的講話，不過我想，可能我們會把話題分成兩大體系，一個是對馬華文學最簡單的歷史做一個回顧，從馬華文學的歷史的回顧裡，我們看到馬華文學的特質在什麼地方；然後第二個部分，我們看到，特別是一九七〇年代以後，成長起來的你們，已經產生一種什麼樣的變化，馬華文學具體的面臨什麼樣的問題，它的將來和展望是怎樣？我是站在這樣的立場來想這個問題的。

我想，關心馬華文學的同學都知道一個人的名字叫方修，是吧？方先生是一個非常有心的人，他對馬華文學的研究，特別是馬華文學史的研究非常深刻，我的一點點關於馬華文學的知識也是從他的著作來的。到底馬華文學是什麼？它的定義當然是非常重要的。我想就借用方修的說法。他說：馬華文學有幾個要點，第一個是受到中國五四運動的影響。從傳統文學（文言文）變成現代文學（白話文），都一樣受到國難、受到帝國主義的壓迫，在帝國主義的壓迫底下覺醒來。就是我們自己應該要反省、應該要改革的兩點：一個是反對外來的侵略者，就是反帝國主義的要素，第二個要素就是反省到我們民族的傳統裡有一些落後的部分，那就是比較封建的部分。我們必須改革，排除這些封建的部分，力求現代化，才能夠抵禦外來的侵略。所以中國的文學，實際上，其他民族的現代文學，都是在這種情況下產生的，也就是在帝國主義的壓迫下，為了喚起民眾救亡運動而產生的一種文學運動。五四運動基本上就是反帝國主義的運動，它是一個文化運動，是思想運動，可是它也是文學運動。在文學方面，它提倡白話文，用我們自己的手寫我自己嘴裡講的話，不講「之乎者也」，只講白話。所以方修先生說，馬華文學是受到中國五四新文學的影響。第二個呢，從它的思想感情的內容特色來看，這第二個條件是具有反帝、反封建的精神。第三個條件就講到地區了，什麼叫馬華文學呢？它是在新馬地區，包括北婆羅洲在內這個地理範圍內發展起來的華文白話文學。我再重複一遍：第一個，它是受胎於中國的五四新文學運動；第二，在文學的思想感情內容上，它有反帝、反封建的精神，這是非常重要、非常突出的一個特點；第三，它所涵蓋的範圍是新馬，包括北婆羅洲這一帶華人所發展的華語的白話文學，不是文言文文學，這個就是馬華文學。

從五四運動的一九一九年算起吧，馬華文學到現在已經有七十六歲的歷史。在這七十六年的歷史裡，在座的各位如果真正對馬華文學有興趣，我第一個建議就是回到歷史，好好地在馬來西亞華語文學的歷史裡面重新走一遭。在這七十六年以來，馬華文學有起有落，總地說起來，可以有這樣的概括，那就是從馬華文學自一九一九年的歷史看來，凡是殖民地的各種矛盾，包括民族矛盾和階級矛盾爆發的時候，馬華文學就跟著水漲船高，非常蓬勃地發展，作品、作家、評論大量地產生，相反的，這些運動受到阻止、受到鎮壓、受到平定的時候，文學也跟著退潮。大概就是這麼一個規律。從這個規律看起來呢，大概馬華文學有三個鼎盛時期。

第一個鼎盛時期（一九二五—一九三一）

一九二五年是整個亞洲的共產主義發展運動蓬勃的時候，中國共產黨在一九二一年成立，到了一九二五年的時候，在國際共產主義的指導之下，有所謂社會主義的文學或階級文學大大鼎盛的時候。這個文學經過郭沫若等人介紹到南洋的華人圈來，所以就有蓬勃的發展。到了一九三〇年，馬來亞共產黨正式成立，成立以後就立刻受到英國當局的鎮壓，一鎮壓以後，整個文學就下去了。這是粗略的狀況。詳細的情況就是，在一九二五年，當時在英國殖民統治下，就展開了一個以華人為中心的新興階級文學運動，實際上，它的骨子裡要講的是無產階級運動，或者工人文學運動，或者革命文學運動。共產主義在馬來亞的發展有兩個途徑，一個是辦夜校，第二個就是工會。在當時，華人有很多做各個行業裡最低層的工人，他們便組成了各種具互助性質的工會，共產主義思想，就是透過這兩個管道，向南洋開展。所以，馬華文學第一次開花才會走向普羅文學或者是無產階級文學。我在書中（方修的《馬華文學史》）看到一篇小說，有一個作者叫浪花，他寫的一本小說叫〈生活的鎖鏈〉，描寫當時華工的悲慘的狀況。後來怎樣學習為自己的命運從事鬥爭。這篇小說，當時非常有名。到了一九三〇年，由於馬來亞共產黨的成立，引起英國當局的極端高度的注意，然後進行大量的逮捕，使整個文學沒落，這是第一階段的情況。

馬華文學的第二個高潮（一九三七—一九四二）

一九三七年，是一個有名的、重要的年分，因為有蘆溝橋事件，就是中日戰爭爆發。一九四二年，日軍占領了馬來亞和新加坡。在這段期間，頭尾五年，馬來亞華文文學又再蓬勃發展。一九三七年，馬共想要號召、團結各地的工人階級，提出反法西斯、反帝國主義的口號，立刻在華人工人當中引起了極為強烈的回響，所以抗日愛國運動紛紛進行。在這樣的事件裡面，馬華文學所主要表現的思想內容，就是抗日愛國，抗法西斯主義。在這裡當然也連帶地表現了華人在僑居地的艱難的生活，以及怎樣團結起來，一致對外的主題。我讀到的文學史中就舉了一個例子，它提到有一個作者叫乳嬰，小說的題目叫〈八九百個〉。就是說，在農莊裡有八、九百個華工，像「豬仔」一樣被日本人隔絕在山上勞動，替日本人挖金礦、錫礦。日本人騙他們，不讓他們知道中日戰爭已經開始，封鎖消息，然後告訴他們說因為生意很好，說起他們薪水，每人起五%，然後叫他們努力生產。後來，抗日戰爭太大，掩蓋不住，終於讓這些工人了解到他們在為日本的侵略戰爭服務，所以全體罷工，跟日本人鬥爭，然後全部撤退。在所有作品中，這是一個故事情節非常悲壯的例子。

馬華文學的第三個時期（一九五三—一九五六）

這個時候的運動，叫作反對黃色文化運動。它的背景是一九四五年日本戰敗，退出馬來亞與新加坡後，英國帝國主義又重新回到馬來亞，重新照舊施行對馬來亞的統治，所以，在馬來亞的反法西斯·反帝鬥爭的勢力繼續在英國的殖民下進行反抗，勢力當然是越來越壯大。一九四五年以後，馬來亞共產黨坐大，也進行非常激烈的罷工，鬥爭非常蓬勃。為什麼一九五三年產生這個運動呢？就是在一九四八年，六月十六日的時候，英國當局頒布了緊急狀態，進行大量的逮捕，實行恐怖的統治。這樣一來，就產生一種現象，虛無主義、失敗主義等氣氛，瀰漫整個華人的知識分子當中。他們開始寫風花雪月的文學，甚至進一步寫黃色的文章，一時非常的頹廢，非常的腐敗，這種情形受到新加坡和馬來亞青年的反對。他們起而提出掃黃的運動，主張反對一切虛無的、腐敗的、灰色的思想文化和文學。這個要求立刻受到廣泛的響應。他們除了反對以上的文學和文化之外呢，當然更積極地提出了一種健康進步的，具馬來亞愛國主義的精神的文化文學。從這個時期的馬華文學的題材和思想看來，有幾個特點：第一點是揭露或者描述反共新村，這是英國為了要對應馬共的策略，就把所有的農民從山裡叫出來，給他們一塊地，外面用鐵絲網圍起來，讓他們在裡面種地，不讓共產黨在裡面煽動或滋生，這樣的話，形成了一個像集中營一樣的地方，產生了很多的悲劇。另外，當然也表現了光復以後，馬來人，華人或印度人的底層階級、工人、農民生活艱苦的情況。第三個內容，描寫中產階級的苦悶。可是呢，它有個特點，因為這個運動主要是年輕學生發起的，所以題材多半是描寫大學生、年輕人，比方說，有一篇小說叫〈青春曲〉。它描寫了一個出身非常卑賤、貧苦的華人青年，非常向上，非常有自尊心，拒絕別人的幫助，拒絕別人的憐憫，反而不斷積極地去幫助別人。裡面描寫了很多當時年輕人灰色，或個人主義獨特思想。因為受了它的影響，這些年輕人就拋棄了灰色的思想，極力地追求、改變現狀，或者是追求幸福的生活。這個運動，到一九五七年告一段落。

綜上所述，我們至少知道馬華文學是在一個充滿矛盾的、作為殖民地的馬來亞的社會裡被激發起來的一種文學文化，這個傳統極為主要。如果我們要認識馬華文學，它的根，就是從這個時代發展出來的。對文學有興趣的人，應該要深刻地理解到這個歷史。馬華文學對於人的關懷，對於解放的嚮往，對於人的自由、人的平等、社會的正義，它所懷抱的高度理想性，應該加以繼承。

八〇年以後，馬來西亞的文學，更多是受到台灣、香港的影響。很多時候，台灣變成馬來西亞華語文學的晉升之階，希望來台灣得個獎，回去比較香，馬上就可確立你的地位。這說明了文學的變化，思潮和傳統巨大的變化。

一九五七年的馬來亞到一九六九年的馬來西亞，你們已經是二代、三代了，你們的民族認同，自然也產生了變化。不像第一代，從一九二五年到一九三一年寫作的人，多半是直接從中國來的。他們所有的華語，所有的漢語表現思維、思想感情及所寫的，都是直接來自原鄉。第二代，從一九三七年到一九四二年，也是第一代的延長，或者在這段期間，抗日戰爭前後從中國來到馬來亞，所以他們也是直接從他們的祖國中國，帶來了他們所有的文字、語言、文化、思想感情。這以後就是你們，你們是在馬來西亞誕生，在馬來西亞成長，這面臨了一個比較大的問題，就是「語代」(language generation)的問題。馬華文學三次高峰期中，第一、第二代都是從中國來的，第三代，可能是新生代，可是，他們在夜校、在學校、在南洋大學受到馬共的影響，在馬共裡面，又極大部分是中國的傳統，所以，這一代的人都還有自主性，或者革命性，或者是對未來的理想，對社會正義還有追求。到了一九五七年以後，新的馬來西亞成立，當然是以反共作為最高國策。然後，緊接著下來，在你們成長的年代就完全不一樣了。在這樣的情形之下，你們的「語代」在馬來西亞完全斷絕了左翼的傳統。我不是說左翼好，而是從剛剛看下來，馬華文學的歷史，就是左翼文學，就是革命文學。在這樣的情況之下，你們的語言環境有了極大的改變。上一代呢，直接從大陸來，所以他的語言形成，是整個從大陸過來的。第三代，顯然比較疏遠，可是他們的學生會、讀書會、夜校所用的華語，他們的學習過程中，學習中國三〇年代、四〇年代的文學，是他們非常主要的一個學習原動力，這些你們都沒有。所以你們的華語只能在家裡溝通，或者是在學校裡面使用，就沒有辦法掌握更加精進，使它成為文學的語言。這不是你們的能力問題；而是你們特殊的政治、歷史、社會的環境所限制。

總地說起來，華文的水準是不斷地下降。這個不是什麼不幸，這是一個宿命。總的趨勢來看，作為語言的環境跟作為語言的年代，是極不利於馬華文學的繼續發展。在消費主義的文明裡，只有少數一些對文學有興趣或教語言的人會非常精萃，一般來說，語言是墮落了，或者粗糙化，或者庸俗化。所以，實際上來說，我對馬華文學上的前途深表關切與同情，但是我們要科學地看到這樣的一個趨勢。那麼這樣說來，你是在潑冷水嘛，那我們還搞什麼馬華文學？其實我的意思並不是這樣。

現在，我想馬華文學陷入比較混迷的狀態，過去是非常清楚的，思想清楚、感情清楚、為什麼寫、寫什麼、寫什麼人、怎樣寫，都非常清楚。一九七六年以後，隨著中國大陸文革的結束，馬來亞華人革命的幻滅以後，所有的映象，所有的東西都忽然消失了，所以一時變得混迷。而且台港之風大量地侵入馬來西亞，這樣牽涉到什麼呢？題材一定是模仿台灣的題材，另外也有可能變成異國風情。例如，我在台灣寫一點蕉風椰雨，異國情調，在台灣文壇受到矚目，可是畢竟那是裝扮出來的蕉風椰雨，不是具體生活的題材，真正血淋淋的，從生活中來，從具體的社會、生活、人、處境裡面來，來自內心深處，殖民地的被壓迫者的內心深處湧現出的吶喊。換句話說，這一代的作家對真正馬來西亞的歷史並不了解，是吧？過去的農莊裡，下面埋葬的可能就是你們的祖先，像這些故事，這些主體性，逐漸喪失。

最後，我們來談趨勢。在這樣的情況下，馬華文學該怎麼辦？有一個很主要的背景，就是跨世紀。我們馬上就要進入二十一世紀，跨世紀的東南亞註定是一個新的資本主義發展的地區，所以，將來二十一世紀，是新生馬來西亞形成民族國家的世紀。在這過程當中，華人已經註定了非得力爭成為這個新生國家的一個不可或缺的驕傲的一部分。

那麼，在這樣情況下的馬華文學，我估計有幾個前途：

(一)可想見，對於馬來西亞文學發展的歷史，馬來文學一定是主流。馬華文學不是主流，但這不表示沒希望。例如，美國作家以自己母語（西伯來語）創作，居然得諾貝爾文學獎，所以馬華作家須有自覺，應堅持以自己的母語創作。

（二）如果真正想要以華文創作，不妨考慮移民。

（三）要寫馬來西亞的文學，要擺脫港台文學的影響，精神、感情、思想及內容，都要是馬來西亞的。作為馬來西亞新生國家的華人，應該以此為榮，並且做個值得驕傲的成員。

講到這個，我想做個結論。

如果我的講話有什麼新意，那就是，你們是沒有歷史的一代。為什麼人會遺忘歷史呢？有一種說法就是消費社會最大的特點，也就是只有現在、未來，沒有過去。歷史被消費淹沒。作為新生馬來西亞的民族，需要緊抓歷史，熱愛國家的發展，關懷國家的發展，這是你們的責任。所以，不要拋棄歷史知識及歷史背景，從歷史裡塑造自己的認同，塑造自己與國家的共同關係，還有對人、對不同同胞的關懷，是很重要的傳統。

只要歷史沒被遺忘，你們祖先高舉的旗子就不會白費。

初刊一九九五年十二月《資料與研究》（吉隆坡）第二十四期

收入一九九九年二月春藝圖書貿易公司（新加坡）《新馬文學史叢談》（方修編）

1 本篇為陳映真關於馬華文學的演講紀錄。整理：李賢麗。

一九九五年十二月

展望一個新的局面

自一九八一年出版的《施善繼詩選》之後，施善繼自選了一些詩和雜文的作品，結集成這一本《返鄉》出版。作為長年的朋友，衷心覺得可喜可賀。

六〇年代末，施善繼以他的初集《傘季》，成為台灣「現代派」詩壇中備受矚目的新星。因此，在一九七〇年展開的現代詩論爭中，施善繼原有更好的理由，更當然的位置站在現代主義立場上，對現實主義論進行反批判，給對方扣紅帽子，棍打「工農兵文學」。但是他沒有。在故人唐文標的知識和人格的帶領下，經過一九七〇—一九七四年的現代詩論爭，和一九七八年的鄉土文學論爭，他毫不猶豫地拋棄了「現代詩」新秀的展望，從哲學上、思想感情上和創作實踐上轉變了自己，堅決、寂寞、勤勉地走來，不悔不疑，讓同在一時的艱難中一道走路的朋友們，感到溫暖和欽佩。

從一九七〇年現代詩論爭的展開，到一九七九年初鄉土文學論爭的戛然而止，爭論的性質，是在一九五〇年以降主張文學（特別是詩）的惡質西化者和反對文學西化、主張文學之民族特性、文學反映民眾生活和思想感情者的鬥爭；是一九五〇年韓戰爆發，兩岸分斷，冷戰、政治、思潮和文學取得全面支配地位，台灣的反帝、反封建的民族民主運動被徹底摧毀以後，頭一次重新高舉了中國民族文學與民眾文學旗幟，反對現代文學的殖民地性格，反對文學拋卻中國民族特色與風格，反對文學遠離和拒絕大眾的生活與思想感情的論爭。在戰後台灣文學思潮史上，這是一次針對一九五〇年以後強大而殘暴的國際冷戰和國共內戰意識形態挑戰的論爭。

年輕的施善繼理解了這個重要的論爭，並且以自己文學實踐的軌道轉換，支持和選擇了民族文學與大眾文學的道路。他毅然自我否定了當時現代主義文學所強調的、極端個人主義思想與情感；否定了只尋奇句詭詞、汲汲乎炮製孤立「意象」而不求全篇通章完整意義和思想的詩風；否定了任意破壞漢語豐厚傳統語詞結構的約定俗成的，為晦澀而晦澀的虛無主義；也否定了與內容思想貧困相應的極端的形式主義，並且邁出了重新探索一條全然不同的詩論和創作的道路。

施善繼回憶說，寫現實主義的、干預生活的詩，遠比寫「現代派」者為苦辛。一九八一年，施善繼把一九七〇年以後在創作上新的探索成果輯結成書，以《施善繼詩選》問世。他的語言平白喜人；他不再孜孜乎僅僅經營意象，而開始寫人，寫生活，寫社會，更寫民族的呼喚。他的詩受到被現代派的精英主義所排拒的庶民所理解，這給予詩人以極大的感銘與鼓舞。

施善繼在嗣後又約莫是十年的思考與創作，可以在這《返鄉》中窺其部分。比較起來，《返鄉》有兩個方面的變化：

（一）相對地說，詩人「理性」的部分增強了。這表現在詩人對形式——如結構、韻腳——的近乎嚴厲的要求。在《施善繼詩選》裡，受到新的思想與感性的激動，有不少熱情澎湃的長詩。但在《返鄉》裡，則以構造、形式要求嚴謹的短詩為多。在感情上，已不是往時澎湃的熱情之奔馳，而顯出情感的收斂與節制。這內斂與節制，也使語言趨向於思辨化、理性化，以達到抑壓情感與想像使收絡於詩人對形式與結構的比較嚴格的要求。

（二）在題材上，施善繼在《施善繼詩選》中表現的、市民階層日常生活細節的題材顯著減少了，而增加了對於台灣歷史與社會的根本性關懷的題材。他寫悲劇英雄的「義盜」李師科（〈糖伯伯〉），寫工人階級的生活與勞動（〈青春的生活〉、〈矽肺〉），寫被戒嚴時代的非理所囚枷甚至殺害的政治犯（〈楊逵〉、〈信〉、〈回家〉、〈安息〉、〈四月的戰士〉、〈殤老同學〉等）。

題材上關懷之深刻化和表現形式上的嚴謹化，其最為成功的作品可以舉〈星星〉為例：

每一個夜晚當天空布滿星星，

故鄉的人們總禁不住抬頭覓尋：
到底哪一顆是亮均？
到底哪一顆是亭均？
淚滴拭去了，但仍擦不掉血痕，
星星在生疏淒冷的遠方旅行，
雖然不能再和爸爸媽媽親親，
卻不停地在黑暗中眨著閃亮的眼睛。

——〈星星〉

一九七九年冬，高雄美麗島事件發生後，於八二年二月廿日發生了在事件中被捕黨外人士林義雄家中遭不明歹徒侵入，殘酷殺害了林氏老母和雙胞胎幼女林亮均、林亭均事件，全台震動。而兩個雙胞胎幼女之死，尤其牽動了全台人民的深切的哀傷與悲情。〈星星〉兩節八行，構造精簡。感情雖收斂，卻冷凝而濃厚。尤其詩人在形式和語言的理性中，讓想像和聯想帶著傷逝、憤怒、痛愛的感情，向冷冽的星空飛馳，感人實深。

但題材深化和形式凝斂的探索兩者偶見滯礙扞格之時，自不免形質兩面皆受到限制。事實上，鄉土文學論爭以後，特別是關於重建現實主義詩論方面，一直付諸闕如，致使現代詩批判以後的詩的創作、閱讀和批評之間的活潑對話，無法生動地展開，也就無法互相促進，互相提高。從現代主義的意象論和晦澀論等魔咒解放出來的台灣新詩，其發展的遲滯，原因複雜。其中，台灣詩歌發展史中三、四〇年代台灣和大陸現實主義詩傳統的禁斷，以及在這傳統斷絕基礎上的惡質西化，實有以致之。而批判了台灣現代詩的鄉土文學論的一方，在文學批評理論上的後繼失力，也要負起很大一部分責任吧。因為人們有權利期待和要求，在「後鄉土文學論爭」時代，不僅僅在詩歌方面，即使在小說方面，也能出現思想感情比較深刻，藝術性比較高，敢於大膽而生動地讓想像、聯想甚至幻想馳騁，敢於用更豐富的形象性思維和語言去敘述作家和詩人重新張開的眼睛所看見或預見的生活——那樣的作品。

《返鄉》也收入詩人的一些雜文，很能幫助讀者更進一步地，從不同的視角去理解施善繼的知識、思想和情感。這些文章有隨筆隨想，有懷人之思，有知識廣博感情真誠的雜文，皆思路流暢，讀之若烹茗雜談，自然而喜人。

一九七〇年現代詩論戰以後，匆匆已經過去了兩個十年。在這兩個十年裡，台灣在社會、政治方面的變化極大。而在文學方面，雖不能說是(理論和創作上)豐收雄飛的二十年，但也蓄積和醞釀了幾些尖銳的矛盾和問題，亟待論議和研究。開春進入九六年後，或將有更其沉悶的風雲，預告著不能測知的雷雨。台灣文學的理論與創作，或者也將不能避開一場更為深刻的爭論，以打開與新的局勢相應的文學批評與創作的、新的局面。

那麼，對於今後第三個十年裡的施善繼，朋友們將寄予熱切與鼓舞的期望。

敬以代序。

一九九五年十二月廿五日

初刊一九九六年七月彰化縣立文化中心《返鄉——施善繼詩文集》（施善繼著）
另載一九九八年《文藝理論與批評》（北京）第三期

〈小耘週歲〉賞析[1]

〈小耘週歲〉，是一個新得嬰兒的父親，對於新生兒之愛的、叮嚀的、期許的頌歌。

每一天的每一分鐘裡，在台灣、在中國、在全世界各地方，都有無數的嬰兒誕生。有的生在寒冷的北國，有的生在像台灣省這樣一個四季如春的地方……。這些，當然，都會以不同的方式、不同的程度，影響嬰兒底一生。但是，對於嬰兒有著即時的影響的，卻是嬰兒父母的家庭經濟狀況。有些嬰兒，在尚未降生之前幾個月，父母已為他辦齊了小衣小帽，小床小帳，和許許多多還要過一年、兩年才用得著的玩具。但也有些嬰兒降生，成為父母加添的重擔，成為小兄姊爭食的另一張口……。

現在，讓我們看看小耘的家，是什麼樣的家呢？比預產的日子遲了一個星期之後的清晨，小耘的媽媽感到分娩的徵兆。小耘的爸爸帶著鍾愛的口吻抱怨了：

其實我們也睡夠了。
只是妳在這時候來，
爸爸要去上班，
哥哥要去上學，
媽媽要怎麼辦？

這是一個居住在城市裡最常見的中等家庭。小耘的爸爸或者在公司或者在公家有一個差事。如果小耘需要「在每個月請人幫忙，包括洗衣服兩千塊的照顧下長大」。那麼小耘的媽媽也一定是每天出去上班。他們每天在早上一定的時候就得出去工作，以便每月能拿到一定的薪水，回來支付各種生活上的必需品——包括小耘的生產費在內。

小耘的爸爸衡量自己的能力，提供小耘的媽媽以他能力範圍內最好的生產的環境。中等職員上班的生涯裡，也有艱辛、單調、沉悶的一面。但無論如何，小耘的爸爸，畢竟以歡愉的父心，迎接了一個新生的嬰兒。

小耘的爸爸，也以他的能力所能負擔的範圍內最好的東西，給新生的小耘。他為他買美國的「嬰兒美」奶粉：買英國的「加農」奶瓶。但是他的能力畢竟也有個限度。待小耘長大些，吃得多些，比較昂貴的「嬰兒美」奶粉，不得不換成遠較便宜的「安佳」奶粉。然而，終竟，小耘的——

尿布：中國的，
妳的哭聲也是中國的，

一個嬰兒在降生以後，立刻就有許許多多的屬性。比如說，在性別上，小耘是可愛的女娃娃；在家中，她是爸媽的女兒，小哥的妹妹。但是，看著看著「乖乖」地「睡在搖籃裡」的小耘的爸爸，卻想起自己所從來的一條悠遠的線索。他想到也許已經許久不曾回去過的故鄉，想到也許自己也只是從父輩聽來的、更遙遠的祖籍。想著，想著。他想到小耘就是無數的中國的嬰兒中的一個。長大以後，她也要和中國的幼年學生一起上小學，和別的中國的兒童一樣，帶著便當，在同一個蒸籠裡蒸飯盒吃，接受中國的教育——教育自己成為中國的好兒女，也教育自己怎樣去為了使中國變得更好而奮鬥。然後小耘的爸爸說——

爸爸有廣東籍的朋友，

也有吉林，
有湖南，
有四川，
來自中國各地的朋友。
妳將來長大上學，
像爸爸也會有
來自中國各地的小朋友。

妳要用普通話和他們交談，
和她們不分彼此的遊戲，
絕對不要打架。
搭車走路要嚴守秩序，
在無論那裡，
要記牢我們是堂堂正正
脊樑挺直不亢不卑的

中國人。

把一切的中國人，打心裡看作自己的骨肉、自己的兄弟，乍看是一件輕易的事。其實，把中國當作自己榮辱與共的父祖之國，把中國人看作自己心心相連的同胞，有一個認識上的基礎——即基於中國歷史，尤其是中國現代史而來的、對於中國命運的共同感。把中國認識成飽經列強的羞辱、打擊、踐踏和盤剝，終於在慘痛中覺醒，一直到目前，全體中國人民還在步步艱辛地排除各種困難，流汗、流血，致力於把中國再造成一個自由、獨立、幸福和勇敢的國家。如果沒有這個認識上的背景，小耘的爸爸就不會向週歲了的，睡在襁褓中的小耘熱情地叮嚀：「不分彼此的遊戲／絕對不要打架。」，「妳將來長大上學／像爸爸也會有／來自中國各地的朋友。」是的。當大家明白中國還是一個貧窮、落後的國家，明白中國還有又長、又坎坷的路要走，明白中國還要一切中國人和睦團結，老老實實地、勤勤苦苦地工作，才真正能打心裡有同胞兄弟，榮辱相共的情感，才能雖然國家一時還窮、一時還落後，卻依然能有「堂堂正正」、「脊樑挺直」、「不亢不卑」的器宇。

接著，看看週歲了的小耘，小耘的爸爸滿懷慈愛地祝福女兒——

妳快快地睡吧快快地長大，
快快地吃吧快快地長大，

長大，為的是要小耘知道得多些。對於小耘的爸爸，最急於讓小耘知道的，還不是怎麼算術、怎麼寫字。他要小耘知道：生活在一個社會，是誰養活、養大了我們：

快快地吃吧快快地長大，
快快地長大就知道，
吃的鹽巴那裡來，
吃的小魚那裡來，
吃的稀飯那裡來，
吃的香蕉那裡來，
穿的衣服那裡來，
穿的鞋子那裡來，
睡的床鋪那裡來，

住的房屋那裡來，
走的馬路那裡來。

鹽巴是鹽的工人在烈日下辛勤勞動來的；稀飯、香蕉是農民風吹雨曬地種出來的；衣服是紡織廠的女工一寸寸織出來的；鞋子是鞋匠車車黏黏地做的；床鋪是木工一釘一木做成的；房子是建築工人一磚一瓦地蓋起來的；馬路是築路工人一段段鋪碾出的。可是這些人，看來一向都是拿人微薄的工資過活的——即使農人的收入也是很低。然而卻很少有人想著，不是別人用工錢養他們，而是他們以辛勞的工作養著一個社會、一個民族、一個國家……。

如果小耘能懂得這些——懂得以兄弟之情愛同胞，「互助互愛」、「不分彼此」——懂得中國的苦難和希望：懂得做一個「堂堂正正」、「脊樑挺直不亢不卑的，中國人。」那麼，新的、年輕的中國，再也沒有迷惘、沒有徬徨、沒有失望。覺醒了的新而年輕的中國，將有一番「英氣風發」、「虎嘯鷹揚」的精神面貌。

初刊一九九六年七月彰化縣文化中心《返鄉——施善繼詩文集》（施善繼

著），署名許南村

1 本篇收入施善繼詩文集《返鄉》，蒙施善繼先生告知，本篇與載明寫作時間在一九九五年十二月二十五日的《返鄉》書序〈展望一個新的局面〉，以及未刊稿〈《怎麼忘》賞析〉，均作於一九九五年十二月。

〈怎麼忘〉賞析 1

近年來，在台灣生活得比較豐裕的人們之中，有一股激盪的暗流——把財產、子女有計畫、有步驟地弄到外國去，到了最後，當然自己也流寓於國外。同樣一個社會，同樣一個台灣，為什麼對於那些家產比別人多，生活比別人富裕、幸福的人，就顯得那麼危機四伏、那麼不足珍惜、那麼不值得留戀，而對於絕大多數勤勞生活，過得沒那麼富裕——甚至過得苦哈哈的人，台灣卻是個可以紮紮實實、世世代代生活下去、足以珍惜，愛護的地方？

〈怎麼忘〉這首詩，是對於這種賺夠了台灣的錢，然後想遠走高飛，全家移民到美國去的人的質詢。

每一個想移民的人，似乎都需要一個理由。有的說是去做生意，有的說是為了讓孩子受更好的教育，但「其實是去迴避逍遙」。迴避什麼？迴避一切足以使他失去既有的財產和利益的實際上或想像中的變化。以什麼逍遙？以無數勤勞的、馴服的、不大抱怨的台灣同胞雙手所創造的財富，在外鄉他邦享樂逍遙。

當他要離開的時候，他已在台灣生活了三十五年。他在台灣結婚，並且也生下已經十歲了的、叫作彬彬的孩子。他的事業很順利，生活也很幸福。台灣，對他是夠優厚了。但是，他——

明天要走了，
帶著唯一的兒子，彬彬走。

因此，作者困惑地、近於痛心地問：

怎麼這麼深厚的，
這土地，
這麼狠，
連根拔起，
連台灣，台灣的福建，

福建，福建的中國，
中國，中國的三百五十年，
你連根拔起。

我們曾在談上一首詩〈小耘週歲〉時說過：要把中國當作自己榮辱與共的父祖之國；把一切中國人看作自己心心相連的同胞，需要有一個基礎——即基於中國的歷史，尤其是中國現代史而來的、對於中國命運的共同感。然而，是不是凡中國人，皆自然地有這共同感呢？我們的答案，不得不是否定的。原來，所謂中國人，可以有兩個意義。一個是人種學上的意義，另一個是認識上的意義。徒然身中流著中國人的血液，卻不認識中國，與中國毫無共同榮辱感的例子很多，例如第二世、第三世的華僑，再例如盲目崇拜外國的生活、文化和事物，憎惡、輕視自己民族的文化、事物等等的人。這樣的人，只有在人種學上是中國人，其他如意念上、國籍上（例如拿到外國公民權），卻未必是中國人。另外一種中國人，除了在人種上是中國人，他還在認識上有上述的對於中國命運的共同感。正就是由於這個共同感，才會把台灣省和福建省聯繫起來想；才回想到台灣和中國間三百五十年的歷史關係——充滿了從前近代的中國向著現代中國發展時，許許多多與台灣有關的歷史事件的關係。也只有在這個共同感的基礎上，才會感到

「土地」對我們「重重的關愛／捨我們成長」。

正就是這種認同上的差異所造成的衝突，構成由層層深入的質問推展出來的這首詩。一個對於台灣，從而對於中國已經失去了認同意識的人，台灣只是他挾資財以經營巨利的所在。除此以外，台灣對於他也許是個在保有財產上是個不夠安全的地方；在享受上是個落後的地方；在社會和文化上也許是個不夠進步的地方。這些想法，是大多數「仍將繼續留住，努力塑造明天的」人所不以為然的。因此，作者指責說：

帶走彬彬，
那是你的。
帶走資金，
卻是大家的，
所以仍將繼續留住，
努力塑造明天的
人的。

作者還苦苦地、憂傷地，甚至有些憤怒地質問：

只是我們想，
你這樣苦苦移殖，
膚色，黃的，
久了以後真會變白？
眼睛泛藍？
鼻樑挺高？
金髮覆額？
把生你、養你、育你的，
新竹，新竹的台灣，
台灣，台灣的中國，
慷慷慨慨，
整個留給我們。
而，城隍廟，

貢丸、
米粉、及
生你、養你、育你的，
中國、中國的福建，
福建、福建的台灣，
台灣、台灣的三百五十年，
不信你能忘記。

「不信你能忘記」，「問題的關鍵：／在你，／怎麼忘？／如何忘？／從那裡開始忘？／有完沒完的忘？／而且，能不能忘得無憂無慮？」是作者在通篇之中反覆、沉痛地質問的話。為什麼我們想起新竹、台南，想起花蓮、台東……，想起城隍廟，想起各地的獨有的小吃，心窩裡就連帶地想起或者小時的玩伴，或者那裡的親朋，或者一股往事，而心中激動、感到溫暖；為什麼我們想起或者在心中呼喚中國的時候，我們就想起它的光榮，也想起她的苦難，而胸中梗塞發熱，眼中滿含著淚水，而他，在台灣比大多數人過著更幸福的生活的人，卻棄若敝屣？當我們跟著詩的作者同其心、同其聲，向那「明天要走了，／帶著唯一的兒子，／彬彬走。／好像去遠方播種，／去遠方？／去美利堅……」的人質問的時候，我們也幾乎同時說，「要走的就走吧，而我們『……仍將繼續留住／努力塑造明天……』」。這時，台灣對我們比什麼時候都顯得美麗、珍貴，中國也對我們顯得比什麼時候都值得為它努力工作，艱苦奮鬥了。

約作於一九九五年十二月
初刊二〇〇八年十二月九日「夏潮聯合會」網站

1 蒙施善繼先生告知，本篇與載明寫作時間在一九九五年十二月二十五日的《返鄉》書序〈展望一個新的局面〉，以及〈《小耘週歲》賞析〉，均作於一九九五年十二月。

被出賣的「皇軍」1

一九三七年中日戰爭爆發，台灣的日本殖民政府惟恐台灣人中帶抵抗色彩的中國認同，會促成寄望中國的勝利，因而對其台灣臣民的言行極其警覺。為了壓制這一台灣人的祖國意識，日本殖民當局加強了所謂的皇民化教育，這是一種旨在「培育帝國臣民」的強制性教育制度，它的建立，是為了將被殖民的臣民同化於日本帝國。換言之，這一制度的目的，就是通過剝奪台灣人的民族認同、尊嚴、文化、語言、信仰、習慣，通過培育以天皇為中心的皇國史觀，使台灣人對日本殖民的臣服合理化，從而培養「日本帝國的忠誠臣民」。而台灣和中國的歷史以及二者之間的歷史關聯，都被排除在課程之外，以阻斷學生對其共同的中國人或台灣人歷史主體性的認同。這種持續的「去中國」教育的效應，在一九四五年台灣光復之後的很長時間仍有著相當大的影響。

從中日戰爭這一歷史脈絡看，皇民化制度的目的十分明顯：日本意在調動台灣的人力與物質資源，驅使台灣人陷入一場悲劇性的戰爭——讓海峽兩岸的中國人同根相煎。本文涉及到十一個台灣人的經歷：他們在日據時期被徵入伍同中國作戰，曾直接在日據下將台灣置身於殖民主體性的矛盾之中。這些士兵的經歷以及他們對這些經歷的態度之所以各有不同，原因很多，而與他們最終是否回返台灣尤有關係。這裡沒有單個的有代表性的故事。然而，正是這些各不相同的故事，生動說明台灣後殖民歷史的複雜性和反諷性：那就是，緊隨著「光復」而來的，是國民黨長達四十年的戒嚴法，而這竟是在舉世歡慶戰爭結束、法西斯主義據稱已經「終結」之後。

為了充分理解這些個人化的故事的意義，首先要明瞭日本對台灣人的徵兵政策以及一般台灣人在中日戰爭中的整體情況。一九三七年七月，台灣人組成的軍隊開始被送上戰場。最初，他們是作為被徵募的軍伕，從事翻譯、物資運輸、農業勞動以及其他非戰鬥職位的工作。台灣人可以志願參軍的「陸軍特別志願兵制度」直到一九四二年才實施。很明顯，這一遲延源於日本人的猶疑：台灣人在與中國作戰時會不會忠於日本帝國。不過，制度一俟確立，連台灣原住民族也被徵募編成「高砂義勇隊」，廝殺於南太平洋戰場。一九四三年七月，「帝國特別志願兵制度」開始實行，一九四五年，徵兵體系最終完成。

從一九三七到一九四五年，超過二十萬七千的台灣人被送入日軍服役：將近十二萬六千人作為軍伕，八萬人作為軍人。這其中，有六萬一千人被送往菲律賓和南太平洋的其他地區，三萬三千人被送往中國大陸。陣亡及失蹤者達五萬人。近兩千人傷殘，戰後有二十一人作為戰犯被處死，一百四十七人被判二到三年監禁。現在，這些倖存的前日本兵和軍伕被稱為「台灣人原日本兵」（TEJSS）。他們是台灣殖民史、中國內戰以及冷戰體系的錯綜複雜的結果。多年來，日本政府拒絕給予任何戰爭賠償，直到最近他們才得到一筆非常微薄的賠償金。由於在戰爭中有過當「日本兵」的經歷，這些人中有一部分在戰後回到大陸的台灣人原日本兵在中國大陸歷經坎坷，尤其在一九五七年之後的一系列極左運動中。而無論是蔣介石政府還是李登輝政府，都忽視了那些在戰爭中僥倖生還、返回台灣的數以萬計的士兵們的需要：為討好日本惟恐不及的台灣政府，可不想為這些台灣人原日本兵的戰後索賠惹惱日本。

為了帝國和天皇

本案共採訪了十一位台灣人原日本兵：五位現居台灣各地，六位現居中國大陸的天津市。以下是我收集整理於不同時期的台灣人原日本兵們的口述，他們談到了參軍的時間和緣由。他們應徵的理由，一方面見證了皇民化教育的效果，另一方面，也暗示，他們之效忠日本和天皇，實有經濟、家庭以及地區性方面的考慮。這也說明，日本人的教育機器無論如何有效，在生產忠誠的殖民地臣民方面，並不是完全成功的。

十一位受訪者中，有五位說他們並不想參軍，完全是被強徵的。現年七十歲的王清槐戰時本是一個農民，他解釋說：「那時候不可能拒絕徵召。」有些人，比如現年七十二歲的謝勇，其時作為「志願軍伕」入伍，實際上，「志願者」只是名義上的。謝勇說，「那時我在一個職業中學讀書，日本教官說國家和天皇需要我們。」短期訓練之後，謝勇和他的一些同學成了日軍的飛機機械師。受訪者林興琳，現年七十一歲，戰爭爆發時住在日本的福岡，在那裡被徵募入伍。他回憶道，「他們很快發現我不是日本人。一個台灣人是沒有資格當日本皇軍的。」結果是他被派到福岡附近的海軍基地做一個軍伕。「我那時很年輕，不能被接納做皇軍讓我感到很丟人。」林笑了，「但我父親很高興，因為做軍伕的傷亡可能比做軍人低。」

受訪者中有兩位談及做軍伕的動機，認為報酬的吸引力遠比軍隊的愛國口號來得強烈。現年七十五歲的陳根發，戰時本是一個卡車司機。他解釋說，「他們承諾給去馬尼拉的人每個月一百二十日圓。這是我在台北做卡車司機的月收入的兩倍。」黃永生，現年八十四歲，他描述參軍的經歷，認為在戰爭末期，收入是一個特別強烈的誘因，因為其時台灣人的生活越來越艱難。「戰爭結束前幾年，日本人想讓我在日本占領的那些南太平洋島嶼之間開運輸船。他們說會給我很好的報酬。那時我是一個要養家糊口的漁民。一個窮得什麼都不懂的漁民。我不管什麼國家和天皇。我說好吧，一個月後，他們就把我送到菲律賓了。」別的受訪者中，有確實將參軍主要歸因於對日本的愛國情感的。王清槐被徵召為軍伕入伍時年方十八，他決心要特別勤奮地工作，希望到二十歲時能成為皇軍的正式一員。「像那個時候的許多年輕人一樣，我是那種被日本精神煽動的人。」他笑著承認，又說，「不過我懷疑，那個時候誰不是那樣。」現年七十一歲的周義村，當年在總督府警察署的化學實驗室工作，現在是一名刻印章師傅。「那個時候，一個台灣年輕人能到總督府的部門工作，是很不平常的，」他微笑著說，「那職位是一種榮譽。你覺得比其他台灣人離『成為一個日本人』近了一步。你的腦子裡充滿了國家、大東亞新秩序、帝國之類的東西——你知道，畢竟那時我太年輕了。」劉成莊，七十一歲，一九四四年在日本高中一畢業即被徵募為軍伕入伍。一九九五年我在天津採訪他時，他大膽承認，他曾覺得自己被「大和精神」完全占據，入軍中服役時，每天響徹上空的愛國歌曲感動著他。一九五三年，他沒有返回台灣，而是從日本來到中國大陸尋求新的生涯。在社會主義中國經歷了一九五八年的反右運動，他曾被定性為叛徒、日本帝國主義的間諜。劉成莊說，「儘管這樣，我還是要承認我說日語更自在。我常想，如果四十二年前我沒有離開日本的橫須賀來天津，我的命運會是什麼樣。」劉成莊現在是天津郊區的一家日本公司的顧問。關於這份工作，他說，「我教給日本老闆怎樣對中國工人嚴格要求、少付工資。」

戰爭經歷

台灣人原日本兵的戰爭經歷有重要的共同點，最明顯的是，他們都經歷了戰爭的結束：美軍的閃電登陸和進攻、日軍防線的總崩潰、全面撤退到杳無人煙的山區，最後是一九四五年八月十五日的投降。另一個共同點是服役期的短暫，這歸因於志願兵制度直到一九四二年四月才在台灣實施。海軍志願兵制度開始於一九四三年七月，但要到一九四五年才開始招募殖民地的台灣人。此外，受訪者還提到了一個更深層的共同經驗：被徵召為軍伕的，極少被派往陣地前線。這一情況並非偶然，它反映了日本軍部對台灣人原日本兵的總政策。曾是兩個小隊的大廚師的王清槐說：「最根本的，就是日本人並不信任台灣人。我們軍伕被放在第二或第三防線上，做職員、農業專家、工程師、機械師、建築工人、司機、護士、醫生，等等。」與服役期短暫、缺少實戰經歷有關。但或許更有意義的共同記憶是：種族歧視以及日軍對中國士兵、平民所實施的暴行。與占主導地位的種族主義的殘酷迫害形成鮮明對照的，則是有關日本人與台灣士兵真實友情的、少數的個別記憶。在此，也要談到一個台灣人原日本兵想要離開日軍加入中國抗戰的並不令人驚訝的故事。

研究中日戰爭的歷史學家一直在強調一個史實，然而這一史實在歐洲中心的二戰檔案中，始終被大量有關猶太人大屠殺的紀錄所覆蓋，那就是：日軍在中國的軍事行動的殘酷性，接近於種族滅絕的程度。這一史實，在本文的訪談中得到活生生的證明。黃永生駕駛運輸船被派往海南島運輸軍需品時，曾目擊一個日本中士的恐怖暴力行為。停留海南期間，軍曹要黃永生陪他「去找個姑娘樂樂」，黃永生回憶道，「我以為他要去找軍中的慰安婦，」但事實是「軍曹在街上找上了一個女孩，他在光天化日之下強姦了她，就在目瞪口呆的我面前，就在大街上……」黃永生停下來，吸了一口菸，「然後，猜猜怎樣？中士用刺刀插入女孩的下身……我跟你講，那中士是個魔鬼。」[2]卡車司機陳根發從其他司機那裡聽過類似的故事，在採訪中，他回憶起在一個菲律賓小村莊裡發生的暴行，這牽涉到一項日本兵的文件遺失的案子，「村裡所有的男人都被日本憲兵集中起來，拷問，然後殺死」。陳根發還記得一個美國戰俘被刑求致死，以及一個屠殺中國農民的事件：「一個從廣州灣派到我們島上的台灣軍伕告訴我，在那兒（廣州），七個日本憲兵殺了四個毗鄰村莊的四百多個農民，藉以報復七名日本兵被中國抗日農民殺害。」陳根發感嘆：「戰爭中，最遭殃的總是老百姓。」

從一些台灣人原日本兵的敘述可以看到，他們在種族歧視的問題上有著共識。大多受訪者證實：日本兵對他們的台灣同袍存有相當嚴重的歧視。陸清林，一九四五年五月參加日本海軍，如此描述他所遭遇的歧視：「當他們發現我是台灣人時，就把我降級到海軍航空隊做軍佚。」他很快被派往偽滿洲國，一到齊齊哈爾，就被分派到總務辦公室做一名職員，而不是到實驗室做更適合他的化學師。「沒有哪個台灣人能在實驗室工作，」他說，「後來，鈴木少校這樣告訴我。」

與此同時，不是所有受訪者都覺得歧視明顯得難以忍受。陳春慶笑著說道：「只有在面對敵人的子彈，你和日本人是平等的。而且，這是戰爭，他們需要你的絕對忠誠。」陳根發講了一個他在馬尼拉的軼事：「我當時在馬尼拉採購軍需，一個日本兵看見我，對我大叫，『清國奴！』（一種對中國人的侮蔑性稱呼）。」陳根發描述著他如何站起來對著那日本兵的臉就是一拳，然後，「兩個日本憲兵出現了，我告訴他們，我在馬尼拉準備為國家和天皇戰死，而這個狗娘養的卻叫我清國奴。憲兵當著我的面揍了那日本士兵一頓。」

這裡甚至還有日本人和台灣人交往的極少數個別例子，陸清林被派到偽滿洲國的齊齊哈爾時，年僅十八歲，在那兒的關東軍總務辦公室，他遇到了鈴木少校。少校待他如養子，關照、保護他不被日軍的苛刻軍紀傷害，還送給他當時只配發給高級日本軍官的罐頭食品。當陸清林被轉移到哈爾濱時，鈴木少校在他的行李中塞滿了衣服和食品，到火車站為他送行。陸清林剛到哈爾濱戰爭就結束了，他和另一支隊伍一起，被蘇聯紅軍帶到西伯利亞。「第二年有一天，在西伯利亞的冰天雪地裡，我在一個小火車站的站台上看到一個衣衫襤褸的老人，是鈴木少校。」

這個重逢時刻遠遠地喜出望外。這一次，陸清林傾其所有，要將口袋裡紅軍供給的口糧、糖果和錢給鈴木少校，「鈴木少校取了一些糖果和口糧，但錢是一文也不肯要，『你是我的孩子，』他說，『錢是父親給孩子的，不能倒過來。』鈴木少校就是這麼說的。」在一九四六年的寒冷秋天、在西伯利亞的曠野中，他們從此分別，再不曾相見。

另一方面，作為一個軍人在中國戰場上度過的歲月，卻使陳春慶從皇民化教育的欺騙中徹底覺醒。他對日本的愛國主義情感破滅得如此徹底，以至於他試圖離棄日軍，去加入那些開始與中國同胞並肩作戰的台灣士兵。一九四三年，二十歲的陳春慶懷抱打敗「英美鬼畜」、為建立「大東亞共榮圈」奮鬥的願望，自願參軍。「那時我太年輕了，」陳春慶說，「我什麼都不懂。我只是一個從台灣北部的偏僻小村莊來的貧窮農民。」一個月的集訓後，陳春慶被送往中國大陸。沉默、淳樸、在貧困中掙扎的大陸農民，讓他想起了自己的家鄉——那個貧困、偏遠的小村莊。陳春慶驚訝地發現，中國大陸人的風俗習慣、日常生活，甚至是宗教信仰，都和台灣如此相像。「為什麼共榮圈的理想要通過搶劫、掠奪和殺害這些農民來實現？」陳春慶問自己。沒有答案的疑慮日漸擴大，陳春慶無法停止思考。

一九四四年初，陳春慶的疑慮更深了，其時他被轉派到浙江金華，在一個關押了成千上萬的中國奴隸勞工的集中營做看守。他親眼看到，苛酷的勞作、飢餓、刑罰、暴力，以及殺害，是集中營每天上演的日常事件。同年五月，陳春慶和其他二十名台灣人原日本兵、軍伕，被火車和卡車輾轉運送到浙江的北部防線。一路上，他們看到野地裡、街道上、路旁、河中，到處是屍體。「雖然是一個士兵，我也被親眼看到的情景震驚了：中國已經被戰爭破壞成什麼樣子了，」陳春慶說，「我也是頭一次看到廢墟牆上據說由台灣人李友邦將軍領導的台灣義勇隊寫的標語：『打倒日本帝國主義！』；『抗戰必勝！』；『建國必成！』。」在採訪中，陳春慶強調，即使現在，他仍清晰記得當時他的心如何狂跳不止，因為他有生以來第一次意識到，台灣人已經正在大陸組織起來，與中國同胞並肩作戰，反抗日本侵略者。從那時起，陳春慶開始積極尋找台灣抗日義勇隊，但遺憾的是，他的努力落空了。

一九四五年八月十五日那一天……

受訪者提到，戰爭的終結極大衝擊了他們的民族認同意識。不過，衝擊的表現形式因境況差異而不同。比如，由於軍隊駐地偏遠，有的台灣人原日本兵甚至數月後才知道戰爭已結束；得知日本戰敗，他們的心情是複雜的，陳清霖就是如此。一九四四年秋天，陳清霖因病重被送回台灣。同年十二月，他在病癒後再次被徵作軍伕，到菲律賓的一個偏僻小島上駐防。美軍同時占領了這個小島，在陳清霖到達的第三天，發動了一場「超乎想像的猛烈」的攻擊。陳清霖和其他的零散日本兵撤退到島上的山地，在那裡度過了接下來的十四個月。陳清霖解釋說：「因為在森林深處，直到一九四六年九月我們才知道日本戰敗了。」當被問及得知戰敗是否感到高興時，他回答：「並不是的。」一九四六年十二月，他和幾百名日本兵離開山地，被美軍押送到戰俘營。關於美國人管理的戰俘營，他說：「食物很難吃，而且沒多少。勞動難以忍受，我們每天幹十個小時的活……比日本人在中國大陸建的集中營好不了多少。」一九四六年底，陳清霖被遣送回台灣。

對戰爭的結束、日本的投降以及中國收復台灣，別的台灣人原日本兵一樣有矛盾的情感。許多人目擊了日本兵和高級軍官對戰敗消息的極端反應。一九四五年八月十五日，陸清林聽到戰敗的消息時，正躺在偽滿洲國的哈爾濱的野戰醫院裡。他回憶說：「日本人打開糧倉，拼命大吃大喝，好像世界末日到了。」劉成莊得知消息時正駐紮在日本的橫須賀。他的長官告訴他，美國人在日本丟了「一個超級大的炸彈」，為了讓日本人民度過劫難，「善良仁慈的天皇」決定結束戰爭。他回憶道：「我來到橫須賀的大街上，看到日本人跪在道路兩旁，嚎啕大哭。」

此外，一些受訪的台灣人原日本兵談到，他們無法想像脫離日本統治、回歸中國對台灣意味著什麼——既然自己曾站在日本這邊與中國作戰。傅大生聽到天皇的「玉音放送」宣布投降時，駐紮在偽滿洲國的長春（吉林省）。「八月十五日那天晚上，幾個軍官剖腹自殺了，」傅大生說，「轉天早上，一個少將在腦袋上開了一槍。」傅大生也聽到一些故事，有的下級士兵為過去受到的虐待趁機報復他們的長官。有的日本兵告訴傅大生：他們認為戰敗的是日本，與像傅大生這樣的台灣人無關。「但是我整個傻掉了。」傅大生回憶，「我完全想不出，擺在我和台灣面前的將是什麼。」

受訪者陳根發說，隨著戰爭的結束，他意識到，儘管自己是一個被殖民者，參與戰爭卻使他成了菲律賓和其他東南亞人的敵人。他們的國家多被戰火燒得滿目瘡痍。一九四五年九月十二日，他所在的部隊正式向美軍投降，他知道日本帝國的「聖戰」失敗了。陳根發描述投降後的遭遇：「我們台灣軍伕被火車送到馬尼拉城幾里之外的集中營。一路上，幾乎在停靠的每一站，都有憤怒的菲律賓人用大石頭砸我們的車廂。」陳根發記得，不少台灣人原日本兵受了傷，有幾個甚至被砸死了。「美國看守顯然並沒有認真阻止那些憤怒咆哮的菲律賓人。」陳根發說，「第一次，我看到了菲律賓人燃著怒火的眼睛。我自己，一個台灣人，原來也是日本人在戰爭中犯下的罪行的一個組織部分。」

戰爭的結束，也使得曾被日本殖民主義的意識形態工具壓抑的中國認同浮出水面。周義村的回憶證實了這一點。他的日本少尉告知他和幾百個戰友美日「臨時停戰」了，並且說，為了保持戰備狀態，他們要駐紮到距廣州（廣東）幾英里之遠的山區，進行軍事訓練。周義村說：「少尉這麼撒謊，是怕軍隊受不了戰敗消息的突然刺激。」周義村還回憶起，最終，他是從美軍飛機撒下的傳單上得知日本已無條件投降的真相。「傳單上說，台灣將回歸中國，朝鮮將從日本統治中獨立。昨天，我還在竭誠做『天皇的赤子』，今天，我卻記起了祖父曾經告訴過我的——我是一個中國人。」

回家

戰後台灣形勢的錯綜複雜讓台灣人原日本兵難以安身：因為曾與同胞敵對作戰，他們不能被看成戰勝國中國的士兵。然而，他們也不能被簡單地視為日本皇軍。他們既無法分享中國勝利的光榮，也無從哀悼日本帝國的戰敗。下文將為後殖民時期的台灣勾勒一簡要歷史脈絡，當有助於理解這些台灣人原日本兵在日本、中國大陸以及國民黨政府之間的尷尬處境。

一九四五年，根據《波茨坦宣言》和《開羅宣言》，剛剛解放的台灣被歸還給中國。然而，內戰很快在美國支持的國民黨和中國共產黨之間爆發，且迅速擴展到全國範圍。一九四九年末，國民黨撤退到台灣。一九五〇年六月，朝鮮戰爭爆發後幾天，美國第七艦隊封鎖了台灣海峽，美國在其所謂「太平洋島鏈」中，將台灣重編為它的冷戰戰略軍事基地之一，試圖將台灣從中國版圖中分離出去，以此遏制中華人民共和國和蘇聯。通過給予蔣介石政府外交承認、保留台灣在聯合國安理會中的席位，以及軍事、經濟援助的方式，美國賦予國民黨政權以國際合法性。這種國際外交上的合法性，反過來，為合法化國民黨在台灣的獨裁統治提供了有力的支持。日本對美國的戰後外交政策亦步亦趨，實際上是分離中國和台灣的幫凶。在五十年台灣殖民和十五年侵華戰爭結束之後[3]，日本開始支持國民黨專制，仇視新中國。總地來說，台灣後殖民時期的專制，表現在兩個層面。首先，如同在朝鮮戰爭之後，日本統治當局聯合戰時的法西斯主義分子以對抗共產主義一樣，國民黨殘酷鎮壓了台灣的民族-民主力量，同時，將一些殖民時代曾與日本統治者合作的台灣本土的大地主、士紳、資產階級吸收到權力階層。第二，一九八七年蔣家時代的軍事戒嚴令解除之後，那些殖民地遺老——以李登輝為代表，卻通過台灣的「民主化」（這是廣為西方觀察家讚譽的）登上了權力寶座。

台灣、日本、中國和美國之間的政治局勢複雜曖昧、變換迅捷，美國默許國民黨和日本政府拒絕承擔對這些台灣人原日本兵應負的戰爭責任。比如，日本甚至在戰後不肯運送他們回日本或台灣，還扣留他們應得的軍餉。「台灣人原日本兵、軍伕暨遺族協會」的主席，七十一歲的陳俊清，在採訪中這樣談到這一問題：「日本無條件投降時，所有前線上的台灣人原日本兵和軍伕——從中國大陸到南太平洋——都被日本政府輕易地拋棄了。」陳俊清自己曾被徵召做日本海軍的軍伕，一九四三年五月被派遣到海南島（廣東）。他講述了自己的故事：「戰爭結束時，招募我們的天皇連一個解散的命令也沒給。我們就那麼被遺忘在陣地、叢林、島嶼和高山上，不得不自己掙扎求活，而日本軍隊早就被美國戰艦送回家去了。」

當台灣人原日本兵們終於能夠離開駐地時，他們要面對新的難題：他們該回中國、日本，還是台灣？大多數人回到了台灣，但戰後歷史的風雲變幻，使得相當多人留在了大陸，至今已四十多年。例如，陸清林在一九四五年戰爭結束之前被送到偽滿洲國，戰後被蘇聯紅軍帶到西伯利亞內地強制勞動四年，接著，一九四九年，陸清林被當作日本兵遣送到日本。「我回到了我被徵召入伍的地方，福井，」陸清林說，「工作非常難找。那個時候，日本人認為從西伯利亞被遣送回來的人都有『赤色分子』的嫌疑。沒人願意僱用一個共產黨。」他還說起一九五〇年他如何給他在台灣的兄弟寫信，告知他的艱難處境。「我弟弟到日本來見我。」但是陸清林的弟弟堅持要他別回家，因為台灣正在進行殘酷的「匪諜肅清」。「我弟弟給我講了一九四七年的『二二八』事件，失望的台灣人揭竿而起，反抗國民黨的腐敗統治。這個事件在台灣的中國人和大陸來的中國人之間留下了血的傷痕，造成了他們之間的猜疑和仇恨。」弟弟還給他講了從一九四九年開始的白色恐怖。陸清林解釋說，「那個時候的台灣，一個『西伯利亞遣返回來的人』就是『共產黨』的同義詞，意味著死亡和毀滅——不僅是他自己，還有他的家人。」因此，當一九五二年日本經濟惡化時，陸清林決定回中國大陸。「我已經走投無路了。再加上，那個時候，周恩來總理正呼籲有知識、有技術的海外華人回國參加社會主義祖國的建設。」

回憶起他們最終留在中華人民共和國的天津(河北)的過程，傅大生、陸清林和劉成莊的故事很相像。當他們到達天津時，受到熱烈的歡迎；他們分配了工作，最後還結了婚。劉成莊談及後來形勢的變化，「在大陸最初的幾年，看起來似乎一切都很好，直到一九五七年，全國性的鎮壓反革命開始了，然後是一九五八年的反右。從一九五七年到一九七六年，幾乎每次政治運動，我們這些台灣人原日本兵都是被攻擊的目標。」在無產階級文化大革命中——目標是打倒階級敵人、修正主義者、走資派、官僚主義還有黨內腐敗——他們作為日本兵的歷史不斷地遭到審查和批判，大多數被貼上叛徒和日本帝國主義間諜的標籤，說他們潛回大陸企圖顛覆社會主義祖國。一九五六年，在那場波及東歐社會主義政權的政治動亂中，毛澤東宣布了他那著名的一九五七方針：「百花齊放，百家爭鳴」——鼓勵老百姓、知識分子和非共產黨員批評、討論和思考政治問題。然而，針對中國共產黨的批評和意見遠遠超出了毛澤東的期待。一九五七年六月，共產黨開始反擊，把大部分批評定性為反共產主義、反社會主義和「資產階級右派分子」。共產黨的反擊發展成一場群眾性反右傾運動，在這個時期，幾乎所有在中國大陸的人，包括台灣人原日本兵都成了反右大批判的對象。

不過，那些安全回到家鄉台灣的人的處境也好不了多少。國民黨對這些台灣人原日本兵的漠視和偏見是不足為奇的。「這很好理解，」王清槐說，「就在幾年前，我們這些人還屬於日本皇軍，去侵略國民黨的中國。」在一九四七年的二月事件中，皇民化運動宣揚的仇華論復甦了，情況變得更複雜。有報告指出，有很少數一些戰爭遣返人員穿著日軍的制服、戴著軍帽，唱著日本的軍歌穿越街巷，痛打碰到的外省人。王曉波，世界新聞與傳播大學的歷史系教授，如此解釋：「在那個時候，這些少數的台灣人原日本兵又變身為皇軍，再一次和中國人打仗了。」事件之後，他們遭到了清洗。

一九八〇年代，海峽兩岸的台灣人原日本兵的處境開始有所好轉。在大陸，轉變發生在一九七九年以後。關於這個時期，傅大生說：「我們的『反動』標籤摘下來了，再沒有人有權指著我們罵我們是祖國的叛徒。有些受到嚴重迫害的人還得到了國家的賠償。」在台灣，一九八八年李登輝上台之後，台灣人原日本兵們的處境也開始得到改善。一九九三年五月，「台灣人原日本兵、軍伕暨遺族協會」正式成立。在一九八八年以前，在蔣家王朝炙手可熱的威權時代，這樣一個台灣人原日本兵的組織，是不可想像的。同時，從一九九〇年代初開始，許多在大陸的台灣人原日本兵回到台灣探親。有些人就此永久留下了，但大多數還是返回了大陸。陸清林微笑著說，

「能夠死裡逃生，經歷了這麼多事情之後，終於又看到了家鄉，我魂牽夢繞的台灣，多麼好。」

中國共產黨

在十一位受訪者中，有兩個後來成了中國共產黨黨員。其中一個是謝勇，現在大陸，另一個是陳春慶，仍在台灣。

謝勇入黨的一個因素源於戰爭的結束，當時他是高雄岡山空軍基地的一個機械師。光復帶來的喜悅很快被國民黨暴政引發的憤懣所替代；謝勇回到故鄉，和一幫年輕人常常聚在一起，廣泛議論台灣日漸惡化的社會狀況和壓抑的政治環境。一九四七年二月事件發生時，謝勇作為一個暴動組織的成員，衝擊了嘉義郊區的國民黨空軍基地。「我不曾知道，共產黨的地下組織對我發生興趣，一直在觀察我。一九四七年六月初的一天，我被帶去見李媽兜，他那時很有名，是台灣南部中共地下黨組織的領導人。」那天，謝勇入了黨，那是他永遠忘不了的一天，「李媽兜親自在那兒祝賀我」。

然而，一九四九年末，國民黨開始「肅清地下黨」，在那段時間裡，全島的黨組織都被摧毀了。四千個「共匪」嫌犯被槍殺，另有六千至八千人被判十到十五年的監禁。將近一百人被判終身監禁。謝還記得，「李媽兜被逮捕、刑訊，最後在一九五一年初夏被殺死。」同年十二月，謝勇取道香港逃往中國大陸。

像謝勇一樣，陳春慶戰後回到台灣，卻發現國民黨的專制統治已經讓本地人忍無可忍。在二月事件的前夕，陳春慶運用他的戰爭經驗，幫助激進的學生尋找戰時日本人留藏在一些山洞裡的軍火。他就這樣積極參與了反國民黨的活動，一九四七年三月，事變被武裝軍隊鎮壓，陳春慶逃離了台北。途中他遇到陳文農，「陳文農教給我馬列主義的基礎知識，借給我看進步書籍和雜誌，讓我眼前一亮。我開始如飢似渴地讀書。」在初級學校時陳春慶很喜歡歷史和地理，卻因為貧窮輟了學。「陳文農借給我的書和雜誌塑造了一個新的我，」他回憶，「我開始明白，剛剛過去的戰爭的本質，其實是日本和美國兩個帝國主義之間的矛盾。」

閱讀激發了陳春慶，他加入了地下黨。在讀書會裡他勤奮工作，在台北北郊的山區「鹿窟」他們建立了一個游擊基地。一九五三年，這個基地被武裝憲警破壞，一百多個黨組成員和山地農民被包圍，有二十多個被射殺了。陳春慶是極少數逃出來的一個。但逃脫之後緊跟著長期的躲藏和逃亡的日日夜夜，挨到一九五九年七月，他終於被發現、逮捕，判了十年監禁。如今的陳春慶已是一個癌症患者，當被問及對今日中國的看法時，他回答，看到中國發展成一個現代化的社會，他感到非常安慰。同時，對海峽兩岸的政治局勢他不抱任何幻想，但是，他仍然擔心一件事：中國大陸的「腐敗」。

心寒

在台灣的台灣人原日本兵組織起來向日本政府要求賠償的努力，同時遇到日本人和台灣當局的阻礙，在在說明：形塑了台灣人原日本兵們之民族認同的歷史，是何等的複雜。同時，他們也折射出這一問題的跨國性：無論是他們經受的艱難，還是國家應對他們負的責任，幾方居然都拒不承認。比如，早在一九七二年，台灣的一群台灣人原日本兵試圖為他們向日本要求戰爭賠償的組織正式登記，卻沒能成功。現任「台灣人原日本兵、軍伕暨遺族協會」主席的陳俊清，談到這一早期努力為什麼失敗：「一九八七年以前還是戒嚴時期，人們想有自己的民間組織，是絕對不可能的。」不過，他進一步說，戒嚴並不是他們得不到官方承認的唯一理由。「國民黨政府有很好的理由不為這些台灣人原日本兵的利益費神，他們在戰爭中是日本兵，和中國打仗。再加上，一九七二年日本的外交從台北轉向北京，承認台灣是中華人民共和國的一部分，這使得日本和台灣之間有關戰爭賠償的談判更加困難了。」

一九九三年，協會終於正式成立了，並在台北的長沙街上有了一間辦公室。在辦公室，一些和陳俊清一樣的人們目前正在為向日方索取賠償，包括未付軍餉、未清償的軍事郵政儲金、未清償的軍事保險金，以及戰爭意外和傷殘的賠償金等而工作著。然而，日本政府只同意付給每個申請人不超過兩百萬日圓。陳俊清說：「這一點錢只夠辦一場寒酸的葬禮。」他和多數台灣人原日本兵都特別憤怒：對於未付的軍餉、儲金和保險金，日本堅持按原始檔案數目的一百二十倍賠償。「如果未付的軍餉平均是一千日圓，一百二十倍就只有十二萬日圓，只折合四萬新台幣。」四十年前，一千日圓能夠讓一個人在台北最繁華的地段買兩套房子，房子到今天的價值會超過一千萬新台幣。陳俊清和他的夥伴們提出，合理的賠償金應該是原始資料的七千倍。「我們的演算法很簡單，」陳俊清聲明：「目前，日本自衛隊一個二等兵的月薪是十五萬五千三百日圓。四十年前，我們台灣人原日本兵是每月二十日圓。這就是為什麼我們認為七千倍是公平合理的。」

然而，日本政府不承認這些計算，而且，在清償戰爭債務時，堅決拒絕考慮生活消費顯著增長的因素。這個態度震驚和傷害了多數台灣人原日本兵和軍伕。陳俊清談到他一九七三年日本之旅感受到的震撼和失望。那時，台灣人原日本兵開始發起向日本索取賠償的談判。在陳俊清的想像裡，他會得到日本政治家、日本老軍官和戰友的熱情接待和歡迎，然而事實並非如此。同樣，據林秋潭說，一些代表以為他們會被看作「流落的天皇的赤子」，因為他們曾為天皇英勇作戰。「但我們完全錯了。我們要求與日本的日本復員軍人享受一樣的賠償及年俸，因為我們中的一些人真的以為我們曾經是日本天皇的赤子，而非中國人。但幾乎所有日本朋友都對我們的要求感到為難。他們說，無論如何，早自一九五二年日本和台灣簽訂《和平條約》的時候，我們已失去了日本國籍。」周義村也表達了他的失望：「那是我們自己的錢。我們用血汗換的錢。日本人應該還給我們，因為是他們欠我們的。我們不是求他們好心施捨。」

陳根發和陳俊清都特別強調了他們對日本人的回響的失望。陳根發說他之前很喜歡日本人，他補充說，這是因為「一些愚蠢的理由」，比如「大和精神」和皇民化教育，那曾經讓他相信，日本人是絕對值得信任的、誠實的、有強烈的責任感、信守所有說出的諾言。「這就是為什麼我這麼震驚：日本人竟能翻臉不認人，」他說，「哪怕我們曾經作為日本兵服役，為日本人打仗，為日本人民死傷，還把我們的錢借給日本政府——用軍事郵政儲蓄的形式。」對日本人的冷淡，陳俊清的反應更為強烈。陳俊清一直積極從事索賠工作。利用他較好的日語說寫技能，他領導同日本的談判，包括遊行示威，抗議日本拒絕台灣人原日本兵的要求。這一正在進行中的工作帶給他更深的失望。「一九九三年十一月，我們在東京舉行要求戰爭賠償的示威遊行。我們用麥克風在東京街頭喊話，直接對日本公眾呼籲，但讓我們震驚的是，日本人對我們幾乎全不在意。我們試圖散發寫著呼籲和要求的傳單，但街上幾乎沒人願意接下來讀。我們感到了心寒，這是餘生中永遠不會忘記的。」

有一點很重要，要承認：這種失望和憤怒源於他們對日本難以抗拒的感情。這一點，從「台灣人原日本兵、軍伕暨遺族協會」的出版物的名字上也可以看出：《皇軍通訊》，封面來自日本國旗圖案，一輪升起的旭陽。協會的會標模仿日本的皇族紋章。而且，一些台灣人原日本兵喜歡戴日本戰鬥帽，不但在參加他們的集會和示威遊行時，也在日本觀光時僅僅為了高興戴。王清槐想起，有一次在協會的年終聚會上，他看到一個上了年紀的台灣人原日本兵，頭戴日本軍帽，唱著日本軍歌，甚至用日本國罵開罵：「當他罵著『八格亞魯』（混帳），罵日本拋棄了他們這些台灣人原日本兵、歧視他們時，他眼裡流著淚。」

然而在大陸，台灣人原日本兵對戰爭賠償問題的態度很不一樣。在過去的四十年裡，他們一再被強制要求、深刻反思這一段歷史以及他們自己在戰爭中的思想和行為。「我們聽說了在台灣，台灣人原日本兵一直在要求戰爭賠償，」謝勇說，「但我們極少想到用錢的形式賠償。我一直想的是，當我還是高中畢業生的時候，戰爭的爆發是怎樣激烈地改變了我整個的人生道路。」

創傷

台灣人原日本兵的故事生動展現了台灣的後殖民傷痕，這是台灣島的當代歷史和政治留下的永久遺物。對這些台灣人原日本兵來說，這創傷在文化和政治領域產生的影響，至少表現在三個方面：他們自己的國家認同意識；冷戰導致的離散放逐狀態——有的人仍然生活其中；以及東亞的冷戰架構——這是日本和台灣漠視這些前殖民地棄民、推卸應負責任的原因。

台灣後殖民歷史對這些台灣人原日本兵的民族認同作用是複雜的。日本人多年的皇民化教育，加上其他思想控制機關，對他們產生了很深的影響，他們常常拒絕承認自己是中國人或台灣人，堅持聲稱自己是「裕仁天皇的赤子」。因此，日本政府在戰爭賠償問題上的冷酷拒絕和漠視，對他們是極度苦澀和傷心的體驗。由民族認同的問題，顯而易見，日本對台灣的殖民，不僅剝奪了這些台灣人原日本兵的身體和語言，還讓他們失去了民族的自尊和認同。

其次，作為冷戰的一個後果，台灣和大陸[4]分斷，這使得一九九〇年代之前許多在大陸的台灣人原日本兵不能回台灣探親。當他們終於能夠回家的時候，許多人發現他們的父母和老年的親人已離世多年。與這種冷戰造成的家族離散狀態有關的，是美國和戰後日本的保守勢力——後者與戰時法西斯分子保持著密切聯繫——結成了一個反共聯盟。在這種狀況下，日本作為美國最喜歡的孩子，對他所犯下的戰爭罪行和給亞洲人民造成的傷害，竟能傲慢地堅持拒不道歉和賠償。而台灣，另一個在冷戰時期誓死效忠美國的政體，在蔣介石和李登輝的統治下，都毫不猶豫地出賣了台灣人原日本兵要求戰爭賠償的權利，以換取日本對台灣的政治支持。

一九九五年，在世界和亞洲紀念反法西斯戰爭勝利五十週年之際，台灣在批評日本的戰爭罪行方面仍保持著相對的沉默和克制，與韓國相比，顯得尤其軟弱。未解決的和未承認的日本的戰爭責任，給後殖民台灣留下了巨大的精神創傷，它的複雜性，遠遠超出了台灣–日本的範圍，還包括中國和美國之間不公正的、正在持續變化的政治、經濟關係。放在東亞冷戰體系這一地緣政治背景下來看，台灣在日本二戰罪行問題上的沉默與國民黨近似法西斯主義（雖然二戰宣稱了它的終結）的專制統治，都獲得了新的意義。就像戰爭本身，台灣人原日本兵的困境是一個特別生動的寫照，它說明層層累積的殖民歷史仍在發生影響，這影響的複雜性以多種形式呈現，既表現為「美日帝國主義之間的衝突」的二戰，又表現為目前東亞新興工業化國家（地區）資本主義政權在後冷戰時代的聯盟。

本文最初在一九九五年夏威夷一個紀念太平洋戰爭勝利結束五十週年的國際研討會發表，後經T. Fujitani、Geoferey M. White及Lisa Yoneyama編入*Perilous Memories: The Asian-Pacific Wars*一書，由Duke University Press, Durham and London於二〇〇一年出版。原文"Imperial Army Betrayed"，刊發在頁一八二–一九八。

初刊 *Perilous Memories: The Asian-Pacific Wars*. Eds. Fujitani, White, and Yoneyama. Durham and London: Duke University Press. 2001.

中譯初刊二〇〇五年六月《華文文學》（汕頭）總七十一期

收入二〇〇五年九月人間出版社《人間思想與創作叢刊9・八・一五：記憶和歷史》

本文按人間版校訂

1 本篇原為英文，李娜譯，黎湘萍校；收入《人間思想與創作叢刊9・八・一五：記憶和歷史》「我的『八・一五』」專輯。

本文按人間版、參酌《華文文學》版校訂，並將此二版本文內人名前後不一致之處（如「陸清林」與「陸慶林」，「劉成莊」與「劉成慶」，統一改作「陸清林」、「劉成莊」）悉予訂正。

2 本段所提及之「軍曹」與「中士」應指同一日本軍人，《華文文學》版與人間版皆在行文中並用「軍曹」與「中士」二詞。

3 「在五十年台灣殖民和十五年侵華戰爭結束之後」，《華文文學》版為「在十五年侵華戰爭和五十年台灣殖民結束之後」。

4 「大陸」，《華文文學》版為「中國」。

勞動黨抗議美帝介入兩岸事務聲明[1]

我們，勞動黨立委候選人汪立峽和王娟萍，代表勞動黨和支持、認同我黨的市民、知識分子、學生，際此開展民間基礎的「兩岸和解·民族團結」運動之時，向貴會提出聲明，嚴正要求美國放棄長期以來干涉中國內政，造成海峽兩岸分裂長期化和固定化的帝國主義政策。

眾所周知，早在第二次世界大戰結束前夕，美國軍方和情報機關就不斷向華府獻策，力主為美國利益必須占領台灣，或將台灣交由國際託管，或扶持台獨而將台灣自中國分離出去。戰後，美國捲入國共內戰，支持國府，但眼看內戰局勢逆轉，蔣氏國府遭到中國人民徹底唾棄，上述「託管」台灣、支持非共親美而獨立的台灣之政策，又甚囂塵上。

一九五〇年六月韓戰爆發之後，美國干涉中國內政、霸占台灣、分裂中國的政策進而從策畫設計向具體實踐飛躍。韓戰後，美國當局迅即派遣第七艦隊封斷海峽，宣布「台灣海峽中立化」，並以強力的軍事、經濟、政治和外交支持流亡台灣的國府，支持它在國際社會中的「合法性」，抹殺在大陸新生的共和國，製造了以海峽為界的民族對峙和分裂。

為了美國自己的冷戰戰略利益，利用中國內戰，美國支持和強化了國府在台灣的反共獨裁統治，默許了五〇年到五二年間殘酷的白色恐怖肅清，摧毀了台灣的反帝的、統一的民族民主運動，也以武力和政治支持了國府長達四十年的戒嚴體制，並以美國冷戰意識形態為普遍的價值，鼓動兩岸中國同胞互相仇恨、毀謗、殺害與對峙的深沉悲劇。

嗣後，一直到七〇年代的「低盪」(detente)政治，其間不少美國官僚、學界、政客或公開或私下支持和鼓吹形形色色的台灣民族分裂主義。一九七九年，美國也為了它不同時期的國益，與台斷交，卻又處心積慮地簽下一條對台灣進行新殖民主義支配的《台灣關係法》，繼續干預中國內政，據台灣為其屬地，給兩岸統一進程預為設置重大障礙。

美國與中共的三大「公報」，對於美國霸權主義，從來都不曾是一個應當信守的約法。自七〇年代，美國對三大「公報」基本上搞「陽奉陰違」。一九八七年以後，美國進一步支持李登輝政權的「台灣化」——即「脫中國化」(de-sinolization)。一九九五年六月，美國公開自己推翻不允許李登輝赴美參加康奈爾大學校友會的旦旦信誓，背信突擊，讓李登輝踏上美國的土地，爆發了嚴重的外交危機。

縱觀這一段美國對華政策的歷史，千條萬條中，突出了這一條主線：為了美國霸權主義的利益，美國不惜干涉中國內政，武裝占領和侵占中國土地和主權，利用當地親美派精英集團分裂中國，破壞中國的民族團結，甚至不惜鼓動中國內戰，從中取利。

早在一九四七年台灣二月事變後，台灣人民深深地感受到兩岸經過殖民地、半殖民地的殘害，遽而統一，有不可避免的、現實上的阻難。為了堅持祖國統一，克服統一的阻難，台灣人民在處理二二八事變的「三十二條」中，具體、周全地提出了台灣人民高度民主自治的建議。一九四七年，領導和參與二二八市民蜂起的台灣領導人，組織了「台灣民主自治同盟」，迭次提出反蔣不忘反美，反對美帝國主義炮製「聯合國託管」台灣和台灣獨立的陰謀。

另一方面，強調台灣社會在歷史過程中遺留的特殊性，因此力主以民主自治的綱領，克服暫時的、具體的困難，完成兩岸民族團結和國家統一的事業。一九四九年四月，台灣著名作家楊逵，糾結省內和外省作家、知識分子，發表《和平宣言》，也主張反「託管」、反台獨、民主自治、振興經濟、反對內戰，並因而獲罪，投獄十二年之久。

因此，早在四十年前，台灣人民就以過人的先見與智慧主張反對美國帝國主義干涉中國內政，反對甘為外國國益利用的「台灣託管」論和台獨論，並且明確、具體地以台灣之普遍民主與高度自治這個綱領，克服兩岸因為殖民主義、帝國主義干涉和內戰歷史所造成的局部、一時的差異，完成兩岸的和平、和解與統一。

今夏以來，美國干涉主義和台獨合流，造成了海峽自五〇年代以來最大的戰爭危機，普遍引起亞洲和世界的注目。在島內，人民開始感受到被現有三個親美、反共拒和、不負責任，在解決海峽危機上無能無德、完全沒有領導力的三黨所出賣，而逐漸形成超越保守三黨，自謀兩岸和解、民族團結的共識，並付諸行動，以人民的層次，謀求海峽和平的新結構。

有鑑於歷史上美國粗暴干涉中國內政、分裂中國、煽動中國內戰的歷史惡行，並深受此一惡行之殘害，我們特此向美國提出嚴正聲明，要求美國徹底放棄美國長期以來干涉中國內政、分裂中國國土、破壞中國主權、以中國人民為仇敵的政策，並信守美國與中國人民之間的三個公報，撤廢新殖民主義式的《台灣關係法》，以利兩岸人民的和解和增進兩岸間的民族團結，從而共建一個進步、和平、自由發展的世界。

約作於一九九五年

初刊一九九六年一月《遠望》第八十八期

1　本文按初刊版，參酌手稿校訂。依據文中所言「今夏以來」之時事脉絡及初刊載日期，推知此聲明約作於一九九五年。

台灣的非中國化

台灣「日本化」與「美國化」的本質[1]

一直到今天，美國對台灣的影響極其深遠。美國留學歸來的博士、碩士已經在台灣政治、經濟、文化、高等教育，甚至軍事和情報機關中占有領導地位。不論戒嚴前後，美國在台灣一直被視為「民主」、「自由」、公平、友好、慷慨、衛護人權、對別人沒有領土野心的國家。除了一九四七年元月的一次將近一萬名台灣學生所發動的沈崇事件反美示威，台灣的學生從來沒有像其他亞、非、拉各國的學生那樣發動過反對美帝國主義的示威。今天，台灣獨立運動分子一直深信：台灣一旦獨立，美國必然給予軍事與政治的支持，以對抗中共的軍事行動。美國的價值、美國的冷戰世界觀、美國的外交思想、美國保守派人文社會科學和美國的大眾文化深深地滲透到戰後台灣生活的肌理。

台灣的美國化過程始於一九五〇年韓戰勃發之後。但日本對台灣的影響則早在一八九五年日本將台灣割占為殖民地之後。一九三七年開始，日本在台灣進行「皇民化」政策，施行其壓服性同化運動。

這些殖民地的日本化影響，並不曾因一九四五年日本的敗走而完全消失，主要是由於戰後隨即升高的冷戰態勢。對抗共產主義、圍堵新中國和蘇聯的美國戰略原則，使原本應受清理的日本戰爭勢力及其殖民地合作精英成為反共的同盟，而在反法西斯鬥爭中堅定對抗日本軍國主義的各地民族解放力量，成了必須消滅的共產黨及其同路人。

在台灣，冷戰與內戰的雙結構，使殖民地時代的本地合作精英成了國民黨反共軍事獨裁國家的扈從，坐享權力與財富。而一切抗日民族民主勢力在一九四九年到一九五二年的殘酷肅清中徹底瓦解和清除。

日本影響也在戰後的台灣經濟和政治上表現出來。一九六〇年代，台灣資本主義在美－日－NIEs「三角貿易」中發展，形成對日本資本、技術、半成品的依附。一九八〇年代中後，日美貿易摩擦加深了這個依附關係，日本強化了對台灣經濟的支配力。

一九八〇年後半以降，民族分離主義的政治在台灣有所發展。沒有經受歷史結算的皇民主義，在九〇年代表現了一種「隔代」的繼承。台灣獨立運動反中國、鄙視中國的分離主義思想感情，使他們公開讚揚日本殖民統治，強調殖民歷史對台灣與中國分離的歷史重要性。台灣的民族分離主義者甚至仿照日本皇室的紋章，以八瓣而非原來的十六瓣菊花為「台灣共和國」的國旗。日本軍國主義的〈軍艦進行曲〉成為運動的戰歌。

小論試圖從戰後台灣政治與經濟的歷史，來探尋台灣獨特的美國化與日本化構造的形成，並以「非華化」作為台灣殖民地化與新殖民地化過程中的「日本化」與「美國化」的本質，以及台灣與南朝鮮的對比，結束小論。

一、人工國家的形成：台灣的美國化

遠在中國共產黨壯大到足以「威脅」世界資本主義體系之前，也早在韓戰爆發之前，即在太平洋戰爭的早期階段的一九四〇年代初，美國政府，特別是軍事和情報當局，就進行縝密的研究與籌畫，將台灣島嶼從中國分離，而置於美國直接控制之下。

二次大戰結束，台灣歸還給中國。當時已經在戰時深度介入中國事務的美國，隨著國共內戰形勢的急速轉變，開始積極籌畫，要排除蔣介石的統治，另外擁立親美的領袖，由美國導演國際性干涉，使台灣脫離共產主義的中國，置於聯合國或美國的委任管理之下。從此而後，塑造一個「非(反)共、親美(對美友好)、與中國分離的」台灣，成為美國戰後的台灣政策。

一九五〇年六月，韓戰爆發。為了使台灣與中國分離，美國立刻改變了使中共鐵托化，建立與新生中國的外交關係，而放棄台灣的政策，派遣第七艦隊封斷台灣海峽。早在中國的人民解放軍渡越鴨綠江前五個月，美國悍然採取了這項干涉中國內戰的政策。

所有前此抨擊蔣介石國民黨腐化、無能、獨裁的指控，所有美國關心台灣人民的民主權利的美好詞語，立刻為美國的國益的邏輯所取代。為了把台灣從中國有效分離出去，美國以其戰後強大的國際實力，公開支持蔣介石的中華民國，支持它在聯合國安理會和其他主要國際組織中的席位，支持它代表全中國的神話，直到一九七一年。從一九五〇年韓戰之後，一直到一九六五年，美國對台灣提供了十五億美元的經濟援助和二十四億美元的軍事援助，對於台灣的「穩定」、「國家安全」和戰後台灣資本主義的發展，無疑有巨大的影響。

美國所給予蔣氏國民黨的「國際合法性」，使得在中國大陸一場革命內戰中失敗，倉惶流亡來台，在台灣社會缺少社會根源的流亡集團——蔣介石國民黨集團，取得了統治台灣的「內在合法性」，並且在國際冷戰秩序下，按照美國塑造「非(反)共、親美、分離於中國的台灣」的政策，很快地由外而內、由上而下地形成了一個高度個人獨裁的反共、軍事波拿帕國家。一個美國手造的人工國家。

台灣的美國化過程，正是戰後美國為了它的太平洋反共戰略目標，將台灣與中國分離，另外塑造成虛構性「非(反)共、親美」國家的過程中的一個組織部分。

一九四八年成立的「中國農村復興聯合委員會」（JCRR）在一九四九年至一九五二年間推動完成台灣農地改革，有關其消除台灣本地傳統地主階級，創造廣泛小資產階級的獨立自耕農，以及經由農地改革，將土地資本向工業資本轉移的故事，已有許多研究。然而迄今為止，很少人研究同樣在一九四九年到一九五二年間，國民政府在美國默許下進行全面、殘酷的反共白色恐怖，槍決了四千餘人，另八千人投入無期徒刑以下不等的監禁。土地改革瓦解了自一九四六年在台灣發展的中共省工委地下組在台灣貧困農村中發展工作的社會基盤，伴隨著美國武裝干預台灣海峽，中共地下組織迅速在農地改革完成的一九五二年遭到毀滅性的破壞。戰後美國在古老亞洲推動的土地改革，原就有鮮明的反共政治目標。在台灣，農地改革的過程就是以肅共之名進行大規模秘密逮捕、拷問與刑殺、監禁的過程。

一九四七年元月，中共在台灣的地下青年學生組織曾經呼應當時全中國反國府學生運動的浪潮，在台北組織了一次一萬人規模的反美示威，抗議美軍在北京大學所犯的一宗強暴女生事件。一九四九年四月初，國民黨在台北大肆逮捕學生活動家。一九五二年，國民黨宣告了中共在台地下組織的消滅。從日據以來，在台灣發展的反帝民族解放的組織的、人的、社會科學的、文學藝術的傳統為之粉碎。一九五〇年後，美國影響的深入台灣和台灣的「美國化」，與這美國主導的、伴隨白色肅共恐怖的農地改革，有十分密切的關係。

一九五〇年韓戰爆發之後，美國全面恢復了對台灣的經濟和軍事援助。許許多多複雜、設想精密的援助與合作計畫，使美國的勢力和影響深入台灣生活的各個部門中去。美國對台灣的軍事性和經濟性援助，是美國塑造一個「非（反）共、親美」的國家政權的重要工程。在所有的每一件援助計畫中，美國的資金、技術、人員深入各相關部門和產業，從計畫、審核、管理、花費、監督的每一個細節上，美國有權利掌握全局，台灣對口單位和人員則有告知、報告與服從的義務。

這種「合作」的過程，不但造成了眾所周知的台灣對美國構造性的軍事的、農業的、技術、資本和貿易依附，而且也培養與發展了大批受到美國教育、培訓的親美精英和技術官僚。這些受到美國在台援助機構特殊的組織地位與優越酬勞所吸引的人才，經過各種派送美國留學或人員交換訓練計畫，或在台灣本地美援機構受訓計畫，吸收了美國的價值、觀點、生活與思想方式，成為台灣內部負有中堅責任的親美技術官僚群。

美國的援助結構，也帶動了台灣高等教育的美國化改造。從國內看來，美國的教育思想和制度全面取代了日本殖民地時代遺留下來的學制、課程及其他教育體系。英語教育成為接受高等教育必備的語言教育。在全島大學各科系，大量直接採用美國人編寫的教科書。英語在某種意義上取代了殖民地台灣的日語，成為權力和精英的語言。在日據時代，日語是殖民地精英的語言標誌。在戰後，廣泛占據台灣各領域領導地位的親美精英，大多是一九七〇年代以後逐漸自美返台的留學博士和碩士。目前的台灣，上至總統、下迄內閣，由於他們美國教育的背景，大多能使用自由的英語。而這恰恰說明了另一個台灣美國化的教育過程。從五〇年代以降，台灣學生集中到美國留學，台美間因援助和交流合作計畫所促成的人員交流、培訓，時至今日，已經培育了大量的美製博士和碩士。在八〇年代以前，這些人才滯留美國者，為美國做出了巨大貢獻。八〇年代以後，當滑坡的美國經濟不再能蓄養這些人才，他們開始大批回台，把美國的價值、思想、政治觀點、生活與思維模式帶到台灣的生活中來。

當然，和戰後其他許多在美國影響下的社會一樣，美國新聞處或美國文化中心也在台灣起到在草根次元上宣傳美國價值的強大作用。從一九五〇年到一九七九年，美國在台北、台中、高雄等地設有美國新聞處。透過美國新書介紹，閱覽美國書刊、報紙，舉辦美國或西方音樂欣賞、播放宣傳性美國新聞影片、英語教學班、發行刊物、提供美國留學指南和美國各大學的簡介，美國新聞處在台灣發揮了對中學生、大學生和知識分子市民傳播親美思想的重大作用。一九七九年，台美斷交，各地美國新聞處更名為「美國在台協會美國文化中心」，但它們的職能卻一仍不變。

台灣，和世界上大多數的國家和社會一樣，受到美國大眾文化的滲透。好萊塢電影、流行音樂，五十年來幾乎已經成為台灣生活的一部分，尤其對受教育的知識分子為然。

但台灣的「美國化」過程，已經不是流行，好萊塢電影、流行音樂、美國汽車和商品以及美國之夢……這些大眾文化商品的氾濫這個層次的問題，而有其更深刻的重要性：

第一，和其他受到美國影響的社會不同的是，別的社會或多或少存在著能夠與美國意識形態、美國霸權主義和美國帝國主義、干涉主義相抗衡的力量。在冷戰結構下，其他社會也經歷了美國所支持當地軍事反共國家的清洗和恐怖，但由於不同的原因，民族解放勢力和民族民主運動的根苗得以倖存。在台灣，由於一九四九年到一九五二年的反共清洗太過徹底，一九五〇年以後，美國的影響在台灣若入無人之境，造成美國影響過剩，即使在解嚴之後，美國冷戰的、保守的價值、學術和意識形態不但從未受到挑戰與批評，反而進一步內在化。

第二，一九八七年蔣經國去世。由蔣家流亡集團獨占的國家政權宣告結束，一個本地官商資產階級國家政權出台。在Cornell大學取得博士學位，出身於美國在台援助機關JCRR的本省人精英李登輝成為台灣的總統和國民黨的主席。事實上，美國在台灣培養親美派精英的政策，至此影響其「遠見」。台灣受美國培養的精英在沒有驚動蔣氏國家的策略之下，鞏固了台灣的政治、文化、經濟、軍事甚至情治分野的領導或中堅地位。一個從本質上親美的國家政權，在李總統接任之後，成熟地登上了舞台。美國長期來塑造「非(反)共、親美」的台灣的目標，天衣無縫地達成。

第三，台灣的「非中國化」一直是美國對台政策的重要基調。早在十九世紀，美國人看到台灣有煤礦等物產豐隆，而以清淤腐敗、清朝治台官僚不受台民歡迎為由，主張美國領有台灣；也有人以台灣地理位置有戰略優勢，主張美國從中國手中奪取台灣。和一切帝國主義者一樣，美國也有人以促成台灣的文明開化，傳布基督教和美國國益的理由，主張獲取台灣。

到了二十世紀四〇年代初，美國人在戰爭結束之前，就高度評價日本在台灣的統治，認為日帝治台使台灣現代化，與後進的中國產生巨大差距，因此腐化、前現代的中國沒有條件與資格在戰後治台，而台民期望接受美國統治，或交聯合國託管，從而支持台灣自中國分離，由美國軍管台灣。

及至一九四九年，中國內戰形勢全面逆轉，即使韓戰未爆發之前，美國已積極籌謀排除蔣介石國民黨，塑造一個聽命美國的反共政權，阻止中共取台。韓戰爆發，美國武裝干涉中國內政，全面援蔣，其實是以支蔣的形式，將中國與台灣分離永久化。一九七九年，美國與中共建交，又旋即以《台灣關係法》來炮製台灣獨立於中國的獨自的擬似主權。

從十九世紀開始，美國用以說明中國無力、無權治理台灣，因此美國應當領有台灣，台灣應與中國分離的說詞，有一個共通處：即台灣已經或應當「非中國化」，分離於中國之外。到了六〇年代，這「非中國化」有了新的名稱，即「台灣化」。而台灣的「非中國化」或「台灣化」的具體內容，如上文所論，其實就是台灣的「美國化」。到了九〇年代，一個代表台灣官商階段的國家政權出台，逐步改組了國民黨、立法院，並即將通過一九九六年初民選總統而完成國民黨與國府的非華化＝台灣化，完全按照四〇年代美國腳本形構的台灣——非共、親美、獨立於中國的台灣即告誕生。

二、皇民化及其隔代殘留：台灣的「日本化」

作為日本的殖民地，台灣的「日本化」過程，其實就是台灣的殖民地化過程。自從一八九五年日本占有台灣，隨即著手將台灣經濟重組到日本帝國主義的資本主義再生產循環之中。台灣成了支持日本資本主義積累的一個環節，以便讓日本的獨占資本全面統制殖民地台灣的經濟。

從一八九五年到一九〇四年，日本集中地在台灣進行了各種社會經濟的改革，以便將台灣經濟納入日本帝國主義經濟圈。這些改革和措施包括土地調查測量、土地制度的改革，貨幣、金融、財政、關稅體系的改造、排除西方在台資本等。

從一九〇五年到一九三〇年，台灣被定位為日本工業原料與糧食的供應基地。傳統的主佃關係，經稍加修正後被帝國主義權力保留下來，與日本獨占資本共同發展米糖單一栽培，成為殖民地台灣經濟的主軸。日本糖業資本全面支配台灣，而土著資本則日益從屬化。

一九三一年，日本帝國主義以出兵中國東北，全面重組日本資本主義，以軍事擴張下戰時體制，使日本資本主義向國家獨占資本主義移行，解決世界不景氣下深刻的矛盾。在戰時體制下，日本獨占資本全面擴張，而本地資本則全面被弱體化了。

殖民地台灣社會經濟的歷史，其實是日本資本主義支配下進行台灣的殖民地化的歷史。日本資本主義的利益、邏輯和需要，而不是台灣經濟本身的利益、邏輯與需要領導著殖民地台灣的社會和經濟過程。經濟剩餘大量流向日本，本地資本與資產階級的弱小化和對日本資本的附從化，成為台灣殖民經濟的總結果。因此，當日本戰敗的一九四五年，這種本地資本的弱小化對於台灣戰後經濟的發展，有深遠的影響。

除了社會經濟的殖民地化改造，殖民地教育和意識形態支配，是武力壓服以外殖民統治的另一個重要手段。

日本的殖民地教育政策，是致力於殖民地被統治民族成為「日本帝國之臣民」的同化教育。一九三〇年代中期以後，這同化教育隨日本帝國主義向中國與南洋擴張而成為「皇民化」教育。

皇民化教育向學生灌輸天皇中心的史觀（皇國史觀），使殖民地學生接受對日本的殖民地隸屬的必然性。

皇民化教育以鼓勵殖民地人改姓易名，收奪其民族的獨立性，以強迫性日語教育剝奪其語言、文化。在台灣，殖民地教育去除台灣歷史的課程，以利台灣與中國的分離及台灣的「非華化」。這始於一八九八年的台灣殖民地教育的快速普及，迨一九三九年，已有五三％的就學率。這高度普及的「公學校」體系，是日本推行殖民地強制性日語教育和皇國民意識，使學生臣服為日本臣民的教育基地。

一九三四年，日本人在台灣推進皇民化運動，這一方面是為了以皇國民意識形態全面動員台灣本地的勞動力，投入戰時的軍需工業化，一方面也藉著「貫徹皇國精神、強化國民意識」來動員人力投入太平洋戰爭，供應「忠誠」的戰爭工具到華南戰場和南太平洋戰場。

殖民地教育和皇民化運動，是台灣在精神上、意識形態上的日本殖民地化＝日本化的過程，也就是使台灣「非華化」的過程。

殖民地台灣的日本化，在戰後的台灣留下什麼程度的影響？

有些研究者毫不猶豫地認為殖民地台灣的日本化教育和皇民化教育的成效是消極的。殖民地同化教育與具體的殖民地生活中的歧視與壓迫形成明顯的矛盾，反而引起被制壓民族的學生的抵抗，這是殖民地生活常見的事例。

但是皇民精神的殘留與有待清算，也引起研究者的關注。和韓國和其他前殖民地比較起來，台灣的日本影響引人注目。戰後復員的台灣人原日本兵，有少數以其皇軍的反華意識，參加了一九四七年的反國府蜂起。暴動者以日語鑑別街上的人是大陸人抑台灣人。尾崎秀樹在台灣的戰後體驗，目睹了日本化和皇民化教育使台灣學生喪失了中國認同，而深自反省。

從一九八七年以降，台灣的分離運動有所發展。從去年開始，台灣獨立運動的學者開始大量宣傳日本對台灣的殖民統治對台灣的「現代化」所做的「文明化」貢獻。他們讚揚台灣殖民地化的「非中國化」效果，有利台灣獨立。宣稱日本的南進政策使台灣成為南洋的中心，稱頌「內地延長」主義使台灣人成為完全的日本人……。他們以彷彿日本皇家紋章的「八瓣菊花」旗和戰時的〈軍艦進行曲〉作為其隊伍的旗幟與音樂。今年四月，台獨系代表團到日本下關春日樓，與日本右派學界共同紀念《馬關條約》百年，以為《馬關條約》割台，是台灣史中「不幸中的大幸」：馬關割台使台灣跨出了與中國分斷的第一步。一個成員近八百人的台灣人教授聯盟，在四月舉行「馬關百年．告別中國」的公開遊行，這些親日的台灣分離主義者，極大部分不見得是經歷了日本統治的、年齡在七十以上的一代。目前大力強調台灣因日本殖民統治而「非華化」從而主張把台灣從中國分離出去的這些人，平均最早誕生於五〇年代初期到中期。皇民主義在他們身上呈現了隔代的殘留。

而考其原因，可以舉出以下數事：

(一)在世界冷戰和國共內戰雙重構造下，一九四九年到一九五二年的肅清消滅了殖民地抗日歷史所蓄積的民族解放勢力，並且相對應地保存和發展了日統的對日合作精英。日據時代，與日本當局合作的五大族系資本，辜家和陳家至今享有高度的財富與權力。

(二)在冷戰體制下，日本戰爭勢力受到美國庇護，逃脫了日本人民和亞洲被害人民的批判。同樣，在反共・國家安全體制下，抗日民族解放勢力在台灣慘遭肅清，漢奸派得享榮華。蔣介石在國際關係中依恃美日反共的政策，使日本的皇民歷史和意識形態完全沒有受到清理，致其延命發展。

(三)國民黨依恃美日反共的政策，使美國在現實上的台灣非華化政策(即重塑非共、親美、獨立於中國的台灣)與日本殖民地化台灣造成台灣非華化的歷史結果，在冷戰的框架上結合，使台灣新皇民主義在冷戰價值下隔代繼承了下來。

三、結論

特別是七〇年代石油危機之後，世界資本主義呈現這些越來越顯著的趨勢：資本、技術、商品、情報、傳播之跨國境的擴張和循環。這些變化，對廣泛的發展中地區產生了向中心國家的思想、意識形態、生活方式、價值體系和流行品味的同一化和均一化。廣泛的亞洲，在二次大戰後便在上述意義上，先後經歷了「美國化」和「日本化」的歷程。

但是台灣的「美國化」與「日本化」，遠非僅僅是這大眾文化層次上的美國化和日本化，而是深入到台灣五十年的殖民地化歷史與戰後「新殖民地化」歷史的問題。十九世紀的老式帝國主義和戰後的新式帝國主義，總是按照它們自己的形象——經濟和戰略利益——去改造台灣，使它與它的母體中國分斷出去，並占有之。換句話說，一八九五年到一九四五年，日本占有並統治台灣，在其將台灣殖民地化過程中，從社會、經濟、教育、意識形態上致力使台灣與中國分割開來，也就是透過台灣的日本化而將其非中國化。而一九四〇年到一九五〇年間，美國做了大量的研究與政策計畫，以證明台灣在殖民地現代化所帶來的改變和戰略利益上的重要性，不容腐敗的國府或與美國敵對的中共所占有，也就是說台灣已經非華化，不應該復歸中國，而應由美國或聯合國管轄。一九五〇年韓戰爆發之後，美國武裝干涉中國內戰，據有台灣，經由軍經援助、介入台灣發展政策、改造高等教育體系、培育親美精英等一系列美國化改造……，以實踐塑造一個「非共、親美、獨立於中國」的台灣。

而戰後歷屆日本自民黨政權，緊緊追隨美國，在軍事上以中國為假想敵，在外交上長期干涉中國內政，甚至在六〇年代末還公開宣稱以台灣為日本國防安全線……在冷戰結構上，美日兩國的台灣非華化政策合二為一。

在南韓，與台灣比較起來，「日本化」和「美國化」的過程相對地轉變挫折。在韓國，南北統一、克服民族分斷的要求，包含著抵抗外勢，高舉朝鮮民眾和民族的獨自性，是針對帝國主義非韓化的不可挑戰的民族道德。

經受日本殖民化歷史，戰後又因國際強權的干預而造成民族的分斷，並在冷戰和民族分斷架構上，經受痛苦的反共．國家安全體系下軍事獨裁，韓、台有極為顯著的共同經驗。但韓、台在對抗「日本化」和「美國化」上的不同，緣於殖民時代韓半島的民族解放勢力遠遠強過台灣，而在五〇年前後的反共肅清後，韓國倖活下來的民族解放傳統也比台灣者為強。一九五二年中共地下黨潰滅後，日據以來艱難積累的民族民主傳統付諸一炬。

當前的台灣獨立運動，包括政府的和「反對」勢力的台灣非華化運動，其實是把台灣非共化、親美化、與中國分立這樣一個政策內部化的運動，也就是台灣殖民地和新殖民地歷史中「日本化」與「美國化」的發展。國際輿論和學術論壇對台灣獨立運動的認識不足，使台灣在戰後的脫殖民化倍為艱辛。

約作於一九九五年

本文依據手稿校訂

1 本文依據手稿校訂，手稿稿面未標註寫作時間與刊載資訊。依據內文言及「《馬關條約》百年」與「馬關百年・告別中國」遊行，推知寫作時間約在一九九五年。

關於李登輝體制的分析筆記[1]

一、馬克思國家理論的幾個方面

（一）馬克思認為國家政權（state），在資本主義社會，其職能在保護、促進、維續資本的擴大再生產，資本的積累與集聚。

（二）因此，state，只是資產階級用來壓抑、鎮壓無產階級，達成其積累、擴大再生產及集聚之目標。在此，state只是階級的工具，完全沒有自主性（autonomy），而支配階級，則擁有高度自主性，尤其對被支配階級而言。但支配的資產階級間，在關於怎樣才會利於積累……，則有民主爭鬥的權力。

（三）但馬克思也說，state是資產階級辦理其業務的辦公室。易言之，國家在消極的階級工具，它有一定的「相對自主性」（relative autonomy），出面干預、調和、處理、斡旋，使資本更有利地進行積累。

（四）馬克思又在法國Louis Bonapart王朝中，建立了一個特例。在這高度獨裁國家中，朕即國家，獨裁君王之權威高於教皇、貴族、資產階級、軍隊——一切階級，一切集團之上，享有高度的「相對自主性」。馬克思認為這Bonapartist state——波拿帕式國家的條件是那個社會中資產階級、無產階級兩皆虛弱，無力出面掌握和組織國家，當此之時，一個高度個人獨裁的國家，最有利於資本的積累與擴大再生產。這樣的state，不但不是階級支配的工具，而享有高度的、對各階級的自主性。

二、第二次大戰後的新型Bonapartist State

（一）二戰後，殖民地半殖民地「獨立」，為了抵抗共產主義的民族主義運動，新殖民主義豢養了許多「第三世界法西斯國家」（the Third World fascist state）。為了國際冷戰的戰略利益，美國在這些戰前的封建、半封建的殖民地和半殖民地社會，以反共全球戰略利益，以大量軍經援助，設立、扶植許多「第三世界法西斯國家」。

（二）這些國家，由於過去殖民地／半殖民地歷史，資產階級與無產階級兩皆虛弱。而且，為了「反共富國強兵」主義，在進行資本積累、擴大再生產時，由軍事獨夫高度獨裁下，進行反共恐怖鎮壓下的資本積累，是為「獨裁下的經濟成長」，是戰後冷戰條件下的反共法西斯Bonapartist state。戰後台灣、南鮮、菲律賓、中南美各獨裁政權皆是。

（三）蔣介石以國共內戰和世界冷戰雙構造之下，加上美帝國主義強大支持，施行高度個人獨裁。他製造過一九四九起至一九五三年肅共屠殺，戒嚴令頒布，嚴密特務統治，思想學術檢查下，進行土改，扶植本地土地資本的工商業資本，培養公業資本主義與私人集團資本，使資本得以肆無忌憚地積累和擴大再生產，形成國家（公業資本）＋外資＋集團民間資本為核心的冷戰—獨裁成長。

三、蔣介石國家的性質

（一）一九四五—一九四九年底蔣流亡集團來台之前，蔣介石state基本上帶有附從於美帝和各外國勢力的「半殖民地」性，和由官僚資本、買辦資本、地主資本和大資本聯合專政的「半封建」性。納入這蔣介石state的台灣社會，也帶有與當時中國同樣之半殖民地·半封建性。

（二）韓戰後，《美台協防條約》、《關於美軍人員在台地位協定》等等軍事、政治條約，以及軍經對台援助構造，使台灣成為美國的新殖民地，即在形式上的政治獨立下，美國對台軍事的、政治的、外交的、文化意識形態的、經濟甚至財的支配構造。原因：

（1）一九五〇—六〇年代半封建社會農業占主要產業，土改殘餘。

（2）封建性質的地租。

（3）軍事財政。

（三）在台灣內部經濟規定性上，台灣經歷了半封建階段（一九四五—五〇；一九五〇—六三）和半邊陲資本主義（一九六三—）的階段。在這些過程中，部分大地主士紳階級轉變為現代工業資產階級，轉變為受到state和美國援助經濟刻意扶植的大集團資本；公業官僚資本也經歷了改造，從舊中國與官僚資本轉化為相對具備現代公共性的官僚資本。一九六三年後，中小企業在美—日—台三角貿易的分工中簇生，取得依附性經濟成長。私人資本大大超越了公業資本。

（四）從一九五〇年到一九八七年，台灣上層建築政權法政部門，為四九年革命後從大陸流亡來台的蔣介石為首的統治集團所獨占，這就與本地集團資本、中小企業資本為中心的台灣資產階級經濟基礎發生了矛盾。本地資產階級沒有如實地在上層建築中取得應有的權力。這一矛盾，隨著本地私人資本的迅速發展而擴大。

（五）相較於日據時代，蔣介石集團並沒有運用state權力，以法政體系干涉，刻意擴大扶植

「大陸系」、「外省系」資本，壓抑「台灣系」、「本省系」資本的事實。因此，馴至今日，台灣五大資本家族中，前四家為本地系，第五家才是外省籍的遠東系徐有庠。

（六）這個依附、利用蔣氏Bonapartist state而肥大的台灣本地資本在它們的發展過程中，與台灣資本、與外資有千絲萬縷的聯繫。另一方面，四十年來，台灣社會形成了政客（民代）—官僚—產業，即政官產複合體，以權謀利，以利易權，權與利相托相結的構造。

（七）因此，兩位蔣氏「強人」過去後，作為上層建築之老（外省）立委、監委、國代被全面追放，繼之，本省籍、美援系官僚李登輝逐步取得並鞏固了政權，繼之，本省系官商資產階級及其代表在政權機關。

四、當前社會的特質

（一）階級和國家政權的關係正常化。前國家高度「相對自主性」終結，當國家成為台灣資產階級共同處理鎮壓被支配階級，促成台灣資本主義積累和擴大再生產的「辦公室」。支配階級內部有統一的一面，也有矛盾面，於是有派系流派門爭與矛盾。

（二）蔣國家時期上部構造（法政、政權機關）與經濟基礎（沒有權力的本地資產階級及其經濟)的矛盾在李登輝國家中解決，本地官—政—產複合體的權力直接掌握state，經濟力如實地反映在政治權力上。

(三)在島內，新的state正進行公業體系的解體，開放給民間資本，也進行金融銀行的開放。從今而後，本地資本的獨占化勢必因資本的累積與集聚的快速化而加劇。在前體制生長延續而來的官商資產階級將更加強大。

(四)在上層建築方面，李登輝代表蔣氏國家內美援系統的官僚。這一系統特色為(1)技術官僚；(2)學歷高，有留美背景；(3)與蔣氏黨政軍關係較遠。蔣氏國家內另一台籍官僚系統為地方自治系統培養，如謝東閔、蔡鴻文等省籍「大老」系統，今日則以林洋港為中心。

(五)當前台灣社會諸階級的關係：

(1)大集團資本階級：

過去依附蔣氏國家權力、美國援助，獨占台灣島內市場而積累壯大的台灣大資產階級，性格上有官僚性(與權力關係)、買辦性(與外資關係)，掌握生產資本、土地、金融、土建等領域。

(2)官商資產階級：

是富有貲財、土地，以非薪俸而因官僚地位所獲各種收入積累，以及地方上政商資本家階級，以權錢的結合而積累，包括土建資本、土地資本，金融資本、交通資本及生產性資本等。

他們包括與商界勾結的高層官僚，與官僚交結的資產階級，與商界勾結或本身從商的各級民意代表。

（3）中小企業資本。以加工出口工業為主，介於小資產階級。

（4）中產階層，middle stratum：

沒有生產工具、自傭或他傭腦力勞動。他們沒有掌握生產工具以剝奪他人。其上層有醫師、律師、建築師、會計師以及主要以商業分潤資本剝奪自工人階級高額剩餘的外籍及本地大企業的高層管理人。其中下層者為教授、軍公教人員、公司職員、服務業、自由業、廣泛的市民、知識分子。

（5）農民：

小資產階級性格的農民。專業化普遍，而具有散工勞動、小生意人、小生產的性質。

（6）工資工人：

職業工人的中產階層化；

產業工人處於窘境；

消費主義經濟對工人階級的腐蝕。

（7）城市貧民。

(六)在台灣資本主義今後加強獨占化過程中，(1)、(2)將加強結合，急劇進行資本的集聚，同時強化對島內市場的特權獨占，state國家政權掌握在其手中。

(七)八〇年代初中小企業日暮途窮。一九八七年以后，幸因大陸開放，其資本在大陸循環而獲一線生機。但和蔣氏國家一樣，由於(1)、(2)兩階級手中的國家，在意識形態上反對大陸，所以中小企業向大陸發展的趨勢受到上層建築的桎梏。

(八)中產階層上層分潤(1)、(2)兩大資本的剩餘而肥大，一般而言，性格反共、保守、反華與(1)、(2)如出一轍。中產階層的中下層，在貧富差距開始擴大、金權勾結、金權橫行的時代，對政治腐敗、福利不足、環節崩潰、社會倫理敗壞、社會秩序破壞，表現出不滿，主張有條件改革。

(九)農民隨著工業發展、農業經濟衰退而沒落。台灣的依附性經濟發展、台灣state在外交上的無力、自身資本主義的未成熟，使台灣state無力在西方不平等「自由貿易」風潮中保護農民。作為一種產業、一個階級，農業與農民在國民經濟中比重快速下降、消失，農業與農民全面沒落已成定局，成為不足輕重的階級。

(十)工人階級區分為有技術的職業工人，與從事簡單再生產勞動的產業工人。前者收入好，躋身中產階級的收入，有中產階層意識。後者生活拮据，又沒有意識化，停留在經濟鬥爭階段，又受到消費文化消費制度的腐蝕與轉化。對生活又有強烈不滿。

（十一）城市貧民。是從農村、城市游離出來的無產遊民。流浪人、貧民區自僱者、小商人、日傭工、無業者，年事偏大，無專業技能，脫離故鄉與家庭。

（十二）在對外關係上，和一切前殖民地一樣，戰後新殖民地化的台灣，國家權力雖有更迭，但李登輝系權力人脈皆為（1）過去美國軍經援助時期援助單位的官僚；（2）由美返台官僚——從而形成新殖民地買辦性精英資產階級統治圈。它一方面掃除了前蔣氏國家的黨政軍系統，卻形成另一個由美國長期培養的親美買辦精英官僚集團。

（十三）在這個新統治集團下，過去美國對台灣在政治、外交、文化、意識形態上強大的影響繼續擴大。美國以對台超級政治影響，干預台灣經濟。在外交上，台灣甘為制約中共的棋子。李登輝下的新的state，和過去一樣，是美國的扈從國家（client state），社會性質上，仍然只有新殖民地性，仍然是美（日）新帝國改主義的代理支配者。

（十四）在對內性格上，反共軍事Bonapartist state終結，一個由台灣本地大資產階級、新官商資產階級支配的state形成。個人獨裁時代結束，一個相對性資產階級民主的政治局面展開，但這個新的支配者資產階級，由於其發生過程與歷史的畸形性，帶有前朝的腐敗性、保守性，無力解決貪腐、權錢惡性勾結、社會倫理崩壞、環境崩潰、社會福利荒廢……等問題。雖有高度剩餘，但資本主義依然畸形和不成熟，有明顯半邊陲資本主義的性質。

（十五）新的state，因階級性格與歷史因素，無法負起台灣戰後資本主義在今後階段必須積極向大陸循環的政策，無法扮演state促進資本積累與擴大再生產的職能，形成新時期新的上下部構造的矛盾。

五、結論

（一）台灣社會是新殖民地半邊陲資本主義社會。

（二）歷史地看來，台灣自來不是一個獨立的社會與國家。從荷據以來，台灣社會是在東西方重商主義時期、大工業時期、戰後時期帝國主義對中國侵略運動下與中國本部分分合合的各階段中，形成不同性質的社會。但基本上，台灣社會是帝國主義下中國社會中一個比較獨特的一部分。因此，中國與盛衰紛亂、革命與反革命，都直接影響台灣。這是研究台灣社會時所不可須臾遺忘的事實。

（三）一九五〇年以降，由於中國內部國共內戰與國際冷戰雙重構造，台灣以「中華民國」而成為虛構的主權國家。如今，這雙結構正開始鬆動，虛構亦將隨之瓦解，從而進行複雜的、復歸現實的運動與過程。台灣社會研究，正是因應這一過程的科學的營為。

（四）李登輝體制確立的過程，是中國人殖民台灣人，中國殖民主義支配台灣民族等「理論」破產的過程，也是彰顯台灣社會階級而不是族群壓迫構造的過程。

（五）針對台灣社會新殖民地性質——即表面上政權獨立，實際上在政治、外交、文化、意識形態、軍事等方面附從他人，受人支配；在經濟上，其對美日經濟的依附性——台灣的變革運動，在克服台灣新殖民地性上，有這些內容：

（1）反對為外來勢力服務的民族分裂主義。李體制的分裂體制固定化兩個中國、依附美日對抗中國論，以及各種其他更鮮明的台灣獨立運動，其間的共通性、統一性，大於相異性與矛盾性。

（2）發展批判的、科學的民族統一論。

（3）反對美日新帝國主義。特別對美國干涉主義、對長期以來支配台灣的美國哲學、社會科學、文化批評進行批判；對美（日）各種反對中國，支持台灣絕對主義的理論與實踐，進行批評。

（4）發展台灣、大陸、香港兩岸三地社會性質理論，從中發展科學性民族統一理論。

（六）在半邊陲性質資本主義的克服上，可以有以下這些內容：

（1）半邊陲資本主義，存在著一方面有巨大累積，一方面其資本主義呈現依附性、畸形性、落後性。資本積累速度、數量之巨大，不說明其資本主義的成熟性。克服半邊陲資本主義，因而還不是全面揚棄，而是加以發展——科技、研發部內的提升，兩岸統一構造的完成，大集團資本、官商資本中買辦性與官僚性的批判與改造，促成民族資本的建康發展，等等。而這一切又是為達到新時代社會主義的實現，準備條件。

（2）大陸之科技遺產，是當面民族積累中開發新科技、新產品，爭取中國經濟主體性的重要條件。台灣的科技與研發的發展，捨此無其他法門。台灣科技、研發的不發達，除了依附性構造，主要來自對兩岸關係的焦慮與不安，使台灣資本的「華僑性」（投機性、商人性）無法克服。

（3）台灣資本的健康升級，才能解決改善廣大產業工人生活的問題。

（4）但是台灣大集團資本、官商資產階級又必須鞏固、維續之前權錢交合、貪腐特權、資本特權獨占化、棄置福利、荒廢自然生態、繼續附從外來勢力的構造。他們無疑是變革運動被克服與揚棄的階級對象。

（5）變革運動的主要力量，是廣泛的產業工人。他們雖然還在「自在」而不是「自為」的階級，對他們進行意識化宣傳，當務之急。

（6）小資產階級，沒落農民，中產階層的中下層，知識分子、小市民、小軍公教公務員，他們在思想有新保守主義傾向，但對生活中貧富懸殊化、金權主義、環境生態的破壞、社會混亂、政治腐敗，有一定的不滿，在一定條件下是變革運動的友人，但也可能是新法西斯主義的燃料。在運動上，也需要大量的工作。

（7）克服邊陲部資本主義，還不是社會主義的變革運動，而基本上是資產階級性人民民主主義的變革。它在兩岸開放，台灣資本主義生產力有一定發展餘地時代，在革命時代尚未來臨時，以台灣廣泛產業工人階級為階級核心，廣泛團結中下層中產階級、知識分子、學生，進行資產階級性質民主變革的運動，其目的，在完成當前台灣大集團資本、新興官商資本階級不能成就的變革目標：（a）反對外勢，進行民族自主化統一；（b）克服台灣資本主義的官僚性與買辦性；（c）培養有中國民族資產階級性質的產業與階級，提升台灣戰後資本主義，使其健康化、自主化、現代化；（d）進一步發展台灣新的人民民主主義，以克服腐敗、特權、金權主義、新殖民主義、環境和社會倫理的破壞、農業農民的保護和民族在外勢干涉下的分裂等諸問題。

（8）針對「新殖民地／半邊陲部資本主義」社會的變革論，是反對帝國主義的、人民民主主義的變革論。這新的反帝論，包含著反對和清算四十年來新殖民主義物質和精神的殘餘，也包括明確的反民族分裂主義，促進民族統一。而民族統一和反帝論不但有民族和政治內容，也包含了台灣資本主義民族化、自主化、健康化的內容。

（9）這統一論是批判的、科學的統一論。是要在變革過程中建立台灣人民在統一過程中高度的主體性力量，以這個力量保持一定時期中台灣在一國兩制下的高度自治，並在這歷史的自治期中，發展先進的理論與實踐，對中國的健康、自主、高度精神正當性的發展，做出貢獻。

約作於一九九五年
本文依據手稿校訂

1 本文依據手稿校訂，稿面未標註寫作時間與刊載處。蒙曾健民先生告知，本篇約作於一九九五年。

台灣文學中的環境意識[1]

當人類不知饜足的貪欲不斷地剝奪自然環境生態，自然將以廢墟和毀滅進行報復……

在我們要討論所謂「環境文學」之前，首先就面臨了「環境文學」這個詞的定義的難題。在「文學」一詞的前面，加上一個限定、形容的語詞，在一些已經約定俗成的領域上，對於文學的批評和討論，不但很有助益，而且不可或缺。例如討論大陸當代文學時，「傷痕文學」、「尋根文學」等語詞的使用，節省了冗長的說明。在討論台灣文學時，「鄉土文學」、「現代主義文學」這些語詞的使用，也在相關的論題上，無法避免。

大自然的報復會使文明崩解

但是有一些尚未有比較清楚的界定的詞語，例如八〇年代中後的台灣，隨著戒嚴之解除而在文學題材上打破了政治禁區的文學，有人稱之為「政治文學」。但這個語詞在理解和使用上就產生了一些困難。如果表達政治批評、政治抵抗的思想，或政治批評、政治抵抗的題材寫成的文學作品都叫作「政治文學」，那麼，台灣日據時代眾多以殖民地台灣嚴苛的民族矛盾和階級矛盾為題材的文學，便全是「政治文學」了。這樣，推而廣之，世界上一切殖民地、半殖民地條件下產生的文學的大部分，莫不是「政治文學」。因為在民族與階級矛盾深重的殖民地社會所產生的文學，其政治的、階級的、民族的批判與抵抗向來尤為強烈。其他如三〇年代蘇聯文學《靜靜的頓河》、《鋼鐵是怎樣煉成的》和楊逵的〈送報伕〉也莫非「政治文學」。而且，「政治文學」又似乎隱含著與「純文學」相對立之意，有人可能引申為「為政治服務、為政治圖解的文學」，而有貶抑其價值的意思。

這就是定義不明確、不合理情況下所造的語詞所帶來的困難。看來，擺在我們面前的「環境文學」這個詞，也面臨著同樣的困境。難道我們能將在人類文學中占頗大比重的，以詠讚大自然之美，敘寫各種生物、動物、植物為題材的詩歌、散文或其他體裁的文學都稱為「環境文學」嗎？若然，唐詩——

獨憐幽草澗邊生，上有黃鸝深樹鳴。

春潮帶雨晚來急，野渡無人舟自橫。

就是「環境文學」了。而直接詠唱黃鸝歌聲與形姿之美的——

最好音聲最好聽，似調歌聲更叮嚀。

高枝拋過低枝立，金羽修眉黑染翎。

也是「環境文學」了。古人詠嘆未開發前亞熱帶台灣自然山水樹木翳茂蒼茫之美的詩句如——

遙遙上淡水，草色望淒迷。

魑魅依山嘯，鵾鵶當路啼……

也是「環境文學」了。這樣，「環境文學」非但「古已有之」，而且俯拾即是，失去了意義。

因此，所謂「環境文學」，應該有比較嚴謹的定義。我無意，也怕沒有能力為「環境文學」下定義。但至少為了小論的展開，也必須為自己做個界定，以利討論。

拙意以為，「環境文學」至少應該符合兩個條件：

首先，必須是文學作品。這一點，自不必贅論。

其次，在作品的思想、題材上，有明確的現代生態學的或生態論的意識。這意識，大約可以化約成以下的幾條：

——認識到自然巧妙均衡的生態環境，是人類社群生存所寄之根本。

——認識到「生態的匱乏性」（ecological scarcity），即認識到：

（一）在有限的地球上，物質增長的有限性，以及

（二）經濟、物質不斷增長所帶來嚴重的生態環境的、能源的、礦物的、科技發展的、人類應知的、對生態環境問題之管理上的、人和成本以及時間上的極限性。

——認識到如果沒有立即展開為了緩和與挽救各種生態環境危機所必要而廣泛的、構造性的變革，人類即將遭受到受盡貪欲之摧殘的大自然的報復，使現代文明生活之基石從根崩解。

簡單地說，作家的生態環境科學知識、意識、思想和感情，是「環境文學」的重要條件。這正如一九二〇年代和三〇年代，曾經在日本、朝鮮、中國甚至台灣廣泛爭論的「無產階級文學」的定義問題一樣，「無產階級意識」——即從「自在」的階級，經「意識化」而為「自為」的階級，認識到無產者作為一個新興階級，擔負著推翻舊世界，創造新社會，推動歷史的新階級。這樣

一種意識的有無，是區別在政治上、認識上前進的「無產階級文學」和一般地只是以工人等直接生產者為主人翁，描寫其生活、其命運等等的文學的重要標準。一如後者不能稱為「無產階級文學」一樣，一般吟詠、描寫自然、山水、植物、鳥獸、昆蟲……的文學作品，也不能皆稱為「環境文學」。

小論便試圖要從這樣的定義，初步窺視台灣當代文學中的「環境文學」。

台灣「環境文學」登場的背景

七〇年代中期以後，世界範圍的自然生態系的嚴重危機，受到西方思想界和學術界的重視。美國在干涉越南戰爭中以失敗告終之後，保護生態環境的運動和思潮，取代了越戰時期反越戰、反種族歧視、言論自由和教育改革等運動。世界資本主義體系在經過二次大戰後兩個十年之高度景氣與增長，在財富的積累過程中，相應地積累了嚴重的生態與環境破壞。因為現代生態環境體系的危機，正是現代資本主義機械化大規模生產——及其超國境的擴張——過程中之積累與擴大再生產的直接產物。

從著名的「產業資本運動的典型形式」來看，資本主義生產方式與自然生態環境的破壞間的關係，尤其一目了然：

G——W……P……W'——G'

在產業資本循環運動的第一個階段，即以貨幣（G）購入以商品形式表現的生產資料（W）廠房、原料（即勞動力、礦產、農產品、木材等等）的過程，造成森林砍伐、礦物的大量採冶、原料性農產品栽培過程中農藥濫用造成的農產品及土地、飲水的汙染，因勞動商品化所造成的貧困與生活環境的低下，等等。

在第二個環節，即生產過程（P）以迄新商品（W'）的生產的環節，產生能源的高度損耗、耗能過程及生產過程中釋出的廢氣、廢水、毒性工業廢棄物，大量排出廠房，先是使在勞動現場的工人遭到最初的汙染之害，隨之汙染空氣、土地和飲水。

最後，在實現寓寄於商品中的剩餘價值環節，即商品（P）以迄新商品（W'）轉化成添附了剩餘價值（G＋△G）的貨幣（G'），即消費過程，也產生了大量的廢棄物、垃圾、對河川下水道的汙染和空氣的汙染（例如化學原料及製品的使用、洗潔劑、農藥的使用等等）。總地來說，這就形成了「資本與環境生態相剋」的鐵則。

整個資本積累循環即資本的再生產、擴大再生產的過程，是在資本主義私有財產體制的保障下進行的。而自然生態，又以公共的、無財產性保障的形式存在。把私有制下生產過程中產生的巨大公害，任意還諸自然生態環境這一個公共領域。資本制生產的無政府，導致自然生態無政府的構造性崩壞。現代資本制生產及擴大再生產循環速度之快，規模之巨大，史無前例。加上六〇年代以降，世界資本主義體系因資本的跨國界運動，產生了世界範圍內的分工，勞動過程和勞動程序也進行超國界的配置，於是勞力密集、高耗能、高汙染的工業，便大量由中心先進國家向邊陲、半邊陲國家「輸出」，從而「輸出」了嚴重有害汙染，也「輸出」了構造性的自然生態的解體機制。

公害工業資本的「輸出」與「輸入」，並不取決於一個「自由」的「市場」。在世界冷戰體制下，「輸入」公害產業的第三世界國家與社會，往往與「輸出」公害產業先進國家間，在政治、經濟、軍事上是「從」與「主」、「上」與「下」的「受恩庇」與「主人」的關係。除此以外，這些「輸入」公害工業的國家，在世界冷戰架構中，對內施行國家政權強力干涉，以反共國家安全制的大義名分施行高壓統治下的經濟成長策略。市民民主主義的缺乏，即市民結社、集會、言論等自由的嚴格限制，使由下而上，通過人民集會、結社與爭議的自由始得以展開的、人民對資本破壞環境生態的鬥爭，無法實規，從而助長了資本對生態環境肆無忌憚的剝奪。

汙染竟不受抵抗與約制

台灣戰後資本主義發展史和台灣自然生態遭受戕害的歷史，吻合上述的一般規律。一九六〇年代，台灣以進口替代產業向加工出口產業轉軌，從而加深了台灣與世界市場的結合，於是島內和國際進口的勞力密集、高耗能、高汙染、高公害產業在島內簇生。國際貿易的轉包體制，又使最後的生產過程層層轉包而細分化，轉包到島內資金、規模較小、無力承擔生產過程中處理汙染設備成本的中小企業，從而造成「轉包加工出口」體制下結構性的公害隨加工出口貿易的快速增長而擴大。

利用了冷戰局勢而樹立高度國家安全體制，從而以國家政權威權主義支配進行資本不受抵抗與約制的、恣意的積累，是包括台灣在內的「四小龍」經濟增長的秘密。在台灣，資本有三個規模。第一是「公營」的、獨占性的、國家資產主義性質的資本。第二是私人的、集團企業的、帶有擬似國家獨占資本主義性質的財團資本。最後是廣泛的、零細的中小企業資本。前兩者受到國家權力在融資、市場和價格獨占、經營等各方面的掖助，獨占島內市場。中小企業則在較小保護、自生自滅條件下，推動加工出口貿易的發展。中小企業的高汙染機制已如前述。而前兩種大企業（石化、重化、核電等）的汙染，在國家政權的強權恩庇下，不受任何方式的抵抗與約制。

因此，早在台灣戰後資本主義快速發展的七〇年代，公害汙染、生態環境的破壞已經極為嚴重。一九八四年，台灣經濟發展在它的高峰遭受了第一次因國際石油危機而來的挫折。從六〇年代初以降，資本在二十年間持續不斷、任恣高度增長所蓄積的深刻公害，僅僅因為嚴厲的政治而湮蔽不發，沒有浮現出來。迨一九七九年美台斷交，島內又發生了高雄美麗島事件，使一九五〇年以降台灣當局賴以取得國際的、外在合法性，發生動搖，從而使國府在台灣內部的統治合法性遭到挫折，「黨外」的挑戰更形嚴峻。為了重建失去政權外部合法性而動搖的內在合法性，蔣經國展開了謹慎控制下的黨和國家政權的「本地化」和「台灣化」，因此台灣在政治上的控制開始相對地、逐步地鬆綁。一九八五年以後，長期蓄積、求告無門的公害，趁著政治氛圍的相對放鬆，反公害市民或農民運動在台灣各地勃發，至八七年解嚴之後，益形潑辣。

台灣公害批判的思想和知識傳播，則早在一九八〇年就開始了。受到美國七〇年代中葉以後發展起來的反公害和生態環境保護運動影響，留學、居留美國而於七〇年代末返台的馬以工和韓韓，在一九八〇至一九八二年間以散文、報導、專文、特寫的形式，發表了關於台灣生態保育、環境保護問題的文章。另外，有一位女作家心岱，雖然早在一九七七年就寫了一篇怡人的散文〈逐鹿者〉，描敘在台灣養殖出來的梅花鹿之形體、生理、性情和默默承受採取鹿茸剜劃之苦而深有物與之情，但還沒有鮮明保育主義的忿怒與糾彈。一九八〇年，她以一篇報導文學〈大地反撲〉在台灣初初成形的報導文學文壇崛起。「大地反撲」這個詞，也成了日後台灣環境生態保護運動的儆語——當人類不知饜足的貪欲不斷地剝奪自然環境生態，自然將以廢墟和毀滅進行報復。台灣作家關於環境生態的寫作，形式也甚廣泛。有散文、報導文學、特寫、新聞和深度報導以及小說。寫作的時間，從一九八〇年涵蓋到一九八六年。

散文

一九七九年十二月，高雄「美麗島事件」爆發，國府當局進行了廣泛的政治逮捕，台灣戰後資產階級民主化運動遭到重大的打擊。在那以後的數年間，「美麗島事件」深遠的影響猶餘波不息，悲忿之情，籠罩著台灣在野的知識界。

然而正是在這同一個階段，上述三位女作家，在報章和雜誌有意識的、積極支持下，陸陸續續發表了有關台灣生態環境之困境的、有豐富的知識深度，又有及時的問題意識和對於台灣自然生態環境懷抱著脈脈深情的文章，引起社會廣泛的注意。

回歸人文而不迷信科技

從一九八〇年到八二年，三位女作家所關注的環境生態議題自然有很大的重疊性。一九八〇年，台灣發生了地方政府建設單位亟欲鏟除簇生在淡水出海河口關渡周近的一片完整的水筆仔紅樹林，引起台北植物學界和生態保育論者的反對。開發建設論者與保育論者發生了爭議。一九八〇年，馬以工發表〈萬物並育〉，一九八一年發表〈有這裡才有永遠〉，亟言保護舉世稀有植物水筆仔紅樹林的重要。她指出了一個安定平衡生態對人類的重要性、生態自然神聖的公有性，以及人類違背自然法則後行將面對的災難性後果。相對於馬以工的說理通暢，徵引廣博，韓韓以流麗婉柔的散文寫了〈紅樹林在這裡〉，很好地揉和了物種、保育的知識和對於自然的深情。

韓韓和馬以工也共同關切因為養殖一種叫做「九孔」的高價蛤而任意毀壞台灣北部海岸美麗的海蝕平台問題。韓韓的〈滄桑歷盡——我們的北海〉，也是結構說理緊湊明快而深情動人的散文。文章先引用台灣史古籍中所描寫蒼莽蔥悒的台灣北岸，介紹台灣形成的地質歷史，來說明北海海岸平台的珍貴。文章筆鋒忽轉，介紹了海岸平台被商人摧毀挖成養殖池的慘狀，為今人的「敗家」扼腕不已。

馬以工的〈「九孔」千瘡——看東北角海岸景觀的毀滅〉則進一步剖析商人恣意破壞北海平台背後複雜的官商勾結、地方勢力爭利的糾葛。

沈葆楨治台，為鞏固中華南疆台灣的防禦，在台灣的北中南各開闢了一條貫通台灣西東的古道。中部的八通關，是這三條古道中唯一尚存的一條。在八〇年初，由於新的交通開發而使八通關面臨遭受古蹟和生態破壞的危機。馬以工的〈今山古道八通關〉翔實地介紹了古道歷史，力陳借鑑外國國家歷史古道立法保護的寶貴經驗之重要性。韓韓寫了八通關遊記〈我去八通關〉，寫景寫情，論議叮嚀，都真摯感人。

台灣恆春一帶，每到九月和十月，分別有兩種候鳥過境棲息。一種小鳥，叫「紅尾伯勞」，一種梟鳥叫「灰面鷲」。恆春居民百姓，屆時都或張網或陷阱或獵殺，紅尾伯勞被燒烤出賣給觀光客吃掉。灰面鷲被剝製成標本「外銷」。韓韓的〈君見南枝巢，應思北風路〉是作者參加到恆春現地去宣導保護候鳥活動的紀實。宣導組利用大量的幻燈照片，和當地的小學生、老師、母姊父兄合作，撰寫幻燈旁白腳本，呈現了在草根民眾互動下所激發出的熱愛自然、熱愛生命、熱愛鄉園的深情實意，感人至深。馬以工的〈讓你平安地在我們的田園裡休息〉也是記述同一次宣導保護候鳥的活動，寫接受宣導的小學生對動物真摯的感情，令人動容。

韓韓寫〈永遠的阿里山〉，以豐富的資料、流暢多感的語言，力言保林、護林的重要，也亟言台灣林藏的珍貴與戕伐破壞之烈。在〈我們只有那一片沙〉，韓韓照例以她優美的散文，寫屏東鵝鑾鼻沙灘上「貝殼沙」之珍美。然而，面對這沙灘環境因核電廠、因盜採珊瑚、因盜採貝殼沙銷出日本、因不知饜足的「開發」而摧折我們的環境，作者深切感到一種以人為中心的生活哲學，感到回歸人文、文藝而不是迷信科技、「發展」，才是為人類為後世留下淨土的動力。

馬以工的〈美麗的錯誤——反璞歸真〉，是談台北縣五股鄉一片沼澤對生態環境的貢獻。這一片因為在一九六四年炸開關渡出海口引起海水倒灌而形成的大沼澤，意外形成了美麗的景觀，帶來豐富的沼澤魚貝，成了一處招徠各種野鳥的自然鳥園，也成了洗滌城市汙濁空氣的台北地區之肺。在〈破碎的海岸線〉裡，馬以工援引實例，說明盲目的開發，如何斷送了大自然的攝理，永遠斷送了恆春的沙河沙瀑和台灣中部鹿港海邊的泥質潮汐灘地。而這在自然界中稀少的泥質灘地，貴在其複雜的生態系和豐盛的生產能力。然而，這一片灘地卻行將被填斷成為重汙染工廠的廠地，從而從根本上摧殘原有的生態體系。馬以工力言偏遠的海岸地區，最容易為人所忽視，也最容易遭到「發展」的鐵臂所破壞、濫建和汙染，對景觀、生態、科研標本和漁業資源造成嚴重的損害。

重建人與萬物平等的新哲學

〈熱帶植物之旅〉是馬以工一篇比較長的、有關恆春林業試驗所天然熱帶森林的報導。在〈一個國家公園的誕生〉裡，馬以工熱情洋溢地介紹了墾丁國家公園中香蕉灣的棋盤腳、蓮葉桐等熱帶植物和珊瑚礁，介紹了一處處沙河沙瀑、草原、南仁山區、九芎林的原住民石板屋……從而強調自然的保育正是為了人類萬代子孫永續享有與利用。馬以工的〈有沒有一個美好的明天？〉則是一篇深入淺出的、有關生態學上四條原則的動人的介紹：

（一）一個生態環境中任何組成部分皆相互息息相關，牽一髮而動全身。一項工程的實施，往往意外牽動了整個生態系統的平衡，招來意想不到的危害。

（二）一個穩定的生態系，是一個複雜的生態系。簡單的生態系，正是最脆弱的生態系，無法達成自然中微妙的平衡。因此，任何微小稀有的物種，都不應任其在粗心的「開發」計畫中永遠消失。

（三）環境的急劇改變，將立即造成相關動物和物種的毀滅。台灣山林地的急劇變化，已使台灣獨有的長鬃山羊和雲豹絕種。

（四）地球的資源有限，有時而竭。尤其資源一旦竭涸，永不可再生。揮霍浪費資源的經濟和生活方式，正加速最後涸竭的危機。馬以工呼籲制定與實行有效的環境保護法規，苦口婆心，讀之三歎。

從寫作形式上說，韓韓和馬以工的文章，一般地屬於散文的範疇。兩人的散文，各有獨自的風格。韓韓的散文，在語言上，作為美文的特質比較突出，真情落筆，令人動容。在結構上，她善於博引古籍中有關昔時台灣的文學作品，成功地引起我們對於生態系統未開前的台灣的豐富想像。她也善於引用稚兒、他人的思想和感情來和自己的敘述互相激盪回饋，頗能動人心弦。理工訓練的馬以工固然善於以清晰的邏輯，準確地敘述相關的資料和知識，但在語言上也決不落於學術論文的荒枯。馬以工的語言冷靜、準確卻內蘊著真摯的情感。

馬以工和韓韓都有非常明確的現代環境生態學意識。事實上，兩人共著的《我們只有一個地球》一書中的散文，基本上是有意識地、殫精竭慮地宣傳自然生態的保育，為瀕臨摧殘的物種、生態環境大聲疾呼，苦口婆心地教導人們以批判的角度反省向來的唯開發論，而欲重建人與萬物平等的新哲學。現在回顧起來，她們數量並不算多的文章，由於受到新聞媒體、台灣動植物學界的同情與支持，的確起到了相當的環境生態保護教育、報知和啟蒙的重要作用：水筆仔紅樹林保下來了、公路局終於沒有開路上八通關、候鳥保護活動取得了進展……而感人尤深的是，她們雖是女性作家，卻不詞艱辛，走遍了台灣的山山水水、發而為文，洋溢著難以掩抑的台灣環境、自然、生活和人民熱切而深厚的情感。

報導文學

由於戰後台灣特殊的政治環境，誕生於二〇年代的中國報告文學（台灣稱「報導文學」，以下準此），在光復後的台灣一直沒能加以繼承和發展。因此，一直到今天，即連報導文學的定義，對在台灣的許多人而言，仍然曖昧不明。這主要是因為在台灣文壇一直未見眾所公認、影響深廣的報導文學典範性作品。

一九八〇年前後，高信疆主持的《中國時報．人間副刊》，設立了報導文學獎，以獎金和榮譽徵求優秀的報導文學作品。報導文學獎的設立，在沒有典範作品的台灣青年文壇，促動了報導文學寫作的探索，並且初步培養了作家，收穫了作品。集中以台灣自然生態環境的問題為主題，報導文學作家心岱，果然應運而生。

一九七九年底發生高雄「美麗島」事件的台灣，進入八〇年代時，政治上還很嚴苛。因此，八〇年前後誕生的台灣報導文學，在題材上自然很難像世界上重要的報導文學發展史那樣，以社會、政治的強烈批判為題材，以表現生活、歷史和社會所蘊藏的矛盾，而吸引起廣泛的共鳴。因此與現實政治距離較遠的生態環境問題，顯然是剛剛出生不久的台灣報導文學理想的題材。然而，由於台灣文學史中缺少報導文學的典範作品，一直到今天還普遍存在著無法區別深度報導、新聞持寫、專題報導這些篇幅較長、敘寫比較深入生動的新聞寫作與報導文學的具體差異的問題。雖然說，一般而言，報導文學有四個特質，即：

(一)文學性；

(二)報知性；

(三)及時性；

(四)批判性。

但若僅以這四個特質去衡量，馬以工、韓韓上述散文中文學性較強的，也可稱為「報導文學」了，而其實又不然。所以在報導文學的「文學性」方面，似乎又比較接近小說，即人物、人與事的發展與辯論的交動，在報導文學體裁上有重要意義。「以嚴格的真實(實人、實事、實地、實時……)為題材，以小說的體裁所做的敘述(narrative)。」這或幾可盡報導文學的界定吧。從《大地反撲》和《回首大地》這兩本心岱作品集看來，正好可以看出文學環境比較特殊的台灣，報導文學如何先從新聞寫作逐漸另結新胎而緩慢成形的過程。因為收在這兩本集子裡的，雖然在題材上一律都與台灣生態問題相關，但體裁上則有散文、新聞特寫、小品和專題以及顯著地向報導文學蛻變的東西。從環境生態的意識和認識上看，心岱和馬以工、韓韓有同時代的相近、相似性，這表現在她們寫作議題上相當程度的同一性。和馬以工、韓韓一樣，心岱以散文和類似新聞特寫的形式，寫鵝鑾鼻「貝殼沙」盜採的危機；寫台灣東北角海岸平台被夷為九孔養殖池；寫恆春沿岸海中軟珊瑚之生態破壞而面臨危機；寫八通關古道的生態學價值與「開發」的危機；寫南台灣海岸熱帶森林；寫水筆仔紅樹林，也寫了墾丁國家公園的重要性。和馬以工、韓韓一道，三位女作家在同一個八〇年代開始的兩年內，密集地在台灣有力報刊上發表了這些議題相同的文章，對於台灣生態與環境保護的知識和意識的宣傳、傳播和教育，甚至引發相關的立法改革(例如水筆仔紅樹林地禁止開發，恆春候鳥保護列入地方行政，八通關古道開發計畫的中止)有深遠的影響，卓有貢獻。

人應虛己以與自然和諧共生

一九八〇年獲得中國時報報導文學獎的〈大地反撲〉，心岱寫的是人類為了開發，破壞了桃園縣沿海地帶的防風林，引起嚴重風災，土地沙漠化，樹木和莊稼枯死萎黃。原來一九六〇年初，為闢石門水庫而將山區少數民族分批分地遷村。其中，有一批被規畫到桃園沿海大潭村，砍伐一大部分原先林相完好的木麻黃林，闢地建屋舍、開阡陌。但不到十年，好景不再，熱風、強風成災，從此這些遷民新村迅速荒廢。受到人類任恣戕剉的大自然，終於向人類施展令人敬畏的復仇。而「大地反撲」這形象強烈的詞語，不但使心岱從此在文壇中登台，不但使人應虛己以與自然和諧共生的生態環境主義理念得以擴大，也生動、形象地成為台灣生態環境保護運動的關鍵詞。

和馬以工一樣，心岱的〈美麗新世界〉，寫歷經劫剉的恆春半島海岸森林渴望復生的夢想。香蕉灣的海岸林神奇而美麗，卻已歷經開發、開採的摧折。其中尤以六〇年代村民栽種瓊麻而毀山林者為烈。如今，追逐財富的熱病因農業商品生命週期短促的特色早已消退，留下僅是傷痕累累的熱帶海岸林地，引人痛烈反思。這一篇在一九八二年獲時報報導文學獎的作品，寫了一個畢生忠謹職守，熱愛山林的巡山員林火星，對他的思想、感情和生平著墨較多，因此在寫香蕉灣海岸時能以林火星這個人物的感情、認識和經歷去推動敘述，同時也能以香蕉灣林務紀年，來寫林火星這個人，這是從單純紀事的新聞寫作向報導文學更進了一步的發展。

這種寫人寫事相互辯論發展的敘述構造，在〈綠色大廈——哈盆計畫二〇〇二〉中也能見到。〈綠色大廈〉寫作者和其他三位自然學家徐瑞、呂瑜和楊澤一道去探訪一個叫「哈盆」的高山自然植物園預定區的經過。哈盆地區的自然植被聚落的介紹和三位學者專家的抱負、思想、感情和工作，形成交疊。心岱的〈明山麗水好青天——八通關的人文環境〉，一開頭就寫一個著名的台灣少數民族（布農人）登山嚮導王天定。然而總地說，這些人物描寫，從文學上說，又略嫌單薄，缺少文學作品人物刻畫中必要的成長、心理、感情的變化、際遇的矛盾與統一、對話的鮮活……等等。

對台灣風土培育款款深情

一九八五年，以報導攝影、深度報導和報導文學為內容的《人間》雜誌創刊，在台灣的報導攝影和報導文學兩個領域中，開始了新的紀年。在報導文學方面，題材的深度和廣度都擴大了，廣泛地描寫了截至一九八五年的台灣戰後資本主義發展歷程中，台灣所支付出去的自然環境的、人的、社會的和文化的沉痛代價。在敘述上，留下好幾篇以人為中心，以人的遭遇、命運的轉變為中心的報導文學，膾炙人口。台灣的報導文學在形式、內容、思想和藝術性上，至此皆取得了進一步發展。

一九八六年，心岱在《人間》雜誌上發表了〈向天地贖罪〉（後來心岱改以〈彼岸之河〉的題名收在《回首大地》），記錄了花蓮縣吳江村的村民自動組織起來保護陪伴一代又一代村民的生涯的

「吳阿再溝」的溪流。這個組織，叫「吳江村河川自然生態保護區管理委員會」，委員會的主任委員是農民出身的加油工人鄒運寶。鄒運寶自少愛魚成癡。有一回，他偶然跟了四個以採蘭為幌子，進深山毒殺山鰻的團伙入山，目睹了歹徒如何毒殺大量粗如人腿、高可及身的吳阿再溝溪深山水源的山鰻。山鰻中毒臨死時極端痛苦掙扎的景象，令鄒運寶永世難以遺忘。他雖目睹而未參與，但那深深的忿怒和罪咎感交雜之心，日後發而為積極保護家鄉生態自然的強大動力。沿吳阿再溝溪全溪十八戶人家被挑選、自願地組成了委員會，分劃責任區，日夜巡視，防止傾倒垃圾、開發破壞、電魚毒魚，決心為吳江村的今天和世世代代保育好這條生命、精神所寄予的活水。人的遭遇、變化、決斷和行動，成了〈彼岸之河〉〈〈向天地贖罪〉〉的主旋律。生態自然環境保護的知識和說教，化為鄒運寶故事間接卻更其生動有力地傳達出來的情感與行動。在一九八五年以後的台灣，有關環境保護的報導，絕大多數是對破壞的忿怒，對過去官商勾結造成今日惡果的抨擊，以及對全面不可挽回地崩潰的環境品質透露出深沉的無助和絕望。但心岱的〈向天地贖罪〉，卻在題材上表現出一種樂觀主義，一種希望和喜悅——民間自主地、積極地介入生活，用草根的力量，自力保護鄉土的生態環境。人物的成長、變化豐富了人物的形象。人物與人物、人物與環境、人物與環保思想……交織互動，使報導加深了向度，人物遂從平面而立體，形象的思維更加鮮活。心岱的報導文學至此而終於登其堂而入其室，卻不料戛然而止，從此停止了她報導文學上的創作。

心岱〈呼喚的山——大美玉山國家公園〉是一篇玉山巡禮的散文；〈南台灣極地的魅力〉，是介紹墾丁國家公園的散文；〈動植物的樂土——神秘的南仁山〉介紹南仁山區的動植物生態和兩位異國自然學者在台灣所做的貢獻。從散文、報導的觀點來說，這些篇章和心岱的一篇更長的專題報導文章〈綠色地平線〉（對台灣植物之全面性介紹）一樣，結構穩密，語言簡潔而活潑，有獨自的風格又不失於冗濫，思想知識踏實而沒有拼湊生疏之失，但畢竟又不屬於報導文學的範疇了。

總地說來，在環境意識上，心岱和她同時代的「環境文學」作家馬以工、韓韓一樣，基本上主張自然生態是人與一切生命生存之所寄。她反對與批評盲目的發展主義與開發主義，主張人應捐棄「萬物之靈」的驕慢，學習人與萬有平等，力言人應有尊重自然的思想，並極言人的貪欲和傲慢終將引發自然對人類的毀滅性的「反撲」與報復。但是，心岱和馬、韓兩位作家一樣，在八〇年代初的當時，還缺少自然生態環境危機的政治經濟學的分析與批判的視野——也就是說，還缺少從台灣和國際資本主義發展的具體條件，去分析台灣生態環境的構造危機的視野。

在表現體裁上，從《皇冠》雜誌的報導記者出身，投稿中時副刊《人間》而登場的心岱，與馬以工、韓韓比較起來，更接近報導文學的表現形式。和馬、韓兩位作家一樣，心岱以女子之身，不惜艱辛，走遍了台灣的海河山林，對台灣的風土，培育了可以熱淚盈眶的款款深情。這毋寧是這三位女作家特別動人的地方。

小說

一九八五年，小說家宋澤萊出版了長篇小說《廢墟台灣》，副題是「公元二〇一〇年的台灣」。這是一本兼有預言和寓言的小說。

公元二〇一〇年，台灣因為嚴重的自然生態體系的崩潰使全島廢墟化，加上一個「超越自由黨」集體主義的統治，以電視施行集體性的心智控制，趨使萬千人民奔海自沒而死，台灣在嚴重公害、廢墟、瘋狂、核電廠爆炸中毀滅。

公元二〇一五年，外國的政治學家阿爾伯特和旅行地理學家波爾，乘船來到在早於公元二〇一〇年毀滅的廢墟之島台灣的濁水溪入海口，登陸上岸。他們在「斷垣頹壁，草深三丈」的「TNN村」(「打牛湳村」?)遇見了倖存的李氏家人。在倖活下來又終於仰藥自殺的李信夫桌子上，發現了他在二〇一〇年二月到十一月間的日記，揭開了這個島嶼覆滅的過程。

(一)廢墟的意義

阿爾伯特和波爾是先穿好防範輻射汙染的防護衣後才涉水登上這個因核電廠爆炸終至毀滅、被國際宣布為禁區的島嶼的。被汙染的河口「看起來像一條巨大的黃彩帶」。在半路上，他們看到一隻因核爆害而畸形化的貓。

在島嶼尚未毀滅前，有數千個罹患肺癌的公民暴動，抗議「超越自由黨」的政府對導致大量公民受到肺癌折磨而「慢慢地死去」的嚴重空氣汙染束手無策。浮塵可以蔽日。學童帶口罩上學。垃圾氾濫。公元二〇〇〇年，「一次大規模的地震使三座核電廠核射外洩，導致二十萬人喪生。浮塵、垃圾、水汙染增加，使人們平均壽命縮短成五十歲。」

海岸受到重金屬的嚴重汙染，養殖業全部崩潰。空氣極度汙染，浮塵甚至成為風暴，遮天蔽日，肺癌橫掃全島，街上出售氧氣。有毒農藥濫用，噪音嚴重到可以致人死命。外國的公害產業大肆輸入。

國家公園的花草樹木都用塑膠套套著，以免死於空氣環境的毒害。

被國家宣告為「廢墟村」的地方，寸草不生，舉目荒廢。「青青」河畔草、高山「青」這些歌謠，已經如同「夢中之歌」，如同烏托邦。

整個社會早被大量垃圾淹沒。垃圾占領了城鄉所有空間和路面，使交通和環境衛生產生嚴重危機。空氣中充滿了工業廢氣和焚燒垃圾的毒煙，空氣品質進一步惡化，時而爆發為癘疫。每至春時三、四月，農民棄地逃亡，躲避垃圾造成的瘟疫。

台灣大量增建了核能發電廠，甚至因此而獲得外國核電廠輸出國「連次頒獎」，榮獲「世界上最偉大的『核電王國』」的榮譽。御用科學家為台灣核電公害辯飾，終於導致公元二〇〇〇年因大地震而造成台灣核電廠大損毀，造成災難性的輻射汙染，「使台灣急速朝向廢墟的世界奔馳而去」。

(二)廢墟的政治

在一九八〇年代中期，隨著高雄「美麗島事件」和美台斷交，蔣經國治下的台灣因為失去了美國外交承認，使國府的外部(國際)合法性喪失，馴至其對內統治的合法性遭受到當時挫折之後，受到迅速重整的黨外民主化運動的挑戰，社會、政治矛盾逐漸加溫。正是在這個時候，作者宋澤萊對台灣政治的預言，是公元二〇〇一年，一個由「前數個政權解散再改組合併所成」的

「超越自由黨」取得了政權。這個政權在台灣施行政治恐怖統治，每天都在進行對政治異已和不穩者的非法逮捕、拷問和刑殺。但是島上的公民基本上不以為苦。他們早已對政治高壓下的生活麻木，對「超越自由黨」支配下的「新社會」心滿意足。島上的人們果如阿爾伯特的學說所假設，並沒有對「自由與尊嚴」的嚮往與需求。台灣本是個「自由與尊嚴以外之地」。島上的公民沒有任何高尚的需求。他們「現實」，只求吃喝無虞。國家政權以迅速的鐵腕用刑殺和藥物「解決」「偏激」的人。

「新社會」的國家政權利用官能性欲的煽惑進行統治。潘娜娜是類似「人妖」的人物，卻是國家用來挑激公民集體性欲的性偶像，通過國家電視台撩撥島人的性飢渴。在「新社會」，性產業氾濫，性的疫病蔓延成災。性被國家用來抑止國民集體對生活的厭倦而尋求自殺的衝動。

「新社會」的國家政權以御用的基督教會「太陽教」來合併成一個「統一」的國家教會，逼迫佛教，沒入教產，勒令僧尼還俗。抵抗這種國家宗教的「涅盤教」和「幽谷教會」轉入地下。

在高壓統治下，新社會的知識分子被馴化了。他們只貪戀自己既得的利益，被人民譏刺為「麻醉豬」。他們小心翼翼，向權力示好。

他們形成一個固定的階級，對現實的問題瞭若指掌，卻只知潔身自保。

在「新社會」中，黑道壯大，和警察互相勾結，獨占各種利益和社會地位，結成幫派，互相火併。

新社會擅長利用電子傳播媒介進行對公民心智的集體控制。電視和電視節目是「新社會」操控人類心智和行為的強大有如魔咒的工具。

「新社會」特別延聘外國新智控制專家(「視覺專家」)馬赫伯來台灣，加強對人類心智、價值與行為的操縱。到了最後，千萬人民被電視畫面操控、集體投海自殺。日記主人李信夫的愛人小惠和收養的兒子小偉亦在電視魔咒中自殺而死。台灣東部成為廢墟。又發生核電爆炸，輻射外洩……全島滅亡。

(三)廢墟的信息

作為預言寓言性小說，宋澤萊在作品中時間布局的策略上犯了明顯的錯誤。在《聖經》上，末世的預言因為在永不可知悉的未來，以致歷史上有多少次激進的末世派信徒宣告末日明確的年月日而落空時，因為《聖經》上原沒有寫明那確定的時日，〈啟示錄〉在信徒信仰中的地位至今屹立不搖。喬・歐威爾的預言小說《一九八四》出版於一九四九年，與寫作時間相去將近十年。《廢墟台灣》出版於一九八五年，描寫了整個九〇年代到二〇一〇年，相距只有二十五年左右，文學作品雖本質上為虛構杜撰，但既有明確的紀年，容易叫人依年比對，不免跳票，破壞了文學的想像。

但是小說畢竟不是命相流年，而自有價值。《廢墟台灣》可以說不但是台灣文學中頭一部以台灣自然生態體的災禍性崩壞為題材的小說，也是頭一本以荒原、廢墟、天譴式的毀滅為題材的小說。人類因罪惡滿盈，因偏離正道，而最終遭到全面的毀壞滅絕的意象，是人類偉大的神話、傳說、宗教聖經神典和文學作品中一個肅穆宏偉的題材。廢墟和荒原，可以來自神秘的天譴，也可以來自人的腐敗、墮落或現代資本主義工業、消費主義的不可羈止的擴充所招來的心靈、精神、靈魂和社會、歷史、國家的崩壞與荒廢化、荒原化和廢墟化。今人艾略特（T. S. Eliot, 1888-1965）的長詩《荒原》，就是西方現代文學中寓義極為豐盛的作品。歷史地看來，在題材和想像的開拓上，宋澤萊做出了貢獻。

宋澤萊描繪台灣廢墟化的形象是觸目驚心的。充塞浮塵、充滿惡臭和有毒物質的空氣；血水一般腐臭劇毒之汙水，植被的毀滅；被垃圾吞沒的城市和鄉村；嚴重的核輻射汙染；成千上萬的肺癌患者……對於迷信科技、現代化、物質財富的開發而來的末日，宋澤萊所描繪的世界，令人印象深刻。

歐威爾的《一九八四》有歐洲法西斯主義的恐怖作為作家具體經驗的參考，也有蘇聯三〇年代史達林充滿爭議的政策作為參考，也有一九四五年二戰以後冷戰意識形態的影響，而描繪出一個高度集體主義社會的夢魘。但處在「解嚴」前兩年的一九八五年的宋澤萊，和他同時代的人一樣，無法預見失去了「外在合法性」而藉著權力的「台灣化」以建立新的、對內的統治合法性的台灣，終於解除長達四十年的軍事戒嚴令，並且隨著李登輝的登場，宣告了一個由台灣本地官商資產階級統治的新共和的開場。這個國民黨政權的「新共和」雖然開啟了一個權力大重組過程的、在一九八五年當時難以想像的「民主化」過程，但饒有興趣的是：隨著最近電子媒體「開放」而來的、品質低劣的、美日電視節目空前深入地影響著廣泛的長幼收視者。黑道介入產業，介入地方政壇，甚至治安警察與之勾結，無法施行公權力的情況，雖是舊朝濫觴，卻於今尤烈。垃圾公害之嚴重，有些地方竟束手無策。台灣環境、空氣、飲水品質較之蔣氏「共和」的時代，只有惡化之一途。知識分子與朝野權力的公然之苟合，當然尤勝於往日。而色情產業擴及寶島的每一個角落，即使海角鄉村，無遠不屆。宋澤萊所描寫的國家的人妖性偶像雖是文學的誇張，然而台灣社會之性的氾濫，確實已若宋澤萊在一九八五年之所預見了。

這些「預言」所表現的，並不是宋澤萊對台灣之基於社會人文科學的掌握能力，而毋寧來自他作為優秀作家的敏銳的直覺。因此，從細部上去看，宋澤萊有許許多多「預言」是和具體實際完全不對頭的。信手拈來，宋澤萊說一九九五年，肺病橫掃台灣。同年，台灣發展了自己的核武器「鈷彈」；又同年，台灣有核電廠十座，並因而受到國際核電廠輸出公司的獎譽……然而，總地來說，宋澤萊在一九八五年所看見的台灣的未來，雖然都在一九八五年代已見端倪，但今日讀之，不但興味盎然，並且也富有啟示性。

(四)廢墟的文學

作為長篇小說，特別同宋澤萊過去在小說上表現出來的才華和成就相比，《廢墟台灣》無疑是野心最大，卻在小說藝術上表現較多缺陷的作品。

《廢墟台灣》中的人物，多半只是作者表述廢墟意象的工具，失於平面，沒有生命。不論是「日記」的主人李信夫，他的電視台記者同事林山，他所崇拜至愛的「理想之美」(ideal beauty)小惠，和養子小偉，他的鄰居辛克勤大夫與其夫人，幾乎沒有一個是具有宋澤萊過去在別的小說中所創造的人物的活生生的性格——在情節中改變、成長，和故事中別的人物產生複雜動人的交動，和所處的命運或環境相撞擊。

以日記體寫的小說，情節原就比較容易散漫。《廢墟台灣》的情節更缺少一種有機的統一性——易言之，主角李信夫在故事中並沒有與其他人物形成某種緊張和矛盾關係，從而使情節因矛盾而發展，而達到高潮性的解決。《廢墟台灣》的結構鬆散、跳躍，原因之一，是作者忙著捕捉廢墟和「新社會」的想像，而沒有經由人物與情節——以及安排情節的構造即結構的辯證法的發展，把意象和想像鋪陳出來。

在語言上，宋澤萊是一個熟練的作家。雖然令人感到作者寫作時用心未專，但整個敘述基本上是流暢而優有餘裕。但是作者不若他的其他較好的作品那樣，表現了他明顯而獨有的語言風格，但基本上熟練，在一般程度上還是表現了他語言的獨自性。至於小說的主題和意義，如前文所陳，十分明確。事實上，在枝節技巧上未見成功的《廢墟台灣》之仍能引人竟篇，主要還是那動人的「廢墟—荒原」意象。而讀者也不免為了作者不曾更專心致志，舒其長才，以這不朽的「廢墟—荒原」的意象擴大深入，寫成真正不朽的作品，扼腕可惜了。

結語

一九八二年以後，馬以工和韓韓以不為人知的理由停止了呼籲保護生態環境的文章。心岱在一九八六年發表〈向天地贖罪〉之後，似乎也停止了這一方面的寫作。她曾計畫以她遍歷的生態環境現場的體驗，寫一本長篇，惜乎一時擱置，尚未完成。宋澤萊在《廢墟台灣》之後，似乎也暫時停了創作。當然，除了這幾位作家，還有集中以台灣生態環境為題材的新聞寫作和評論寫作如翁台生、楊憲宏、劉克襄等等，翁、楊的作品比較明確地屬於新聞、特寫、時論；劉克襄的作品文采可觀，款款感人，對自然和野生生命的感情深厚而真摯，讀之動容。但是題材比較集中於賞鳥和鳥類保護，沒有在小論中加以討論。

然而，正如小論在開宗明義中所說，對於「環境文學」一詞能否成立，小論的作者——仍有深切的懷疑。上述諸作者的停筆，也說明了這懷疑的部分理由。由於深刻的環境公害意識，有人寫專書申論，有人拍紀錄片宣傳，有人發為演說，有人寫宣傳小冊，自然就有人以文學的體裁表達。然而，這畢竟不能成為一種獨立而可世世相續發展的文學體裁，十分明確。

小論所討論的四作家中，前三位女作家的作品，屬於「非小說」(non-fiction)一類，有突出的真實性、報告性，而深情美文，盈於詞表。宋澤萊的《廢墟台灣》則屬「創作」(fiction)一類，以比較冷靜、思辨的方式處理他對環境危機的焦慮與反省。而他的關懷，相形之下，所涉及乎政治、社會、心靈與其他價值，較為廣闊，但作為小說作品，則顯然並非成功之作。

僅僅從理論上推論，拒絕市場、貨幣經濟的社會主義生產方式，似乎應該比為不知饜足的利潤而生產的資本主義生產方式更能保全人類的生態與環境。但實際似乎得到相反的結果。馬克思雖然批評資本制生產中生產的社會化和私有制的矛盾，但基本上主張解放生產力，基本上主張財富增長的經濟，仍然對科技、對開發和增長抱持著過度的樂觀主義，對自然的資源似乎也懷抱著取之不竭用之不盡的認識。尤其在冷戰對峙中，生產力的競賽，「超英趕美」的意識，仍然在社會主義經濟體系中積累了嚴重的公害。

在五〇年代的中國大陸，極左的「大躍進」經濟嚴重摧殘了生態環境，破壞了森林和大地植被。歷次與大地爭田、爭口糧的狂熱運動，破壞了河湖和山坡，引發嚴重的環境和生態破壞。開放改革以後，一方面中國的綠化、防風林建設、抵抗沙漠化的工程取得了全球矚目的成就，但一方面在與世界市場接軌，過熱地、廣泛地鼓動開發與增長，引進高汙染產業，部分鄉鎮企業投資生產的無政府化、地方政府「變賣土地」為初期累積，造成盲目開發……所造成的損害與損失，絕對不能過小估計的。

從一九五〇年到一九七九年，中國在自力更生的發展道路上，確實走了一些彎路，粗糙地看，似乎喪失了時機，比別人「落後」了。這樣的估計，使中國迅速地、幾乎全面否定了自力更生歷史中應有的積極的遺產。如果占世界人口四分之一的中國經濟之「雄飛」，竟也是依照世界資本主義體系唱過的老本子宣科——以慘重的生態環境的代價、人的破滅、文化的庸俗化、官能主義的膨脹，並以別人的難民潮、內戰、收奪為代價，世界再也承擔不起這重複的剝奪。

我不知道中國大陸優秀而敏銳的作家，在「改革開放」這一民族積累巨大運動的浪潮中，在創作上作出什麼樣的回應？

有沒有這樣的展望：如果中國和亞洲正在成為二十世紀世界市場的主導的活力，讓亞洲和中國獨特的文明、價值、精神的遺產能沉澱成新的智慧，建造一個以人和他的環境為中心的、謙抑而不浪擲，對自然心懷謙卑的發展與開發的新哲學，醫療過去在巧取豪奪的經濟中受盡摧殘的地球，探索人與萬物和諧共生的新經濟……

一九九六年一月

初刊一九九六年一月六—九日《聯合報・副刊》第三十四版
另載一九九六年五月《文學評論》（北京）第三期

1 本篇為「聯副跨年系列：境與心（壓軸篇）」特輯系列文章。另改寫為〈台灣文學中的環境意識：以馬以工、韓韓、心岱和宋澤萊為中心〉，載於一九九六年五月十五日《文學評論》（北京）第三期。

戰雲下的台灣・序

時至今日，除了台灣的幾個不負責任的朝野政黨和政客們，全世界都在憂心忡忡地注視著密布在海峽上空濃重的戰雲。即使柯林頓表示「目前看不出台灣海峽有戰爭危機」，這公開談話的本身，其實便透露著事態的緊急性。

在台灣，朝野三黨和它們的精英，面對危機，只有兩方面突出的表現。一個方面是比賽說些假話、空話和大話。有人說中共連串演習只是「例行」演習，是台灣傳媒自己庸人自擾；有人說要以「兩國關係」協商和平友好條約；有人說要停止島內統獨爭論，結成三黨「大聯合」局面，「一致對外」，不一而足。其次，就是無視當面的危機，無視人民的不安與徬徨，或為了保衛政權，或為了奪取渴想已久的政權，三黨和它們的精英們忙著拋棄各自原先的政治「立場」，在暗地裡展開凶猛、貪婪的縱橫捭闔。

頓時之間，台灣失去了領導核心，失去了方向方針，失去了和真實世界的一切聯繫。人們再也沒有一個可以依靠、可以信賴的政黨、領袖和政治家。於是徬徨無依的人民，只好在風雨的暗夜中，懷著恐懼、焦慮和憂愁，進行「自力救濟」，保護自己的家族、財產、事業和前途。人們開始倉惶地把台幣換成外幣，匯到國外；忍痛把房地產出售，換成可以保值的其它財貨；辦理外國國籍的申請；辦理全家移民的手續。大量的資金外流。被尊為「台灣經濟奇蹟」的創造者——台灣的資本家、中產階級、高教育、高收入的管理階層，紛紛做好流寓海外的打算。

而一直到今天，沒有一個人告訴他們海峽兩岸爭端的事實和根源在哪裡？他們正處在一個什麼樣的處境之中？危機應該或者可以怎樣地解決？他們自己可以採取什麼樣的態度以參與改變自己命運的進程，而非束手無策？

幾個在七〇年代參與了海外保衛釣魚台愛國運動的老戰友們，從海外看培育過自己少年時代的故鄉台灣，看七〇年代自己曾為之仗劍嘯歌的祖國，心中憂戚。經過幾次煮酒聚談，函電交馳，終於誕生了共同寫《戰雲下的台灣》這本書的構想。他們絕大多數目前任職於聯合國本部，工作和研究使他們掌握了較多知識與資訊，培養了比較全面的視野。他們一致認為，在這故鄉面臨危難之時，如果能為同胞提供充足的知識、資訊和全球的視野，從而幫助同胞客觀、科學地認識自己的處境，進而促使他們積極採取行動、改變自己的命運，應該是一件十分有意義的貢獻。

一九九六年一月

全書連同序章和終章共計八章。

序章由人間出版社總編輯許南村執筆，重點在引用旅美戰略學者趙雲山先生的文章〈中共進攻台灣之戰略戰術〉，夾敘夾議，全面向讀者介紹這篇具有高度科學性和參照性的論文，使讀者對一旦中共為平定台獨而攻台，對整個戰爭過程、內容和後果，有一比較科學、生動的想像，從而作為激發探討解決兩岸關係難結的需要與問題意識的起點。

第一章〈「台灣問題」的本質〉，是由龔忠武博士執筆。他以大量相關史料，分析美國為其國益而長期覬覦台灣，戰後又為其封鎖中國大陸的冷戰戰略利益干涉中國內政，介入海峽事務，炮製為了美國必欲將台澎自中國分離的政策服務的「台灣地位未定論」，來全面剖析「台灣問題」的本質與由來。

第二章〈中國是怎樣認定「李登輝搞台獨」的〉，由程君復博士執筆。自去年七月以來，政府當局迭次宣稱主張中國統一，並指控中共給李登輝下了「搞台獨」的結論是冤曲的。在這一章中，程君復博士從李總統的策略思想、大陸政策、「務實外交」的言行、對島內台獨活動的政策和其所指導的當前台灣軍事戰略等廣泛的方面，進行了詳實的剖析，雄辯地說明了政府當前大陸政策的分離主義性質。

第三章〈深刻認識中共軍事演習的警示意義〉，由聯合國裁軍問題、國際政治專家林國炯博士執筆，頭一次以較為可靠的材料分析去年中共三次海峽演習的規模、過程和戰略意義，並且揭破朝野台獨宣傳中共無力攻台論，和一旦攻台國際勢力必來援助之論的虛構。

第四章〈中共捍衛領土主權完整從來不惜一戰〉，由葉先揚博士執筆。他從一百五十年國恥歷史背景，分析中共的崛起和它的強烈民族主義原則，分析自中共建政以來在韓戰、珍寶島之戰、中印邊界戰爭以及「懲越」戰爭中，從來為保衛自己的領土主權，不惜流血奮戰——而且每戰致勝的歷史。他更進一步從中共的國家安全和經濟發展的新的視角來看待「台灣問題」，深入論證一旦兩岸關係惡化，必然不免一場兵火的災難。

第五章〈台灣經不起一場玉石俱焚的戰事〉，是由翁啟元博士執筆。他從台灣經濟、社會結構分析，指明島嶼社會在物質上和精神上對戰爭的耐受力脆弱，並從兩岸具體的軍事對比上，分析台灣之不堪一戰的事實，蓋已明若燭火。

第六章〈中共對台政策的幾個歷史階段〉，由花俊雄博士執筆。他歷史地回顧了一九五〇年以後大陸對台政策從「解放台灣」到「和平統一」的政策的變化與發展的歷史過程和政治背景，剖析大陸對台政策如何在一定的原則性下，同時表現出其務實又靈活的性格。他並且對去年江澤民的「江八點」做了扼要的分析，也就大陸對台政策的核心部分「一個中國」方針，做了發人深省的論證。

終章〈歷史呼喚著和平〉由許南村執筆。他再次強調了台灣在危機中失去領導核心的嚴重性。他也介紹了一段被湮滅的台灣史中，一九四七年到一九四九年間，台灣著名革命家謝雪紅、著名文學作家楊逵在台灣前途問題上，至今仍有重要現實意義的思想和方針政策，即反外力干涉、反「託管」、反台獨，民主自治統一的方針和設想。他並扼要分析了台灣在世紀之交所處的全新形勢，指出歷史對兩岸民族的全面和解與團結，正提出凝重而深情的呼喚。

另，全書中對「導彈」一詞，為適應台灣用法，一律統一使用「飛彈」。此外，為了使用心的讀者對現狀有更好的掌握，我們不惜篇幅，在「附錄」部分刊出兩岸關於台灣前途的重要歷史文獻計十一篇。

這是一本在危機中力爭「知之權利」的書，一本探求關係我們每一個人的友誼、家族、工作和命運的客觀事實之書，也是使我們在全盤認識自己真正處境後，能夠主動地以行動參與改變歷史與命運進程的書。人間出版社除了感謝六位執筆的學者外，也要在此特別感謝王曉波教授提供的寶貴文獻資料，和他對全書的寶貴建言。我們也要為趙雲山先生之慨允本書引用他的重點文章〈中共進攻台灣之戰略戰術〉特別誌謝；作家楊逵先生哲嗣楊資崩先生提供《和平宣言》的全文，尤其彌足珍貴，使本書增添了光彩。我們也感謝使這本書的出版成為可能，在此不及備載的各方面的專家、學者、同事和朋友。所有這些人的勞動和熱情，使我們能在這關鍵的時局中，將這本書獻給兩岸民族的和解與團結的偉大事業。

人間出版社　編輯部
一九九六年元月十日

初刊一九九六年三月人間出版社《戰雲下的台灣》（許南村編著），署名人間出版社編輯部

〔訪談〕談台灣文學中的「後現代主義」問題 一 1

陳映真，台灣當代作家，台灣中國統一聯盟前任主席，台灣人間出版社發行人。台灣新馬克思主義中堅之一。著有《陳映真作品集》（十五卷），譯有《雙鄉記》，主編有《諾貝爾文學獎全集》等。（編者）

黎湘萍（以下簡稱「黎」）：陳先生，您好！大家都知道，六〇年代的時候，您曾經對台灣的現代主義進行過批評，認為那是「亞流」的，如今，現代主義似乎已經煙消雲散，代之而起的則是另外一些新的思潮，譬如很引起年輕人關注的「後現代主義」等。我注意到，台灣有些持「後現代」觀點的年輕學者認為台灣的左派有脫離現實的傾向，而您認為台灣還沒有具備進入「後現代」的條件，彼此在對台灣社會現實的基本判斷上顯然存在著差異。然而，左派與後現代主義在批判台灣資本主義社會的「現代性」方面顯然頗有一致的地方。譬如後現代主義明顯透露出追求

「多元」論述的意向，這對於解構和顛覆一體化的、專制的論述，顛覆一體化意識形態造成的單面性格，是有一定的意義的，這方面與左派似乎並不矛盾。您是否可以談談您對台灣「後現代」狀況的看法？

陳映真（以下簡稱「陳」）：我對後現代沒有很認真去了解，不過，這倒是一個很有趣的話題，就我個人的經驗而言，由於經歷過五〇年到七〇年這段外來思潮支配台灣的過程，感觸特別深刻。有人說，馬克思也是西方的。其實左派之接受馬克思主義，與那時讀書界接受西方現代主義是很不一樣的。因為左派是從日據時代以來血的洗煉和實踐裡面——從農民運動、從文化協會、台灣共產黨、坐牢、出獄、流亡這些血的洗禮中發展出來的，可以說是在歷史實踐中選擇了馬克思主義。我們少年時代開始寫小說的時候，有很多朋友都是搞現代主義的，我們這些人當時感情很好，互相揶揄，互相開玩笑。但經過五〇年代的血的清洗，我的思想轉變了，自己原來的一套東西被完全沖洗了。

那時由於國共內戰，流亡到台灣來的人，就跟著西方的東西搞。當時大家英文都比較差，只有少數幾個人可以讀原文。大都是聽你講，然後我自己再發明，那樣來吸收西方的現代主義。現在的年輕人就大不一樣了，他們不但可以直接讀原文，而且是在國外讀了原文回來的。儘管如此，我還是感覺我們在重複過去五〇年到七〇年的情形。這說明我們很需要一種反省：

到底台灣的知識生活和思想生活，是不是永遠像我們經歷的一樣，完全依附外面的活動，而沒有自己的聲音？我同意傑姆遜的觀點，認為現代和後現代主義是西方先進資本主義不同階段的不同的意識形態。這在解釋上是相當科學的。可是有人卻把現在流行的思潮當作一種真理，或當作理所當然的東西移植過來，然後按照傑姆遜所分析的那幾個特質，來生搬硬套。別人的後現代特性是進入所謂後工業時期或所謂晚期資本主義時期之後，自自然然從經濟社會流露出來、自自然然表現在建築、音樂、文學等方面，再經由像傑姆遜那樣的學者把那些特性概括起來。我們卻是把別人概括起來的拿來製造，把它顛倒過來了；其次，台灣的「後現代主義」者，比較缺乏所謂歷史的展望，即洋人所謂的historical perspective。所以他們對台灣的社會並不了解，到底台灣目前的社會狀態或經濟狀態有沒有這樣的感情，或有沒有這樣的一種表現，他們不太理會。所以我覺得後現代作為一種姿勢當然是應該理解的，可是從台灣的經驗來說，是不是又要經過一次五〇年或七〇年代那樣的階段，一切都要按照別人的標準來思考與創作，硬擠出所謂後現代的感情，或後現代的審美，我個人倒覺得非常有疑問。

黎：後現代有一個所謂「解中心」的說法，認為每一種論述都有它存在的理由，希望形成一種多元的論述，這也是他們認為最有力量的一點。他們希望在現實中捅出一個「洞」，然後逃出來，鬆一口氣，您對此有何看法？

陳：我們在現代主義時期也有過這樣的問題，特別在早期沉悶的政治空氣和反共的教條裡面，是有這種共相：那是為了逃脫，甚至可以說是為了抵抗吧。譬如商禽有一首很有名的詩，就是「我伸長脖子／瞭望歲月／望著望著／我就變成一個長頸鹿」，聽他自己講，那是他當兵時因為亂講話，曾被關在禁閉室裡面，很恐怖，整天就是從窗外瞭望。從這個方面去解釋的話，它是有一定的「進步性」吧！可是我們不要忘記，當歷史走到一定階段的時候，像這樣的東西，就顯露出它真正的本質，鄉土文學論戰時，所有的現代派就完全站在反共的立場上，而且跟權力結合。

那麼究竟用「後現代」來「逃脫」什麼呢？現在的台灣的社會簡直可以說是無政府狀態，已經沒有那麼大的壓力，已經跟蔣介石時代不一樣。你說統派能施加什麼壓力？統派只有非常脆弱的理論嘛，我們在島內根本沒有形成什麼。台獨當然有一種霸權的味道，可是那種「霸權」並沒有變成一種很大的勢力，讓你很害怕，無所逃遁。不是，他們嘩啦啦講了一大堆，非常沒有一些知識上的周密性，你不聽也不行，聽了，你又會生氣，你要跟他們辯駁，又要很花力氣，就這種感覺！你心裡很煩，不是說我不想聽你的，而是你這個東西呀，破綻很多，我要跟你辯論的話，就得搬出很多「書袋」，我又覺得我不必要那樣做，我忙得很，這種東西我早已經解決了。但你不理他，就到處都是這種論調，不斷地延伸出去。這與國民黨時代的壓力已經不同了。因此台灣「後現代」的「逃避」是落空的。實際上，很多年輕人，高中時代還弄不懂三民主義，砰一下撞到美國那裡去了，回來之後忽然又是馬克思，又是後現代呀！因為他們完全沒有歷史，所以對歷史不信任。當然歷史有立場，當然記憶有它的政治性，這是沒有錯的，可是你這種否定歷史的態度也是一種立場。你本身並不是說我沒有了，所以我就是透明的，我是乾淨的，我是白色的，你對歷史採取這種態度就是一種態度嘛！就是一種意識形態嘛！所以你一跟他們談歷史他們就頭痛，什麼年代，什麼事情，他們對這個根本吃不下去。然後，也是很重要的一點，特別是在台灣起到這樣的作用，就是虛無主義。結果就會掩蓋或抹煞現實生活中具體存在的問題，簡單地抹煞具體的歷史裡面存在的矛盾。

黎：我注意到後現代的一些小說，他們除了對歷史真相表示懷疑之外，還注意到現實的媒體的虛幻，或媒體的虛構性，注意到出現在媒體上的許多謊言，包括廣告、政治性的宣傳，甚至新聞，都具有很多虛構的東西，這些也就是後現代要進行解構的對象，換句話說，他們不僅懷疑歷史的真相，同樣懷疑現實的真相，您能否就此談談？

陳：我沒有讀過這些作品，不過這樣說起來，其實超現實主義呀，或者所謂廣義的現代主義，特別是三〇年代的，都有這樣的成分，對資產階級既有的秩序、價值或者它的媒介都有一種顛覆、批評或者批判的意思。比方說超現實主義的那些東西，我想你們大陸也是很熟悉的，像阿拉貢這樣參加實際的共產主義運動的知識分子，就是用這樣一種東西來覆滅資產階級所已經建立、已經排比好的秩序，有一定的顛覆、批判作用，所不同者，我個人認為，他的批評後面，還有一個東西，那就是他實際參與了革命或無產階級國際運動，是整個顛覆運動的一部分。

實際上對媒介的批判，或者對新聞、對廣告的批判，早已經有了，像Noam Chomsky那樣厲害的語言學家，他在社會科學上腦筋之好、之快，真是非常了不起！他和傑姆遜是很好的朋友。彼此非常尊敬。海灣戰爭一開始，他就寫一系列的文章，到處做演講，去揭破海灣戰爭媒介所造成的假象。我非常崇拜這個人。他對媒體、資產階級，或者媒介資本的全球化，比如CNN之不斷的裁拼所創造的美國英雄或天神的神話的那種分析，真是力透紙背！這不是開幾句玩笑的那種批判嘛！怎樣從政治經濟學的，或者全球化的資本主義的整個的細節裡去真正分析、去批判、去破解，老實說，比後現代那種開玩笑式的「批判」要深刻得多了！實際上，左翼對資本主義社會的批評，特別是對所謂意識形態工業、意識形態的全球性的再生產和循環的問題的批判是有的，這的確是很大的問題。從這個觀點來看，後現代主義也是從這個循環裡面衝到台灣或者第三世界來的一種。你不妨想像一下，不要想台灣，也不要想中國大陸，而想一想正在鬥爭的菲律賓，正在鬥爭的墨西哥的紅人，他們有具體的題目，具體的解放區，具體的戰鬥在那裡，你把這種後現代主義拿到那些有一種歷史連貫下來的具體的鬥爭的社會裡面，有什麼意義！

黎：您在批判台灣後現代主義的時候指出，台灣並沒有進入到所謂的後現代時期，而台灣後現代主義者則認為，即使沒有進入這個時期，台灣也已經出現了一些「後現代」的現象，比如資訊的發達，自由經濟制度的建立，民主運動的發展，政治制度的變革等等，因而也據以指稱左派的脫離現實，那麼您是根據什麼來做這個判斷的呢？

陳：我們的話題還是從傑姆遜的分析來看，按照傑姆遜的說法，資本主義進入了比國家獨占（壟斷）資本主義階段更往前走的一個階段，那就是所謂的late capitalism，晚期資本主義，或者global capitalism，全球化的資本主義。資本主義的的確確是有史以來的獨特現象，它很早就跨越國界，這是毫無疑問的，可是它以現在這樣的規模跨越國界，大概是八〇年代以後的事情。隨著噴氣式交通、電腦技術和通訊設備的快速發展，全球化金融資本的經營方法，使得資本更大範圍地超脫了一個民族國家的國境，並且在跨國公司裡面出現了一種跨國界的跨民族的精英階層，這是資本主義歷史上從未有過的。譬如電腦、網路的全球化，譬如internet的產生，將強迫你只用一種語言，這樣，將來漢語要占什麼樣的地位，是很大的問題。而我們的人口卻占全球人口的四分之一！一種語言支配的思維方式，加上標準的全球化的限制，將產生一種巨大的變化，那就是透過大眾傳播，透過電子傳播，透過全球性的廣告標語，來強行灌輸一種語言、一種意識形態、一種生活方式。例如以前的廣告都是按照地區的需要去設計的，現在是全球化了，不管你的銷路到多少。

比方說，你在白人中心的中產階級社會裡面看到的可口可樂廣告，是一些很漂亮的男女在海灘上，曬了古銅色的顏色，滿嘴雪白的牙齒，歡樂、歡笑，玩完了之後又烤肉，烤了之後，有那種鎮冰的可口可樂咕咕喝得滿臉滿嘴都是，這種images就變成全球性的東西，來引誘那些第三世界的人的欲望，讓他背著老婆偷偷地攢錢，終於有一天偷偷地買了一個可口可樂喝掉！在這樣的社會裡，一方面你的經濟條件是這麼低，可是由於一種全球性的促銷，全球性的marketing，全球性的廣告的images，以及好萊塢的電影影響，產生了這樣一種落差。這落差我們在台灣看大陸也是這樣，你們這種「大哥大」，是我們的國民所得在你們這個階段所沒有的。這就是所謂「後來居上」的效應，雖然社會的經濟水準還沒有到，可是精神方面的那種拓展卻很快，拚命去培養消費的精神、價值或者意識形態的climate，氣候。雖然我還沒有足夠的錢，不應該買愛迪達斯（Adidas）這麼貴的球鞋，可是他先行了，跟這個同樣的道理，雖然我們的社會都還不到後現代的社會，可是後現代的學術，比方說academic ideology，中心國家的校園學術，透過留學政策，透過像哈佛、劍橋這種權威性來傳播：把你調到這裡來讀書，調到這裡來開會，然後你會震驚了，喔，這是postmodernism！抱一大堆拚命K呀，回到你的母國之後，你就變成權威了！

這就是所謂「國際標準」。如果你把這種「學術」當可口可樂廣告一樣來看待，你就可以明白。可是問題在哪裡？問題在別的社會，像韓國，或者像真正的抵抗運動還存在的那種學術界，它有一種批判的能力，比如你們大陸討論的人文思想，也就是一種批判的抵抗，批判的思索，我們台灣差別就差別在沒有什麼批判，只要這是新的，就趕快趕。把幾個後現代文學的特色搞清楚以後，只要我聰明，就可以寫出很多很好玩的東西來。

相對於postmodernism那種歷史虛無觀點，我們所強調的了解歷史，並不是要你知道某年某年發生什麼事情。我們所謂的歷史就是每個民族自己的議題，用番話來講，就是agenda，我們有反帝反封建的問題，是吧？我們有我們歷史上遺留下來的巨大的議題，這個議題我們也曾經解決過，解決的過程裡面我們也曾經犯過很多的錯，可是它留給我們一定的遺產，是吧？那麼，一個先進的知識分子，一個思想家，一定要繼承你自己的議題加以發展，這才是重要的，OK！不是說別人的東西你拿來，然後就在那裡玩。我覺得現在應該容許他們去玩，你要禁止人家玩，這是你無能的表現，你是用政治帽子去禁止別人，你有本事就應該有你自己的語言，當然你首先要懂得他，你要真正沒有偏見地去懂得他。懂得他，對我來說，是從另外一個角度去懂得西方的社會的一個重要的渠道。可是我是不是一定要模仿，一定要按照他的譜子唱歌？我想那是另外一個問題。但我容許別人那麼做。不過你自己要提出一個東西來，我想這才是比較重要的。所以我對你們的人文精神的論爭倒是蠻關心的，我們當然不能同步介紹到台灣來，但很希望你們的論爭發展到一定階段的時候，有人來通盤地介紹一下，然後再選幾篇代表性的文章，介紹到台灣來。如果能引起台灣學界的思考，或者回應，那是更好了。這樣我們就把整個中國的知識界、思想界的脈搏就牽到一起來了。

黎：我最近看到楊威理著、陳先生翻譯的《雙鄉記——葉盛吉傳：一台灣知識分子之青春．徬徨．探索．實踐與悲劇》，該書通過葉盛吉這個普通知識青年的心路歷程寫出了一段橫跨日據時代和五〇年代的歷史。我覺得這種翻譯好像是比較正式地出現在您的創作生涯裡，能不能夠回憶一下您的整個創作生涯中關於翻譯的情況？

陳：翻譯我做得比較少。

黎：陳先生主編過一套《諾貝爾文學獎全集》。

陳：對，但做得比較少，真正的翻譯，講起來很好笑。你大概也知道，我讀禁書，沒有辦法跟朋友共享的時候，只好翻譯給他們聽。我的外文也不好，我只是想讀禁書，所以搞外文（笑）。

在編《劇場》的時候，我也曾經應編輯的要求翻了一些電影理論，現在文章跑到哪裡去也不知道了。至於說諾貝爾的，其實，那套書，很多是舊譯，特別是大陸的譯本，真正的新譯沒有幾個，現在講起來不好意思。主編那套書，掛名的成分比較多，當然我很關心這套書。實際上翻譯《雙鄉記》主要源於我最近十年以來比較關心台灣那段湮沒的歷史。從黨史的立場來講，它有兩個意義：首先，如果把地下黨跟中共黨史聯繫起來看的話，那可能是王明路線所帶來的毀滅性的打擊以外的另外一次比較大的打擊。損失同志、破壞的範圍，僅次於王明路線所帶來的錯誤。其次，從它現實的意義來說，我不能說乏善可陳。昨天我報告，台灣共產黨只有三年的活動，據蔡孝乾當時領導人的口供，真正在組織生活中的黨員不滿一千人，可是它所造成的死、槍斃大概有四、五千人，逮捕有六、七、八千人。這三年裡面做不了什麼事情，剩下的就是組織崩潰，逃亡，被捕，投降……這是充滿了挫折和失敗的故事，而不是一個很英雄的故事。國民黨垮了以後，這段歷史本來應該得到重新的評價才對。然而它完全被抹煞了——不只是國民黨抹煞，在現在台獨的氣氛和台灣絕對論的氣氛下，同樣被抹煞了。我坐牢以後，才第一次聽到我小時候從耳語當中聽到的那些人還活著。以前聽說，「嘩，誰家人被槍斃了，誰家人被抓去了！」我也沒想到有一天我會撞到一個地方，碰到這些人，對我個人來說，這個遇合是極為震撼的。由於這樣的原因，我很想以小說的方式去寫這段歷史，寫出那樣一種獨特、苛刻的歷史條件下人的反應，人的抵抗，或者人的選擇，所帶來的愛、恨、選擇、決定、投降或者堅持，我想這是台灣史很重要的一個部分。

《雙鄉記》就像你所說的，它並不是描寫一個老子自來天縱英明，自小就讀馬列的英雄。傳主葉盛吉唯一可貴的地方，是他的認真。他少年時代就很哲學性地去思考。他不是很聰明，他也會消沉……他是殖民地心靈的精神歷史的一個活的見證人。他也懷疑自己的出身，覺得當台灣人很沒有面子，覺得在日本人面前很自卑，一直拚命想成為一個日本人。在皇民化運動裡面他簡直就是拚了命要當日本人，然後變成極右，隨著日本快要戰敗的時候，他又逐漸受到另外一個方面的影響，最終跳到實踐的領域裡面，然後在二十七歲就被國民黨槍斃了。這是非常重要的一本書。很能說明台灣的歷史過程，我讀了真是五體震顫，因為他的原文一半以上都是引用死者的筆記、日記、札記等等，使這本書完全是一個哲學少年很認真的品行，他的語言有一種很獨特的味道。

黎：自從〈趙南棟〉以後，您反省五〇年代白色恐怖的作品有不少，譬如小說〈山路〉、報告文學〈當紅星在七古林山區沉落〉以及報告劇《春祭》等，而且您還參與了報告劇的演出。像《春祭》那樣的作品，國內都很難看得到。除了這些創作，您這段時期以來，一直在做社會科學的研究工作，寫了大量的論文，不惜虧本出版了《台灣政治經濟叢刊》等等，除了這些工作，您是否還有什麼新的創作？

陳：由於台灣社會裡充滿了台獨的論說，特別在台灣史方面，因此這幾年我想解決的，就是對台灣史有比較清楚的了解。我一方面自己讀書，一方面覺得一個人讀，不如多幾個人讀，就搞了一個讀書會，這個讀書會的名稱就叫「台灣社會科學研究會」，都是一些業餘的聚在一起讀書的，不是真科班的那種學術界的人。在讀有關台灣的社會科學之餘，我的欲望越來越強，很想在對台灣歷史的比較與多一點理解的基礎上，重讀台灣的文學。我們很多人都讀過台灣文學，為什麼要在這個時候重讀呢？我總覺得，僅從物質的歷史來看，好像缺乏一種什麼東西。後來我想大概只有重新讀台灣文學，才能補上這個空缺。對台灣的理解不只是冰冷的實證的研究，還應該是對台灣人的形成史，他的發展史，用我的話來說，就是台灣的精神史，以殖民地、半殖民地為特色的台灣地區的精神的歷史，心靈構造的歷史的研究。我想從這個角度去重新讀從賴和以降的這些小說，我想這種讀書會有這樣的幫助：其一，萬一我們將來要寫關於台灣社會各方面的論文的時候，我相信我們的筆調會更豐潤一點，不會說是什麼階級呀，是什麼叛徒呀，比較不會讓我們變成一個非常狂熱、不饒人、容不得別人、敵我分明的那種——我現在很憎恨那種文章——我想如果我們不只是認識到台灣的社會科學的歷史，如果也能透過台灣的文學史與文學的閱讀，來理解台灣的人的歷史，那麼這兩個相結合，將使我們對台灣史的理解更深刻。同樣的，也可以讓我們在讀這些先賢的時候，讀得更深。所以，我們就想在今年考慮有沒有可能出一本檔次比較高的、有理論價值的書——理論也不純粹是理論，而是理論與創作相結合。我也鼓勵自己，要創作出作品來。我們想共同從創作和理論兩個層次去開闢出一條道路。什麼道路呢？就是總結我們從鄉土文學論戰以來沒有解決的一些問題，對台獨的一些理論提出比較客觀的討論，然後也希望在創作實踐上有所發展。

其二，我們必須在思想上找到比較清楚的出路，然後開始寫作。我實際上也有比較強的創作的衝動，因為在台獨的這種扭曲下面、生活裡產生非常多的值得寫的東西，從台灣文學史的角度來看，在日據時代的台灣作家，很好地盡了他們的歷史責任，對於日據下的非理的社會，做出了他們的描寫和反應。對目前這種奇怪的台獨風潮中的台灣社會，我覺得歷史也賦予了我們責任去加以揭露。我希望今年能開始寫點東西。

黎：不管是學界的或者是創作界的，都希望陳先生重新執筆創作，感謝您百忙中抽出時間接受我的採訪。

初刊一九九六年五月《東方藝術》（鄭州）第三期
另載一九九六年八月《文藝理論研究》（北京）第四期
本文按《文藝理論研究》版校訂

一　一九九六年一月三十一日，趁陳映真先生隨台灣作家代表團來京參加「台灣文學研討會」的機會，我在北京民族飯店採訪了他，請他談談台灣的「後現代主義」問題，以上是根據這次採訪的錄音所做的整理，未經本人審閱。

1　訪談、記錄：黎湘萍。初刊《東方藝術》時篇題為〈陳映真先生談台灣後現代問題〉。

在台灣讀周良沛的散記[1]

一八九五年，恥辱的《馬關條約》，在兩岸人民的嚎啕悲鳴中把台灣割讓給日本，從半殖民地的母體，淪為殖民地。一九四五年，台灣光復，萬眾歡騰。雖然是短短的五年，儘管充滿了瞠目咋舌的惡政，「二二八」民變，財政和社會在中國內戰的末期架構中崩頹……台灣對祖國的復歸，不旋踵在一九五〇年朝鮮戰爭所拔高的冷戰體制中，因美國的武裝封斷海峽，而又和中國母體剝離了。

接著就是四十年祖國分斷的歷史。

八〇年代中後，海峽兩岸終於又恢復了往來。儘管這往來並不全面，也不是雙向，但從兩岸民族史的角度去看，這是台灣光復後，繼一九四五至一九五〇年間兩岸人民短暫的往來以降，第二次兩岸中國同胞間的往來。

一九四五年到一九五〇年間，大陸有一些新聞記者來過台灣，寫了不少台灣報導。有一些大陸作家來過台灣，也以詩歌、散文、紀實的形式寫過台灣。有傑出的木刻家來過台灣，收穫了描寫台灣生活、描寫台灣少數民族、描寫礦山勞動、也描寫了「二二八」民變的木刻作品。有文學評論家、副刊編輯等來過台灣，在台灣點燃過一次至今尚未整理和總結的理論論爭：「台灣新現實主義文學論爭」，在台灣文學史上留下了一個重要的地標。

迨九〇年代，大陸平民、學者、文化人、藝術工作者在台灣嚴苛的管制下來台灣訪問。但這些訪問，受到時間的嚴格限制，而且由於訪問是組團的訪問，行程緊湊，超熱情接待使訪問者沒有私人的行程與時間。此外，台灣對大陸來訪者有明暗安全監視，大概由於這種種原因，幾年來還出不來像一九四五年到一九五〇年間訪台大陸作家、文化人所產生的比較深入、有觀點、有感情的訪台後的各種文類的作品。而周良沛有關台灣的散文，應該是兩岸分斷後，在初初恢復了往來後在文學上初穫的果實，有深入脾胃的、喜人的芳美。

周良沛是訪台大陸朋友中比較特殊的一位。他在台灣有親屬，可以有從容的居所，並且以這居所為定點，四處走訪。遠在他來台灣之前，他已經透過書信，早已和台灣的文學界有往來，因此朋友也比較多。他是很好的詩人、傳記作家、評論家，但他也有很好專業記者的性格，高度的好奇心，對於人有很大的熱情與興趣，對於事情的原委，對於資料的明細，保持著一個專業記者的熱心和認真的態度，從而他很肯到台灣南北到處走動，訪人查事。因此，他也是一個很好的紀實作家（non-fiction writer）。

我看到的稿子裡，有他寫幾個很熟的朋友的人像畫：施善繼、呂正惠、曾健民、「階級兄弟」劉師傅……讀一個對台灣生活並不熟悉的大陸作家寫自己很熟悉的人，自然會擔心作者會寫得太隔，太表面。但我卻發現周良沛是個好的人像畫家。寫施善繼，他就寫他的市民階級「平平淡淡」的家——平淡、溫馨、真實的家居、家人和生活，於是施善繼這個人便在「平淡真實」的暖黃燈光的色調形成的背景中，畫得栩栩如生。寫曾健民，就先抓住他作為吳晟每一本書的唯一序文作者、以及在序文所見知吳晟之深，分析吳晟作品社會意義之鞭辟入裡，以及他雖以牙醫為職業卻志在研究台灣社會性質的社會學者風範。寫呂正惠，周良沛能準確地抓住他藏在可掬的笑容後面的憂悒和激越，抓住他謙和又耿介，和藹而又敢於在衮衮士林皆忌諱表示民族統一立場的環境中，從容、堅定地高舉著他主張民族團結的旗號。不惜在工作上、社交上受到孤立，遭遇困難，而仍堅持自己「統一派」立場的呂正惠和施善繼，常常令我私心敬重不已。

像一切好的人像畫家一樣，周良沛不取皮相的、照相一般的表象，而刻畫了經過概括、集中、誇張甚至簡略的處理的人像的神髓，令熟知像中人物的讀者嘆服。

周良沛寫了幾篇往來台灣時遇見的卑微的人物。其中〈老兵〉一篇，感人極深。在進出大陸的羅湖橋，遇見了一個姓俞的台灣老兵，一路和作者結伴進入香港，又同機到台灣。周良沛冷澈而又生動地刻畫了兩岸內戰、民族分裂的歷史時代下，一個被強征為兵夫的中國農民之一生的深沉的悲哀，動人心懷。

（下略）[2]

周良沛於今年（一九九六）一月底二月初在北京召開的「台灣文學會議」上，有個關於兩岸文學交流的一些想法的發言。他發言的時候，不巧，我和一位北大教授有約，因此沒能親耳聽他報告，後來讀發言稿，感到錯過他的報告之可惜。因為他在這流暢的散文稿中，暢論了在我的心中久為疑問的問題，即大陸的台灣文學研究圈，一方面是成績可觀，另一方面也存在著複雜的問題：有少數一些人（受託）「炒作」不重要的作家，對於國民黨反共作家的無原則的褒揚；在評價一個作家時，對他的藝術文學成就、歷史是非、政治態度三者如何做比較正確、合理的評價上的組合失去正常的標準，等等。這個問題的提起，很有現實重要性，可惜因為缺席，沒有聽到周良沛報告後評論人和與會同仁們的討論。

我見過幾位早年被打成右派，到了開放改革後，被政策解放、恢復甚至（因為被打過棍子）而陡增了名譽的人，全盤否定文革結束以前的一切，並且極力要按照自己的思想去影響和改造中國的未來。但我也看到另外有一些人，一樣在反右以降的極左路線中遭到沉重的打擊，卻不但沒有喪失對於祖國、對於人、對於歷史、對於生活的根本性的（radical）關懷。他們決不全盤否定使自己遭受過各種打擊的新中國的過去，也不憚於為當前快速的民族積累過程中呈現的諸問題感到焦慮。周良沛就是屬於這樣的人。從台灣看大陸，我就不能不在這一類的人身上看到了祖國的希望。

一九九〇年以後，大陸的作家、文化人、知識分子和學者，在海峽分斷四十年後，終於艱難卻可喜地踏上了台灣。這不但是個別人的重要經驗，也是我們民族史上重要的集體經驗。把這經驗開花成散文、詩歌、小說、遊記和紀實報導等形式的文學作品，是我們民族重新走向和解與團結過程中十分重要的證詞。周良沛以他的思想與文學的敏銳，搶先以這輯散文，獻給了民族的祭壇。作為朋友，應當道賀，並以喜悅之情，敬以為序。

一九九六年三月十六日，台北

初刊一九九六年四月十九日《文藝報》（北京）第九九四期
收入一九九六年十一月北京十月文藝出版社（北京）《港風台月》（周良沛著），二〇〇三年十月台灣社會科學出版社《走進台灣：光和影的心靈紀

實》（周良沛著）

本文按《走進台灣：光和影的心靈紀實》版校訂

1 《文藝報》初刊版本有刪節，本文按《走進台灣》版校訂，本篇為該書序一。

2 《文藝報》版與《走進台灣》版原文皆如此。

歷史對台灣的提問 1

李登輝高票當選，不是中共軍事演習造成的「反效果」，而是美國在選前悍然派遣強大海軍艦隊進入海峽「助選」的結果。在最後一週中，因軍事演習而惴惴不安、不知何去何從的選票，流向「有美國人支持」、「美國人還好」的李登輝。由李本人為首所組成的新政權，泰半以上皆留美精英。一個反共、親美、反華、對美扈從的台灣新政權成立，繼冷戰時代的餘緒，繼續作為外來勢力的工具，反對自己的民族，充當「遏阻」中國的前卒。

李登輝的勝選，在國民黨黨政結構中最後排除了「非主流」勢力，完成黨和「國家」的台灣化。一九四九年撤守台灣、發動辛亥革命、創建民國、第一次國共合作完成北伐革命、清黨、二次國共合作進行偉大的抗日戰爭又國共分裂內戰失去江山的國民黨，隨著「非主流」化，以及敗選而退出，終於無可挽回地從台灣政治舞台消失。一個以李登輝為首的、代表戰後興起的台灣本地大資產階級的國民黨，在美國翼護下，宣告其確立。

代表極右翼中產階層、小資產階級和城市貧民、懷抱深刻反華、憎華、反共、親日親美的激烈台獨派在中共軍事演習的硝煙中遭到嚴重挫折。但是人們完全不應該忽視兩百萬激進台獨思潮和群眾，今後在台灣政治上深刻的危機。

選舉過後，西方媒體盛大歌頌台灣的「民主化」。其實，西方所歌頌和宣傳的，不是別人，正是它用來合理化自己超國界支配的意識形態——「民主」、「自由」、「選舉」、「議會政治」、「人權」和「自由經濟」……李登輝國民黨也以這「普選總統」作為進入「西方文明」俱樂部的申請單，以「民主」、「自由」、「自由意志」……的「成就」進一步向西方換取與「獨裁、共產主義、落後」的中國分立分治、爭取台灣獨自的「尊嚴」與外交空間——即兩個中國、一中一台、台灣獨立的同意書。

目前，李氏新政權大放和平煙幕，但在兩岸和平的基本條件——「一個中國」的原則上，絕不放棄其拒絕的立場。拒絕一個中國論，堅持擴大「國際空間」，並在這個條件下，要求與中共簽定和平協約，這就是受到美國強力助選而高票勝選後李氏政權今後尤為頑強的態度。眼下的和平煙幕，欺天下人而已。

世界經濟挑選了亞洲作為第四波世界資本主義經濟的中心。相應於這個變化，亞洲正在進行「脫殖民」歷史的工程。相應於亞洲的自主化和經濟發展，人們從中國大陸領導層、從新加坡的李光耀、馬來西亞的馬哈蒂爾看見了獨立自主、奮力發展、拒絕霸權主義國際政治的動向。中國人民長期以來反帝、反封建、力爭獨立自主、振興中華、最終結束殖民地、半殖民地歷史，隨著港澳最終回歸而將達到高潮。不幸的是，由於內戰和冷戰雙重結構複雜的影響，台灣統治精英選擇了與包括中國大陸在內的亞洲全面脫殖民化、全面爭獨立自主、全面爭自主性發展的大局和大勢相悖反，繼續挑選一條甘為列強庸役的道路，海峽的矛盾，本質上是力圖自立自強、和平發展的中國與美日霸權的矛盾，而志得意滿的台灣，正扮演著霸權走卒的可憫的角色。

在台灣的中國人民有沒有力量、智慧和勇氣，拒絕這悲憫的角色？歷史正對台灣發出憂戚而嚴肅的提問。

初刊一九九六年四月一日《明報》（香港）第七版

1 本文按初刊版、參酌手稿校訂。手稿文末標註寫作時間為一九九六年三月二十七日，據此排在一九九六年三月。

如果十五天、七階段的戰爭終結中華民國的紀年 1

第一節　九五年兩岸風雲值得深思的幾組場景

未來，歷史也許毋須對一九九五年台海兩岸發生的幾組場景進行沉思評判，因為這些場景時地有別，似乎並無明顯關聯，且對歷史來說，也許僅是無數變幻莫測瞬間中的一瞥。但是現實卻要求台灣民眾尤其是台灣執政者，不僅要對眼下這幾組場景，進行有歷史縱深及現實橫斷面的更理性、更合乎邏輯的思考，而且必須得出結論，對台灣未來何去何從做出更為明確的抉擇。

第一組場景：江八條對李六點，兩岸間接空中對話

一九九五年春節除夕，中共總書記、國家主席江澤民就現階段發展兩岸關係、推進祖國和

平統一發表了八點看法和主張。第一條提出，堅持一個中國的原則，是實現和平統一的基礎和前提。中國的主權決不容許分割。任何製造台灣獨立的言論和行動，都應該堅決反對；凡主張分裂分治、階段性兩個中國等等，違背一個中國的原則，也應堅持反對。此外，江澤民還提出：在一個中國原則下，兩岸談判可以吸收兩岸各黨派、團體及有代表性的人士參加，什麼問題都可以談，可先就正式結束敵對狀態進行談判、達成協議；努力實現和平統一，中國人不打中國人。不承諾放棄使用武力，絕不是針對台灣同胞，而是針對外國勢力干涉中國統一和搞台灣獨立圖謀的；大力發展兩岸經濟交流與合作，不以政治分歧影響、干擾兩岸經濟合作；不需要借助任何國際場合，歡迎台灣領導人以適當身分前來訪問，並表示願意接受台灣方面的邀請，前往台灣。江澤民呼籲所有中國人團結起來，高舉愛國主義旗幟，堅持統一，反對分裂，全力促進兩岸關係的發展，促進統一大業的完成。

同年四月八日，李登輝總統作為對江八條的回應，在國家統一委員會上發表了六點主張。李登輝主張的第一條提出一九四九年以來，台灣與大陸分別由兩個互不隸屬的政治實體治理，形成了海峽兩岸分裂分治局面，也才有國家統一的問題。因此，要解決統一問題，就不能不實事求是，尊重歷史，在兩岸分治的現實下探尋國家統一的可行方式。只有客觀地對待這個現實，兩岸才能對於一個中國的意涵，盡快獲得較多的共識。此外，李登輝還提出：增進兩岸經貿往來，發展互利互補關係；兩岸平等參與國際組織，雙方領導人藉此自然見面；以所謂台獨勢力或外國干預作為拒不承諾放棄對台用武的理由，是對中華民國立國精神與政策的漠視與歪曲。中共先正式宣布放棄使用武力後，即在最適當的時機，就雙方如何舉行結束敵對狀態的談判，進行預備性協商。李登輝最後表示，在國際局勢趨緩和的今天，兩岸分別展開民權及民生建設，進行和平競賽，是對全中華民族最直接、最有效的貢獻，不但能謀求中國統一問題的真正解決，並能使炎黃子孫在世界舞台昂首屹立，這才是民族主義的真諦，也是面對二十一世紀，兩岸執政者不容推卸的責任。

第二組場景：《馬關條約》百年，統獨勢力對陣

一九九五年四月十七日，是清政府與日本簽訂割讓台灣《馬關條約》一百週年，針對這一歷史事件，中國大陸與台灣島內出現了兩種截然不同的聲音。島內台獨勢力欲藉此宣揚台獨主張、培養台獨意識，在台北街頭上演了「《馬關條約》一百年，告別中國大遊行」，民進黨主席施明德等頭面人物，打著形似日本皇室象徵的八瓣菊花旗，呼籲推動台灣獨立自主，宣稱「台灣主權屬於台灣人，不屬於中華人民共和國或其他國家」，並在遊行結束後演說稱，感謝《馬關條約》

讓台灣永久脫離了中國統治，稱台獨是正常的，主張統一是荒誕不經之說。「台灣國際聯盟」亦在此期間組成「百年《馬關條約》百人代表團」，到日本下關（即原馬關）憑弔當年日本駐台灣總督的故居，感謝日本百年前使台灣脫離中國，美化日本殖民統治，鼓吹日據五十年是台灣「不幸中的大幸」。同一時間，台北一些統派學者及人士也旗幟鮮明地組織了研討會，針對美國、日本主導反中國意識，鼓動利用島內殘存的「皇民階級」成立親美國、日本的「台獨政權」，表示對台灣當局引導台灣走向獨立之深切憂慮。有學者指出，台獨分子「這種沒有國家民族觀念、沒有個人自尊心的奴顏卑膝，不但丟了他們自己的人、丟了民進黨的人，更丟了全台灣的人，真是匪夷所思」。

同一天，中共在首都北京人民大會堂舉行《馬關條約》簽訂一百週年暨台灣回歸祖國五十週年座談會，全國政協主席吳學謙在會上說，一百年前，《馬關條約》被迫簽訂，台灣寶島被日本帝國主義強行奪走，中國人民永遠不會忘記這段屈辱的歷史。吳學謙還強調，所有中國人要團結起來，堅持統一，反對分裂，採取切實措施，全力推動兩岸關係不斷向前發展，促進祖國統一大業早日完成。四月二十七日，就島內台獨分子藉《馬關條約》一百年所進行的活動，《人民日報》發表專文〈歷史不容歪曲，台獨不得人心〉指出，台獨分子抱著不切實際的幻想，不顧兩岸人民的意志，恣意進行分裂國家，分裂民族的台獨活動，將最終成為中華民族的罪人。

第三組場景：李登輝訪美與中共的「四評六彈」

一九九五年六月七日，李登輝踏上了夢寐以求的訪問美國之路，在飛機上興奮得不僅夜不安枕，而且無心瀏覽機外迷人的景色，只是一遍一遍字斟句酌地推敲他那題為「民之所欲，長在我心」的演講稿，因為這是他務實外交蓄勢多年、經營多年，且花費了大把大把美元才得以落實的跨世紀的實踐。的確，能夠挑戰中國主權，只有依仗美國。一九七二年尼克森作為第一個踏上中國土地的美國總統到北京時，中共總理周恩來曾有言：「你的手伸過了世界最遼闊的海洋來和我握手。」如此，儘管時地不同，李登輝畢竟可算是第一個以「私人訪問」身分踏上美國土地的民國總統，他也大可不無得意地說，我的腳也邁過了世界最遼闊的海洋踏到了美國的土地。

李登輝踏上了美國土地，他有學者的理性和務實，所以他不在乎有沒有禮炮和是否鋪設元首級待遇的豪華地毯。李登輝想像所及也確實讓他看到的正是眼前這有些刺眼，但夠刺激的情景。三類立場對立的「國旗」映入了他的眼簾：堅持中華民國在台灣主權獨立的中華民國青天白日滿地紅旗；堅持台灣獨立建國主權獨立的八瓣菊花旗；堅持中國主權不容分割的中華人民共和國五星紅旗。三方人士怒目相對，並不時造成爭吵推擠場面，這也許正是李登輝預計並希望見到的場面。此時，李登輝便忘記了美國政府要其淡化政治色彩、表演得更像私人訪問的千叮嚀萬囑咐，在進入康乃爾大學途中，從人群中（不知是否是刻意安排的）奪過一面中華民國小旗，搖動起來。在康乃爾歐林講座發表演講時，李登輝當然也不會忘記，此行目的不是到母校敘舊情，而是要讓美國及國際社會充分注意台灣為主權獨立國家。在短短四千餘字的講話中，李登輝以出現頻率高達十八次重複中華民國字眼，表明台灣就是要突破一個中國的束縛，與現在代表中國的中華人民共和國劃清界線，成為兩個對等的互不隸屬的政治實體。

李登輝美國之行，引起了中共及大陸民眾極大憤慨，整個海外華人世界亦為美國出爾反爾而群情譁然，為美國在兩岸間製造如此有失身分的小動作所激怒，情緒激動的留學生要求上街遊行，赴美國大使館抗議這一粗暴干涉中國內政的行徑（為中共有關方面勸阻）。七、八月間，中共官方以新華社和《人民日報》評論員聯合發表的名義（以示事態嚴重）連續發表政治評論（第一波共計「四評」），對李登輝在康乃爾大學演講進行了指名道姓級別的批判。四評標題分別是：〈一篇鼓吹分裂的自白〉、〈國際社會絕無台獨的生存空間〉、〈推行台獨的政治迷藥〉、〈李登輝是破壞兩岸關係的罪人〉。中共軍方亦在此期間於靠近台灣本島的區域進行有明顯威懾意味的軍事演習（第一波導彈試射共「六彈」），向美國和台灣示警。在多種批判文章中出現了歷來中共在出現嚴重狀況才使用的語彙：「把人民綁在自己的戰車上」、「玩火」、「用鮮血和生命保衛國家主權和領土完整」等。

第四組場景：從台北國際會場到北京人民大會堂

一九九五年九月三十日，於台北舉辦的「世界女記者與作家協會中華民國分會」年會上，李登輝在滔滔不絕地演講。在四十五分鐘的講演中，李登輝再次展示出他更為習慣的跳躍性思維方式，不時地跳脫講稿，一會兒表達他講不要搞台獨，已經說了一百三十多次，不想再說了；一會兒又強調他去美國就是要表達「中華民國在台灣」，因為「中華民國在台灣」快消失了，因此他要去「大聲叫」；一會兒又如以往一樣再次撂下硬話，不要看中共大就怕，大不見得是有力量，「我非常了解這個問題」。

也是在九月三十日，中華人民共和國國慶前一天深夜，天安門廣場已經整好節日盛裝，與同樣毫無睡意的最早一批前來等候觀看國慶日升旗儀式的人們，準備迎接共和國生日的晨曦。廣場正中由一萬三千塊花崗岩、漢白玉砌成的高高聳立的人民英雄紀念碑坐南向北，似乎是在國慶節前叮嚀時當大任者，「後死諸君多努力」。紀念碑底座上的浮雕也在向廣場喁喁訴說著從一八三九年「虎門銷煙」到一九四九年人民解放軍「宜將剩勇追窮寇」，「勝利渡江」，終於推翻國民黨政權的歷史故事。

天安門廣場鮮花組成的各種喜慶圖案的東側，中國革命博物館、歷史博物館正門前，高懸著巨幅掛牌「中國政府對香港恢復行使主權」倒數計時，時數上閃著奪目的數字「六百四十天」。這每日跳動一次的數字，使路過廣場的人們都會不由自主地感受到一九九七年七月一日香港回歸之日在一天天迫近。這既讓人振奮欣喜，又不禁使人心頭翻騰起「一萬年太久，只爭朝夕」的急迫情緒。廣場西側，當天晚上國慶宴會上，共和國總理李鵬在致詞時指出，中國人民解放軍「革命化、正規化、現代化建設取得新的進步，最近在東海進行的軍事演習，顯示了中國人民解放軍保衛國家主權和領土完整的不可動搖的決心」。並再度宣示：「台灣是中國神聖領土不可分割的一部分」，「任何製造『兩個中國』、『一中一台』和『台灣獨立』的圖謀都是中國政府和中國人民絕不能允許的，是註定要失敗的」。

幾乎在同一時刻，中共新華社播發了評論員文章〈祖國的完全統一一定要實現〉。文章指出，「事實表明，李登輝迄今仍然是在口頭上表示要統一，而實際上卻在繼續進行分裂祖國的活動」。李登輝不斷搬弄的「中華民國在台灣」的說詞，「就是製造『兩個中國』、『一中一台』，在分裂中國領土主權這個根本問題上，本質上與台獨是一致的」。「人們不難看到，李登輝給我們人民維護國家領土和主權完整帶來了威脅。我們對他的這些活動將繼續堅決揭露。同時，我們對國家的統一和民族的前途充滿信心。英國霸占香港一百多年，日本霸占台灣五十年，最後都不得不歸還中國。台灣也必定要同祖國大陸實現統一。」

第五組場景：江澤民檢閱中共海軍與李登輝校閱華興演習

一九九五年十月的某一天，中共總書記、國家主席、軍委主席江澤民在軍委一行人陪同下，觀看了中共海軍在某海域進行的諸兵種合成演習。軍委主席親率軍委首長視察海軍部隊，並觀看海上演習，這在中共海軍史上尚屬首次。

首先出場的三個多小時的高科技現代海戰。海面上參加演習的有新型導彈驅逐艦、導彈護衛艦潛艇編隊，空中有海軍航空兵新型機群。電子偵察與電子干擾，和反電子偵察與抗干擾在艦機間展開了激烈的電子戰；艦機協同對空防禦戰、反潛戰等海空協同作戰，一幕幕展開。

第二出場演習的是多兵種同步登島兩棲作戰。在導彈護衛艦的護航下，登陸輸送隊向預定海域開進。攻島的艦對艦導彈和艦炮，向島上沿岸永久性防禦工事進行攻擊，轟炸機群從空中對島上坦克陣地和陸炮群進行轟炸。頓時島上碉堡群、坦克陣地、火炮陣地火光沖天，濃煙滾滾，全部目標轉瞬變成廢墟。在艦艇、轟炸機、強擊機發射導彈、火箭、火炮火力掩護下，第一衝擊梯隊水陸兩用坦克、兩棲裝甲車、衝鋒舟突破上岸，第二梯隊氣墊船從側翼水平方向突破登陸，第三梯隊艦載直升機運送的陸戰隊，從垂直方向直撲島岸灘頭。

最後出場的是演練的艦艇和飛行部隊舉行海上分列式，接受中共軍委檢閱。江澤民在檢閱後發表講話時指出：「新的形勢對海軍建設提出了新的、更高的要求。必須把海軍建設擺在重要地位，加快海軍現代化建設步伐，以適應未來戰爭需要。」

也是在這十月的某一天，台灣籌畫多時的海陸空「華興演習」經三次預演後，正式在高雄左營區登場。演習主要是靜態展示台灣軍方快速反應部隊的防空、制海及反登陸作戰能力。演習由李登輝主持，這對李登輝來說也是首次。

首先出場的是艦艇靠泊。各型艦艇六十餘艘出陣，包括巡防艦、掃雷艦、獵雷艦、登陸艦、潛艇、導彈艇及兩棲作戰機具等。

第二出場的是空中分列式。參加演習的飛機六十餘架。包括反潛機、攻擊直升機、戰鬥機、空中預警機及運輸機等。

最後出場的是地面校閱。由六千餘人編成快速反應裝甲旅、陸戰團參加校閱。展示的武器包括十四架各型旋翼機，三百七十二輛輪、履（坦克）車。

李登輝在針對演習致詞時強調：中共不肯面對海峽兩岸處於分裂、分治狀態的「現實」，始終不放棄武力犯台，增加軍費擴充軍備，並調整戰略布署，對台海安全構成極大威脅。面對這一情勢，台灣唯有加速二代兵力整建，強化戰備訓練，建立強大國防實力，才能無懼於中共的武力威脅。確保安全安定。

不必再一一列舉，僅將以上幾組場景放在同一個平面上，稍加考慮，我們的腦海中就會浮現出這樣兩條線。其一是由中共主導的，且有著強大民意基礎的、一條無法改變運行軌跡的最基本的「統一主義路線」；另一條則是由台灣李登輝主導的，且被島內民進黨台獨頭面人物首肯的、島內各界所見大相逕庭的、以「中華民國在台灣」隱性台獨模式出現的「分裂主義路線」。由此，人們不難想像平面幾何中一個最基本的原理：平面上兩條不平行的線段，延伸下去必然會在一個交接點上遭遇。兩岸間的這種「統一主義」與「分裂主義」路線絕不是兩條可以平行無礙的線，兩種路線之間不存在和平地帶，有的只是大是大非的對抗，發展下去，最終難免出現人們不樂見的碰撞局面。

可以斷言，在飽經一八四〇年以來帝國主義列強分裂、欺凌、收奪之後，在歷經坎坷終於走上富民強國大道，成為舉世矚目的未來經濟強國之時，在香港、澳門將陸續被收回之際，以愛國主義為今日凝聚國人向心力的中共領導人，在統一問題上別無選擇。不管面對如何強大的對手和如何嚴重的困難，中共都將運用一切手段捍衛國家主權和領土完整，不可能也絕不會容忍台灣從中國的版圖上消失。就這一點而言，中共的「寄希望於台灣當局，更寄希望於台灣人民」，倒是將能否和平統一的選擇權交給了台灣當局和台灣人民。

第二節　「不要用國家的命運比試膽量」

自從去年七月以來，大陸在台灣海峽一連進行三次動員了飛彈、火炮、艦艇、戰機的實戰演習，以回答美國在去年六月發給李登輝入國簽證，讓李登輝實現他的「校友外交」所造成的、中共斷定為美國與台灣聯手推動「兩個中國」、「一中一台」、「台灣獨立」的挑釁。嗣後，兩岸關係就陷入僵局，兩岸兩會無限期中斷了任何聯繫。儘管台灣上層迭次呼籲恢復兩岸對話，無如大陸堅持除非台灣以具體行動表示：(一)回歸到「一個中國」立場；(二)進行兩岸「三通」和(三)明確放棄到國際上進行「一中一台」、「兩個中國」，尋求「國際活動空間」的活動，否則拒絕重開兩岸接觸。

兩岸的僵持，因台灣也堅持「國家統一與尋求國際活動空間不相悖」的主張與實踐，使海峽形勢惡化，台灣海峽被國際戰略分析專家列為世界上最具戰爭危險的地區。

今年一月十七日台北主要媒體報導，中共決策層對台政策在對台使用武力問題上已有新的共識，即美國之干預與否，已不再成為中共一旦因台灣趨向獨立而用武時需要考慮的因素。稍早，新加坡媒體一項未經證實的消息披露中共人大常委委員長喬石對一位旅美華人學者的談話，強調一旦美國因中共對台用兵而介入海峽事務，大陸將進行對美核戰報復，以貫徹對台行動。中共對外表達在台灣問題上捍衛其「主權領土之完整」的決心，至此達到迄今為止最高的聲調，引起廣泛的注意。

實際上，早在去年十一月十日，香港《信報》就報導了喬石有關對台政策的講話。講話中有一段話說：「我們已經極其清楚地向李登輝和台灣當局以及台獨勢力發出警告，同時也向對中國有霸權意向的國家表明，為了祖國的統一大業，我們準備付出一定代價來解決分裂的問題。我們始終掌握主動權、時間表。台灣當局是十分清楚我們的軍事實力的。他們向外國購買軍火也是無濟於事的。只要台灣公開宣布台獨，只要外國勢力干預台灣，我們就不惜任何代價，以武力解決之！」

也在今年一月十七日，中國國民黨為它的總統、副總統候選人李登輝與連戰召開了全島輔選幹部的第一次會議。在這盛大的會議中，國民黨參選人李登輝做了一席充滿高度自信，昂奮的企圖心，堪稱意氣風發的講話。

據消息披露，李登輝在講話中表示，未來的四年，是決定台灣未來的命運是投降、是「被統一」還是要自己「主導統一」的四年。他表示，一九九七年大陸將收回香港；一九九九年要收回澳門。「所以未來的四年是充滿挑戰、有危機，也有良機的四年；也是決定台灣未來命運是投降、是要被統一，還是要主導統一的四年。」

李登輝指出，在這「關鍵的四年」中，「國家需要有經驗、有智慧、有膽識的人來領導」。他強調，在這關鍵的四年中，「國家的命運也絕對不能交給禁不起壓力、有了壓力就先跑的人！國家的命運也絕不能交給聽到雷聲就嚇破了膽、手腳發軟、立刻改變立場的人！人民要的是尊嚴、自由，所以人民要一個有膽識的人同他們共同解決海峽兩岸統一而奮鬥。」

而這「有經驗、有智慧、有膽識的人」就是李登輝他自己。他說，「所有的（總統）候選人當中，我的經驗最豐富，我的智慧最夠，更重要的是我最有膽識！」

據報導，這次輔選會議情緒激昂，充滿自信、樂觀和必勝的氣氛。

把以喬石談話為代表的大陸對台方針和李登輝最近這一場輔選會上的講話互相對照，善良的人們立刻就看到兩岸間近於無法溝通的、對於海峽形勢完全不同的評估。大陸的態度是，「我們把話說明白了，我們做了警告了，剩下來就看事情的發展，我們一定依照我們宣示的原則行動。」而台灣的反應是，「我們不信這個邪。我們有經驗、有智慧、有膽識，決不受要脅！」

在海峽雙方的極度危險的僵持下，我們不禁想起去（一九九五）年七月十九日香港《文滙報》所刊美國尼克森政權的國務卿季辛吉一篇專文裡的一句話。這篇文章其實是季辛吉在美國國會上的證詞。他在證詞中說，在當前情況下，要對中國大陸重新實施「圍堵」是一種空想。與三十年前美國圍堵中國時的形勢不同，今天除了越南，不會再有其他國家與美國合作圍堵中國。季辛吉說，現在美國有一種主張，認為中國會在美國的挑釁中退縮，甚至會像蘇聯那樣崩潰。對於持這種想法的人們，季辛吉的回答是：

不要用國家的命運比試膽量！

如果這是領導過世界軍事、經濟和政治超強的季辛吉對今日世界形勢和中國實力的認識，人們就不知道用什麼心情去看待國民黨總統候選人的豪言壯語了。

如果我們的政府真有「為了尊嚴」而不惜與世界第三軍事強國大陸一戰的打算，台灣善良的人民應該至少有權知道兩岸一旦發生戰爭時客觀的、比較接近事實的景況。

這裡，我們以引用、評述的方式全面介紹旅美從事西太平洋戰略研究的專家趙雲山題為〈中共軍事進攻台灣之戰略戰術〉的文章，幫助我們去想像一旦戰爭爆發，台灣可能遭遇的命運的劇本情節……

第三節　中共攻台的戰略戰術

著名的旅美戰略學專家趙雲山，在一九九五年九月間，於美國華文報《神州時報》上發表了〈中共軍事進攻台灣之戰略戰術〉一文（台灣《海峽評論》月刊曾分別在一九九五年十二月號及一九九六年一月號全文刊出），科學、深入地分析了中共為制壓台灣分離主義而對台用兵時的戰略思想、攻台作戰的七個階段及過程，和台灣最終在為期僅十二天至十五天的戰爭中失利之經過及其癥結。本節特別要向讀者介紹這篇重要文章的內容。

趙雲山認為，「當衝突雙方不能以外交手段化解政治上的對立與矛盾時，戰場上的武裝衝突就難以避免。」而兩岸武裝衝突之「不可避免」，在於台灣的民主化。趙雲山寫道：「台灣經濟和資訊的發展，中產階級的成長，均使中華民國在民主化的道路上一往無前。而台灣走向民主，就必然導致獨立，成為一個獨立的國家，沒有任何辦法避免。因為台灣民選出來的政府，只代表台灣選民，不代表中國大陸。它從法理上就是一個完全獨立的政府，就是一個完全獨立的國家……台灣領導人很多都受西方教育，相信民主。同時，台灣政府在美國和在野黨的壓力下，必然朝民主方向去，也就必然朝台獨方向走。如此，中共若欲阻止台灣獨立，除武力較量外，別無他途。」

但如果「民主化」（暫不論這個詞的內涵和界定）具有正價值，台灣「民主化」「必然」導致的「獨立政府」和「獨立國家」也就有了正價值。反對台灣獨立的戰爭，邏輯上就不能不隱含「負價值」了。

為了不從理論上做相關的繁瑣討論，單從事實上看，和台灣幾乎都在一九八六、八七年間開始從「威權體制」向「民主化」蛻變的韓國，並沒有因其民主化的進程而發展南朝鮮獨立、放棄祖國統一的運動。相反，「祖國統一」正是自六〇年代以來各階段南韓「民主化」運動最強烈的悲願，是千萬學生、知識分子工人和民眾為之赴湯蹈火的呼喚。可以這樣說，在南韓，民主化運動和祖國統一運動是互不可分的整體。再從東西德統一過程看，五〇年代以後一直在憲法上，政治上堅持兩德統一的，不是社會主義東德，而恰恰是「民主化」的西德，可見台灣的分離主義運動，別有複雜的歷史的、國際霸權政治的原因，本書以下各章將有詳盡的展開。

但趙雲山的確深入地看到了當前兩岸武裝衝突的某種「不可避免性」。兩岸之間，固不宜用「外交」一詞來說明一九八七年以後海峽雙方的交涉，但如果以「兩岸兩會的接觸、商談」代替「外交」這個詞，那麼，說「當衝突（內戰）雙方不能以兩岸兩會間的接觸、商談的手段化解政治對立與矛盾時，戰場上的武裝衝突就難以避免」，就很符合海峽兩岸當前的形勢。

趙雲山看到台灣主流派當局必欲從中國分裂出去的「決心已定」，不可阻擋。而「中共已經了解了台灣方面的決心，終於明白，恐嚇威脅不能使台灣就範，進而不聲不響地實在準備對台灣的軍事進攻」。據趙雲山指出，早自一九九四年四月以降，中共已經進行了十幾次大規模的軍事演習。這些演習，莫不是針對台灣戰役的需要，而且出動過包括蘇愷－27戰機在內的各種先進武器和裝備。「演習次數之頻繁，演習參戰部隊數量之大，演習科目之集中，演習目標之固定，都是中共歷史中所僅見。」

一、中共完成台灣戰役之戰略思想

如果大陸終於興兵攻台，這個仗會怎麼打呢？兩岸一旦兵戎相見，到底會是怎樣一幅圖畫？要回答這個問題，首先得研究中共攻台戰役可能的戰略指導思想。自去年七月以來，台灣頗有一些戰略專家說，中共會先攻取金、馬或金、馬外圍的更小的外島。有人甚至說會攻打澎湖，理由是這樣取之容易，又可以縮小台灣的縱深，也會取得高度威懾效果。但趙雲山卻不以為然。他認為如果中共攻打工事堅強的金門和馬祖，會使對台突擊戰爭失去「突然性優勢」。原因是金馬外島相對於台灣本島不是戰略要地。攻取金馬，費力費時。因此他斷定「中共不會在台灣戰役中採取對金門、馬祖首先攻擊的作戰方案」。何況攻克台灣本島，金馬等外島便「不攻自破」了。

另外有很多人認為，中共攻台，一定會採取以海空軍長期封鎖台灣的戰略。屆時台灣經濟崩潰，政治也必潰敗。可以達成「不戰而屈人之兵」的目的。但趙雲山也不同意這種看法。他認為，海空長期圍困和孤立台灣，並不能在短期內迫使台灣投降，理由有二：首先，軍事圍困台灣，連帶使經濟改革後大陸東南沿海黃金地帶如廣東、福建、浙江也會受到戰爭影響、經濟停滯，「在一定程度上破產，造成大量失業和社會動亂，形成導火線，引發整個社會的不滿和危機」，甚至動搖中共政權；其次，長期圍困海峽，使美英能趁機動員西方資本主義國家對中共施行經濟、貿易封鎖和「制裁」。「故，封鎖台灣的方法，只會對台灣有利，而對中共不利。」中共因此不會採取海空軍圍困封鎖台灣的戰略。

第三種猜測，是認為中共攻台時，可能採取以優勢飛彈、飛機甚至戰術核彈轟炸，使台灣全面陷於癱瘓而後取之的戰略。但趙雲山也不以為這是一個好的戰略。他的理由倒是容易明白的：「把台灣打爛以後再占領，不論從軍事、政治，還是經濟上來看，對中共都是不利的」，在軍事上說，沒有非得採取此一打爛戰略的必要。從政治上說，台灣平民大規模傷亡，是日後政治上沉重的包袱。從經濟、財政上說，重建廢墟化的台灣，也是沉重的負擔。

那麼，中共攻取台灣的合理的戰略，必須為(一)時間上爭取「速戰速決」；(二)避免西方國家的干預；(三)政治上穩定內部矛盾和不穩；(四)經濟上減少對大陸經濟造成的損害這些目標服務。因此，中共攻略台灣的戰略思想，就會集中在「以突襲的方式、以最短的時間、三棲登陸，直接攻取台灣本島，爭取能在十二天到十五天的時間內占領台灣」。而在這一戰略思想指導之下，趙雲山設想台灣戰役勢將分成以下七個階段完成：「(一)飛彈攻擊階段；(二)奪取制空權階段；(三)空中奪取制海權階段；(四)登陸攻擊階段；(五)穿插包圍攻堅階段；(六)城市攻堅階段；(七)鞏固肅清階段」等。

以下逐一詳細介紹趙雲山設想的七個不同的戰爭階段及其過程。

二、第一階段：飛彈攻擊

在英美高度敏感的偵察衛星下，中共以兩個策略完成了對台灣的突襲行動：(一)針對台灣進行長期、大規模的軍事演習，先使英美偵察者習而為常，在衛星上只注意演習，忽略中共兵力向福建集結。另一方面，中共也可藉此使參與台灣戰役的野戰部隊做好充分準備，使演習與實戰的距離拉近，「達到只要部隊一上船，即可如演習一般加入實戰目的」。其次，中共讓打台灣的部隊在實施飛彈進攻台灣之前，留駐營地不動。飛彈攻擊一旦開始，即「第一發飛彈在台灣總統府炸響以後」，部隊就開始向福建沿海軍港集結。「以目前中共鐵路、公路系統和在福建前線專為攻擊台灣而修築的鐵路、公路系統」，中共攻台部隊只要花兩、三天就可集結完畢。而這樣一來，儘管美英衛星情報系統靈敏，也沒有時間向台灣提出預警。

趙雲山認為，在這「飛彈攻擊」階段，必須達成兩大軍事目的：「（一）實施戰役的突然性；（二）重創台灣的指揮中樞和防空及空軍力量。」

據趙雲山的研究和估計，中共已經在海峽對面的福建、廣東和浙江布署大量的M—9、M—11和8610地對地彈道飛彈，所以對台發動飛彈攻擊的準備，基本上早已經就緒。但台灣在反彈道飛彈方面的能力，頗為有限。兩百多顆「愛國者」飛彈，不但數量上太少，「並且只對低科技飛彈如『飛雲』飛彈有較好的攻擊力」。台灣自製的「天弓二號」飛彈，其反彈道飛彈的性能不好，不能在大量來襲的中共飛彈中起到有效攔阻作用。「因此，中共來襲的飛彈的百分之九十以上」，「將會落在目標區」。

據趙雲山的設想，中共對台飛彈攻擊階段的過程，是發動對台灣的軍事中心——「『強網』預警系統的雷達網、站、指揮中心、控制中心、通訊中心和情報中心」——之地面設施的摧毀性攻擊而重創之。同時，中共飛彈也對台灣政治中心——包括「總統府、行政院、立法院、省政府以及電視台、廣播電台」等地面固定目標發動破滅性攻擊。炸毀這些政治中心，「將對台灣民心士氣產生震撼性影響」。

中共飛彈攻擊的一個重要任務，當然是要攻打台灣的空軍系統——所有台灣的表面機場（台灣機場多軍民兩用，此時就不能不受到摧毀）。其他塔台、機場跑道、機窩、特別是跑道，皆在炸毀之列。「摧毀跑道不僅較易於達成，而且攻擊的主要戰略目標，在全面破壞跑道，使台灣戰機一時無法起降，有利中共奪取台灣的制空權。」

在另一方面，趙雲山的研究透露，中共已經自製和仿製成功了隱形戰鬥轟炸機，並已自己研製成功某種雷射制導的炸彈。因此，「在飛彈攻擊階段，中共亦會使用隱形飛機對一些彈道飛彈難於摧毀的目標和未能摧毀的目標，實施轟炸」，從而使台灣地表的重要軍事目標「完全摧毀」，台灣的防空實力「亦受重創」。中共的隱形戰鬥轟炸機也可用來擊落台灣新購自美國的E－2T預警飛機。

作為攻台頭一階段的「飛彈攻擊」，約在一天的時間內完成。這時，除了花蓮的「佳山」等洞庫基地之外，台灣各軍用機場一時皆告癱瘓。戰爭遂進入第二階段，即「空中奪取制空權」的階段。

三、戰役第二階段：奪取制空權

趙雲山的論文說明，中共欲奪取台灣制空權，就必須達成這幾個軍事目標，即摧毀台灣戰機、破壞台灣防空火網、雷達系統，和摧毀台灣海軍艦隊的防空火力。

文章指出，這「飛彈攻擊」階段一旦展開，中共蘇愷—27、米格—29、米格—31、殲—9、殲—8等戰機起飛，攻擊台灣佳山等洞庫基地中的幻象2000V、F16A／B、MLU、經國號戰機（IDF）和F—5E等戰機。

台灣一般軍事評論，多認為大陸空軍實力不強，戰機老舊。但趙雲山認為，事實上「在數量和質量兩個方面」，中共戰機「同時對台灣空軍占有優勢」。而這個評估，是從兩岸現有戰機的「速度、纏鬥性能、雷達、航控系統、火控系統、飛彈射程等能力的綜合評估」而來。

於是中共空軍以壓迫性多數和多批次，對台灣不足兩百架數的空軍進行反覆、輪番攻擊，「同時以殲轟—7、強—5戰機為主力，掛載大量反輻射飛彈、破跑道炸彈及穿甲炸彈，對台灣防空系統實施攻擊」。這是為了有效破壞由「愛國者」飛彈、勝利女神飛彈、鷹式飛彈和防空火炮組成的台灣防空火力，以便發揮中共對台制空權的優勢。

趙雲山著重指出，台灣的防空系統有一定的機動性和隱蔽性，地下化措施完整。因此，儘管在第一階段飛彈攻擊時中共已用地對地飛彈對台灣防空火網進行過攻擊，但是中共在此第二階段的戰鬥中，還是要以輻射飛彈進行密集反覆攻擊，終於嚴重創傷「台灣防空網中的中、高空防空飛彈系統以及自動火炮系統」。

台灣防空力量受到基本挫傷後，中共將繼續對台灣的表面機場進行密集轟炸，達到「使台灣藏在地下機庫中的戰機封存在那裡，無法經跑道起飛作戰」。

為了消除台灣七艘經改裝成功的台灣「陽」字號驅逐艦所配備、射程四十六公里的防空飛彈之威脅，中共將以機載「鷹擊－8」、「海鷹－N」等反艦飛彈和輻射飛彈，對台灣的驅逐艦——尤其是上述諸「陽」字號驅逐艦，進行猛烈的攻擊。這是因為「中共之『鷹擊－8』、『海鷹－N』反艦飛彈和輻射飛彈之射程遠於一般標準飛彈射程，故可在台灣海軍防空範圍以外安全發射」。

趙雲山估計，這台灣戰役的第二階段「將在一至兩天內」終了。這時中共空軍已能完全掌握台灣的制空權。接著，「空中奪取制海權」的鬥爭便緊接著開鑼了。

四、第三階段：空中奪取制海權

台灣民間一般有這印象：中共潛艇很先進，中共攻台時只要發動潛艇包圍封鎖台灣，就足以使台灣屈服。此外，一般也認為由於美國不想讓台灣「反攻大陸」，台灣海軍艦艇落後、老舊，不堪一戰。對此，趙雲山的研究，有完全不同的看法。首先，他指出「多數中共潛艇比較落後，噪聲大、航電差，在沒有空軍支援，並受台灣海陸岸基反潛機S－2T、艦載反潛機S－

70C、2SH－F的挾制，不僅難有作為，而且可能被大量擊沉、擊傷」，因此，在這空中奪取制海權階段之前，中共潛艇對台灣海軍並無法造成多大的戰果。「只注重攻擊對方潛艇而已。」其次，他論證中共海軍對台灣海軍並不占絕對優勢。理由是台灣海軍裝備的美製魚叉式反艦飛彈射程可達一百三十公里，「蓋過多數中共艦載反艦飛彈的射程，可以在中共海軍攻擊距離外發射、擊沉、擊傷中共主力軍艦」。而台灣自己改良的「雄風－II」飛彈射程，也不小於中共反飛彈射程，「因此，如果以海軍對海軍決戰，中共海軍將遭受重大損失」。

然而，一旦中共掌握了台灣的制空權，情況就會發生根本性的變化。這時，中共的優勢空軍力量和潛艇結合，就能對台灣海軍形成水上水下夾擊的攻勢，並以空軍攻擊避往台灣沿岸的台灣艦艇。

中共為什麼主要地以空軍，而不是任何表面艦艇進行奪取台灣制海權的戰鬥呢？趙雲山有客觀深入的說明。首先就是「以空中優勢對付海軍，乃是以優勢對劣勢，以少的代價取得大的戰果，速度快、效率高」。第二就是中共海軍與台灣海軍相比較，並非處於絕對優勢，前此已經引述過了。第三，是中共需要留住自己的海軍驅逐艦和護衛艦上的大口徑火炮（一百三十毫米與一百毫米）作為搶灘登陸台灣時的火力支援。因此，奪取制海權的戰鬥任務，主要由中共空軍，而不是海軍來完成。

中共於是以其空軍轟—6、轟—5、殲轟—7、強—5戰機掛載大量的反艦飛彈(「海鷹」、「鷹擊」、「飛龍」等),在台灣軍艦防空距離之外發射攻擊。而「經過改良以後的中共反艦飛彈抗電子干擾能力已有很大提高。因此台灣海軍的軍艦將受重創,多數將被擊沉、擊傷,台灣海軍逐漸喪失戰鬥力」。

而經過中共優勢空軍對台灣艦載,以及岸基反潛飛機發動致命攻擊後,就使中共原先不具優勢的潛艇之參戰並發揮戰果,創造了良好條件。「在沒有反潛機支援的情況下,台灣海軍受到中共潛艇猛烈的攻擊,損失嚴重。」

到了最後,當台灣海軍被逐步消滅之時,中共海軍也可能使用機降、傘降和飛翼快艇部隊攻擊「少數事先已勘測好的(台灣的)民用港口」,以配合中共陸軍大規模兩棲登陸台灣,「和以滾裝船運入的重兵器」,「占領港口,建立橋頭堡,以配合立即來到的下一個戰役階段」。

台灣雖然在近年購買、仿製了一些新軍艦(如「成功級艦」、「拉法葉級艦」,並且向美國「租用」「諾克斯級艦」),但是,「這些軍艦在沒有空軍作掩護、沒有中共水面艦為敵手,單獨面對敵方的空中攻擊時,難以發揮優勢和顯示其戰力,從而陷於被動挨打的境地」。

估計這一階段的戰役在兩天之內完成。

五、戰役第四階段：登陸攻擊

台灣在經過飛彈攻擊，制空、制海權逐步遭到破壞而喪失的過程中，早在中共奪取制空權的階段，就開始了對台登陸作戰了。

據趙雲山的研究，在四十年來反共對峙中，台灣早已在西部海岸修築了永久性岸防系統。「在台灣陸軍的作戰計畫中，目標是（這些岸防體系）一次能殲滅中共二十個師於灘頭。」所以中共對台登陸作戰，一定要能夠在登陸戰之前做好足夠的火力準備，期能根本性破壞台灣牢固的岸防工事，「並對台灣北、中、南三軍團共三十三個師總兵力的台灣陸軍，做大規模的空中突擊、轟炸、大量殺傷其有生力量」，並摧毀台灣的大量重型裝備（如M－48H、M－48A3等主坦克、M－109A一五五毫米、M－110A二〇三毫米自走炮、KFⅢ七毫米、KFⅢ一二五毫米多管火箭炮等）。而如果中共在登陸前的火力準備不足，中共陸軍將在灘頭遭受台灣反登陸突擊力量毀滅性的打擊。

趙雲山相信，中共對台灣陸軍布署、營地、彈藥庫、防禦設施已有相當的情報上的掌握。中共對衛星科技與紅外線攝影及其判讀解釋，也有所把握。這些條件使中共有能力全面轟炸台灣陸軍的各種目標。在台灣基本上失去制空權條件下，中共空軍傾巢而出，輪番攻擊和轟炸，此時台灣空有「針刺近空飛彈」和「樅樹近空飛彈」，已經無法對中共空軍傷筋動骨了。

在重火力攻擊之後，中共陸軍就要登陸。此時，中共陸軍的主要任務，是占領灘頭、奪取港口、建立橋頭堡，從而頂住台灣陸軍主力的攻擊。

台灣陸軍遭到重創之後，中共陸軍開始在閩、浙、粵三省集結完成。中共陸軍對台灣的歷史性登陸，在趙雲山的設想中，是「第一批整個十個師的兵力分別在台北市西部和東北部的國聖村、大鵬村、金山一帶（兩個師的兵力），北勢村、屯山里一帶（兩個師的兵力），寶斗村、下寮、下窖村一帶（兩個師的兵力），在空軍、海軍艦炮和商船改建的炮船火力掩護下，強行登陸，立即形成對台北市的包圍態勢」。另外有中共兩個師在基隆附近的深澳里一帶登陸，立即「發動對基隆的攻擊，並力爭占領之」。

在台中沿海，「中共以兩個師的兵力，在船頭埔、建興里、永安村一帶登陸。另外兩個師的兵力在北高里、海濱里、台中港一帶登陸」。

在高雄縣和高雄市沿海，「中共以四個師的兵力在舊港村、南寮村、禮蚵村一帶和南平里、鎮海里、東汕村一帶登陸」。

這就是台灣戰役中的共軍登陸的腳本和圖像。在北部登陸的中共十個師的陸軍，立刻面臨台灣M－603A、M－48H為主力的戰車突擊，以及二〇三、一五五毫米自走炮、大口徑多管火箭炮和油氣彈等猛烈的進攻，戰況慘烈，死傷狼藉。於是「中共在北部的攻擊可能受阻，暫時轉入防禦。同時調動空軍，對台灣反攻部隊進行大規模地毯式轟炸」。

在台灣失卻制空力量情況下，台灣陸軍火力強大的ＡＨ－１Ｗ「超級眼鏡蛇攻擊直升機也只能成為中共固定翼噴射戰機的炮靶子，並受到中共單兵熟導飛彈（如前衛『紅纓』）的攻擊，而遭到破滅」。

趙雲山特別指出，登陸作戰階段，是死傷率最高，最慘烈的階段。「傷亡比率將占整個戰役總傷亡人數的七〇％。」民族分離和反分離的戰爭一旦爆發，同族骨肉相殘，軍民傷亡狼藉，四十年台灣經濟發展，玉石俱焚，真是情何以堪。

而這登陸戰階段，大約需時兩天。

六、戰役第五階段：穿插包圍攻堅

所謂「穿插包圍」，就是登陸突破台灣的陸軍防線，將台灣的地面部隊加以分割、穿插、包圍，阻斷其聯繫，攔阻其向城市撤退的路線，然後包圍打擊，各個擊破而消滅之。

中共野戰部隊登陸占領港口後，中共坦克師、裝甲師及炮兵第二梯隊兩個師迅速入港上岸，帶來大量各式自走炮和多管火箭炮抵達戰場，大大提高了登陸中共軍的地面火力和突擊力，取得壓倒性優勢。

中共登陸作戰的成功，取決於取得台灣的制空權。如果沒有中共空軍的優勢支援，中共登陸部隊將遭到台灣陸軍最猛烈的反攻與打擊，甚至被打下大海，或殲滅於灘頭。在中共空軍有力支援下，中共登陸軍才能進行「穿插包圍」的戰術，主要地在鄉村、野外解決，避免戰火延燒城市，造成物資、平民的損害與傷亡。

然而台灣幅員狹小，經濟發展後，城市化情況普遍，城鄉距離短促。一旦戰事發生，台灣物質和軍民生命的破壞與死傷，必然十分慘烈，恐怕無從如趙雲山設想的那樣，達到「實現分割在野外、包圍在野外、解決在野外」的戰略目的。

這「穿插包圍攻堅」階段，自始至終，估計是需要兩至三天時間。

七、第六階段：城市攻堅

所謂「城市攻堅」，就是占領城市戰略目標，以及對撤守在城市中心的台灣陸軍殘部的掃蕩。戰法上，是小型的分割包圍。切斷城內敵軍間的聯繫，孤立圍困而後消滅之。

據趙雲山的研究，在上一階段即「穿插包圍」階段中提前完成任務的中共各部，即自動進入城市攻堅，進行城市各戰略要點的攻擊與占領。在原則上，為了容易明白的理由，趙雲山認為中共並不打算以強大的陸、空火力把台灣城市打爛，而「準備以最少的摧毀和平民的傷亡來奪取城市」。因此，中共不採取空軍轟炸、掃射的方式打城市，「城市攻堅由中共陸軍火力單獨完成」。

於是中共陸軍的裝甲、坦克迅速占領城市的發電廠、廣播電台、水廠、煤氣廠、電視台和地方政權機關等。和一般戰爭一樣，城市巷戰造成巨大傷亡和破壞。趙雲山估計，在城市攻堅階段，中共可能徵用大陸武警七個師協同解放軍陸軍作戰，使其熟悉各城市情況，以利下一個戰役階段，即「鞏固肅清」階段的展開。

而「城市攻堅」階段的戰役，估計在兩天內完成。

八、第七階段：鞏固肅清

鞏固肅清，是「台灣戰役」的最後階段，顧名思義，就是鞏固戰果，肅清殘敵。中共使用武警部隊而不是野戰部隊承擔這個鞏固肅清城市的任務。而野戰部隊則在郊區從事拔除台灣多年來的島內軍事據點、要塞、基地、火力點等。在必要之時，必須用火箭甚至飛彈等特殊武器，逐一消滅台灣的島內軍事據點及殘餘的台灣軍隊。

趙雲山還設想到「台灣南部民性強悍，部分主張台獨的群眾可能會上山同中共打游擊。城市內台獨力量亦可能同中共打城市游擊」。於是有中共的清剿、搜山行動，全面打擊、瓦解了台獨的抵抗，「台灣戰役」的想像和劇本最後場景，是這樣寫的——

此時，中共將請（台灣）工商業界顯要集聚一堂，召開台灣政治協商會議，成立新的台灣省政府，安撫願意同中共合作的前台灣政府政要，捉拿仍舊在島內的台獨政治領袖。

中共從福建抽調大批幹部進入台灣各城市，迅速建立起中共在台灣各個地方的政權。

由中共中央對台辦公室和台灣事務專家召開的台灣政治協商會議，在解放軍的槍口下順利召開，順利閉幕。中華人民共和國台灣省政府在鞏固肅清階段開始後的第三天，於台北正式開張成立。

從第一枚中共飛彈在台灣炸開，以迄中共台灣省政府成立止，「台灣戰役」共計歷時十二至十五天。

一場七階段、十五天的「台灣戰役」，終於結束了「中華民國」的紀年。

九、台灣戰役中的核武器使用問題

中共擁有自己的戰略核武器和戰術核武器，在攻取台灣的「台灣戰役」中，中共會不會動用核武優勢？

趙雲山首先否定了這種可能性，即：中共為了立刻摧毀台灣的雷達系統和通訊、指揮系統及控制系統和情報系統，在台灣上空爆炸一顆小型原子彈，使之產生強烈的「電磁激發」（ＥＭＰ），達成上述破壞作用。理由是：兩岸近在咫尺，ＥＭＰ照樣可以對大陸造成同樣的破壞。

但趙雲山指出，中共使用戰術性原子彈來破壞「佳山基地」等洞庫性飛行基地，是極其可能的。他寫道：

以戰術原子彈摧毀台灣的洞庫基地，可以迅速有效地完成對制空權的爭奪。而且作為戰術武器使用原子彈，在山洞內爆炸，光幅射、貫穿輻射、放射性汙染的諸種危害，可以基本上控制在山洞之內。這樣一來，原子彈爆炸對地面的汙染和對平民的危害，就減到了極小，從而使原子武器的使用成為完全可能。

十、台灣最終失利的原因及其他

趙雲山的〈中共軍事進攻台灣之戰略戰術〉，是一九九五年七月海峽風雲緊急後，第一篇讓一般平民百姓得以一窺一旦中共攻取台灣的戰役發生，會是怎麼一個過程，會造成什麼樣的傷亡和損害，可能歷時多久……具體掌握可能來臨的戰禍的可能情況，總是比漠然、茫然地面對政客、領袖們的空話、假話和大話要踏實得多。

趙雲山有一小段話，說得真實卻又驚心。他說，「儘管作者在此敘述了整個台灣戰役的七個戰役階段，但就目前台灣的軍心、士氣和人民心理上看，戰爭很可能在不足於七個戰役階段的情況下結束……」

在當前的台灣，國家認同、國家未來的方向、敵友忠奸之辨，發生了空前的混淆與迷茫。這種思想與政治的混迷，嚴重影響著台灣軍民的士氣。在為何而戰、為誰而戰的根本思想上產生嚴重龜裂、混亂和分歧，則武器裝備再精良，操作武器的人在政治和思想上混亂了、迷失了，其對戰力、士氣之影響，已不待言。

此外，台灣軍中紀律、倫理的崩潰，已到了欲蓋彌彰的地步。此外，台灣島國型仰仗輸出的經濟之不堪戰亂，三黨政客之顢頇器小，民心之惶惑不安，爭相挾產逃亡……只怕台灣在戰役的前三個階段中早已棄戰屈服了。

其次是「一國兩制」的原則會不會在武力攻台後不算數，如趙雲山所設想，由北京派官治台，設新的省政府，而不是如向來所稱設立「特別行政區」，貫徹「一國兩制、高度自治」的原則，由法律保障台灣生活、所有制、經濟制度不變……這一點，當然是趙雲山文章所不暇細論的。

再次是這七階段「台灣戰役」的腳本中，沒有考慮到美國的帝國主義性質的干預的情節。這個「情節」在現實上是無法抹殺的，自不應漏而不提。當然，美國的任何形式的干涉，立刻會使兩岸內戰轉變為中華民族捍衛自己領土主權完整的民族戰爭，戰爭的規模、內容、過程和意義，就會起巨大變化。有關細節，在本書以下幾章，會有深入的討論。

趙雲山從北美洲眺望台灣，心懷同胞的憂思。他寫道，「從軍事、政治綜合角度看台灣，目前島內思潮混亂，人心不穩，社會分崩，同時又以台灣獨立的行為給敵人以興兵打仗的出師之由，實在非常危險……」他並且銳利地指出，一九五〇年以來台灣在中國內戰和世界冷戰的重疊架構中仍享有一時之安全，是依賴於三個條件，即「（一）台灣防衛武力的相對優勢；（二）美國第七艦隊在台灣海峽阻隔；（三）台灣對大陸的主權要求」（即台灣仍守住「一個中國」的原則——作者），而「時至今日，上述三個安全條件均不復存在了」。於是台灣的戰禍遂勢不可免了。

另外一方面，趙雲山指出，由於美國存心讓舊蘇聯永遠「不死不活」，迫使經濟長期困難的俄國，把先進武器、國防工業技術賣給中共，從而武裝了中共，又從而使中共軍力超過了受到美國武裝的台灣，終於有能力以自己的實力，解決台灣分離主義的叛離。

這些內在外在的條件湊在一起，台灣似乎「不可避免」地要迎向一場註定慘敗的兵災戰禍！然而，正如趙雲山為我們描繪的內戰圖畫所見，在現代新式武器的使用下，如果中國不幸而在海峽重啟內戰，兩岸同胞生命、財產、經濟發展的損害之慘重，可能遠遠超過中國歷代的內戰，成為中華民族又一場令親痛仇快的慘禍。

因此，時值海峽戰雲密布之時，讀趙雲山深刻討論中共攻台戰略戰術各論，有其嚴肅意義，而促使我對我們祖國分裂，台灣成為「問題」的歷史過程和其他一系列相關問題，展開認真、深入的再思索。

一九九六年三月

第四節　尋求解答

如果有人一定要以國家的命運比試膽量，以上就是我們命運的許多可能的腳本之一：十五天內，七個階段的戰役下來，台灣失利，中華民國的紀年宣告終結。

但是即使我們一定要因為一個領袖的特殊「經驗、智慧和膽識」接受這樣的命運，我們的政府應該現在就命令我們挖防空壕，在工作、居住的環境中到處儲備防火用的砂子、水和滅火裝置，要進行全社會動員編組，要全民進行防空、防飛彈演習，要進行與登陸或空降的敵人作戰的訓練，要組訓民兵，要宣布台灣進入戰時經濟管制……

但事實上，國民黨在宣示其過人「膽識」之外，留給人民的是一片茫然。民進黨、新黨也一樣。在海峽戰雲之下，人民聽到的淨是假話、大話和空話。沒有一個政黨、沒有一個政治領袖出來負起領導的責任。

當台灣在重大危機中失去了領導的時候，人間出版社編輯部從去年夏天分別約請長期以來關心大陸與台灣的學者，編寫了這本書，試著同廣泛善良的人們一起思索下面一些問題的解答：

- 「台灣問題」鬧到今天，其本質、其來龍去脈到底是什麼？
- 對於當前台灣高層有關台灣前途的政策與行動，中共是怎樣下了非動武不可的結論的？

・怎樣客觀地認識中共去年七月以來台海軍事演習的規模、過程與其深層意義？
・何以見得中共為了捍衛「主權領土的完整」，必不惜一戰？
・台灣經得起一場勢必玉石俱焚的內戰嗎？
・從歷史上看，台灣人民在兩岸統一問題上真的一直處於被動地位嗎？
・除了束手無策，人民如何呼應歷史對兩岸民族團結、民族和平的呼喚？

我們自忖不見得能很好地探索上述幾個令千萬人民憂心忡忡的問題。但在危機中失去領導的時代，我們願以此拋磚引玉，拋棄枱面上顢頇的「精英」和政客們，同人民一道思索，為理解、掌握、改變自己的命運而努力，為中國避禍求福，為台灣的和平與穩定，為呼喚民族的團結與和平而奮鬥！

初刊一九九六年三月人間出版社《戰雲下的台灣》（許南村編著），署名許南村

1 本篇為《戰雲下的台灣》之序章，引介旅美戰略學者趙雲山先生的文章〈中共進攻台灣之戰略戰術〉。

歷史呼喚著和平 1

第一節　在危機中人民找不到領導核心

面對因李登輝的「校友外交」而密布於海峽上空的戰雲，國民黨的反應是令人不可置信的顢頇。它沒有號召人民起來儲糧備戰，沒有下令進入備戰狀態，沒有動員演習，也沒有防空教育……。在國防上，它既沒有向人民說明中共演習所顯示的實力和對台灣安全的評估，也沒有說明台灣軍事防衛力量能不能保證台海的安全，更沒有說明我們花了龐大的公帑所採購的武器是否足以克敵制勝，是否足以保障人民生命財產的安全。人民在報紙上、在電視螢光幕上看到的，只是黨政官僚空虛的笑容、強作鎮定的碎語，和沒有由來的空話。

在廣泛的焦慮中，我們政府的領導人還是繼續在心血來潮時放幾句狠話，說「人肉鹹鹹」，其奈我何；說外交上還是要繼續「走出去」；說他「膽識」過人，不會在敵人的壓力下「腳軟」。

我們的統治精英呼喚兩岸在「李六點」和「江八點」的基礎上重開協商，卻不談「六點」在「一個中國」的問題上與「八點」針鋒相對。而回答他們迭次呼喚的，卻是大陸一片冰冷不祥的沉默。

至於民進黨，當然一仍不改台灣獨立的主張。但是在飛彈演習和總統候選人林洋港、郝柏村在政治上的竄起下，幾乎要淪為第三號黨的民進黨，卻忽然匆匆吹起了反共聯合、一致對付中共的「大聯合」的調子，卻不旋踵在激烈的內部路線矛盾中不了了之。然而在「台灣獨立」的戰歌愈唱愈瘖的情況下，對於台灣走向獨立必然引來戰禍的提問，民進黨精英們卻避不作答。

嚴格地說來，截至目前為止，新黨並沒有一個系統的大陸政策。如果從新黨之舉黨表示支持「林郝」配組看來，新黨自然是支持林洋港的「不可獨、不急統」，連帶也贊成實行直接三通、兩岸領導人盡早互訪的。不能不說，這樣的大陸政策，是國民黨李登輝長期獨占兩岸協商窗口以來，第一次出現的「非官方」的統一論，雖然還不曾形成體系化的政策，已引廣泛的支持。以絕對排除任何台獨政綱，主張有耐心、有步驟，以必要的時間解決統一問題的提法而登台的這一項大陸政策，無論如何是從國民黨獨台主義的一大進步，值得關心兩岸和平的人們寄與深厚的希望。

但是，我們也看到，特別是新黨的指導精英，不時地表現出某種局限性。去年七月，當中共宣布在台灣北端海面進行軍事演習時，新黨是唯一「大義凜然」地跳出來宣布台灣島內統獨之爭是「家務事」，而一旦中共攻台，新黨一定和台灣人民團結一致，共同抗共。新黨領導層的這番表白，引來了新黨支持群眾的疑問和抗議。直到最近，新黨的指導精英又興致勃勃地響應了民進黨的「大聯合」論，熱情地告訴民進黨：「我們共同的敵人畢竟是中共呀！」但由於「大聯合」引起了民進黨內部宗派路線無法調和的矛盾，終至於在沒有向選民做任何交代一情況下，不了了之。而最近新黨與民進黨全面結合，共圖立院權力。新黨的政治優先秩序：反共第一，反國民黨主流派第二，反台獨促統一第三的秩序，已大白於天下了。

看來，新黨的指導層似乎由於受到他們出身和家族歷史的限制，而仍然背負著沉重的極端反共主義包袱；他們顯然缺少像七十五前的國民黨所表現的恢弘氣宇，為了反對帝國主義、反對封建主義，為了扶助工農、振興中華的政綱目標，敢於在以我為主的條件下，開大門與中共合作，依照當時中國的具體案件，重新解釋三民主義，並以之結成廣泛反帝、反封建的聯合陣線，求政綱之實現。在當前條件下，以「新國民黨」自許的新黨指導層，如果竟認識不到反對外國勢力及其代理者所推動的台灣分離主義是當前三民主義中民族主義最急迫的任務，從而認識到：為了反對民族分離主義，捍衛中國領土、主權之完整，必須同包括中共在內的海內外愛國主義各黨派各階級中國人民結成聯合陣線。新黨精英識見不及於此，而猶汲汲於奔赴無疾而終的反共、反中共統一戰線——民進黨的「大聯合」論，實在不能不讓天下識者扼腕而嘆息了。

然而，在海峽的戰雲和中共實戰演習中，台灣人民忽然發現他們正是在危機之中找不到堅實有力、可以託付自己身家性命的政治領袖和政黨；找不到一個能指引大家解決攸關存亡安危的問題，共同度過難關，而一任經濟停滯、景氣低迷，房地產和股票盤低不振，政治汙濁，社會混亂，一籌莫展。而尤其是政治，過去看似立場鮮明，各秉原則，爭持不下的三個黨，忽然變得面貌模糊而曖昧，望若相異卻其實十分雷同。人們分不出「中華民國在台灣」(國民黨)和「台灣早已獨立四十多年」(民進黨)，和「捍衛中華民國」(新黨)有什麼差別，分不清「台灣生命共同體」(國民黨)和「台灣命運共同體」(民進黨)和「團結一致共同對抗中共」(新黨)有什麼不同；在「一致抗共」下，新黨和民進黨可以全面整合，在反中國反新黨的共同目標下，國民黨和民進黨盛傳要結成「國民進步黨」。人們更不理解曾經各自為台灣獨立和反對台灣獨立熱心支持、各自去動員過的民進黨和新黨，乍然宣布「大聯合」，鬧得沸沸揚揚，卻又戛然而止，無疾而終，其始也、終也，都不曾向它們的選民做過清楚、負責任的解釋。

而如前所述，這三個政黨和它們的政治精英，對於去年七月以來的海峽安全危機，提不出看法，提不出方針政策，都傾向於說些假話、大話和空話。社會失去了指導的核心。政治家變成了江湖術士，政黨成了亂成一團的小馬戲團。人們再也找不到可以信賴的政黨和政治領袖。人民對自己的家族、家庭、工作和前程，感到從未有過的空茫、不安、焦慮……

第二節　台灣先賢的灼見

一九四五年台灣光復，人民為了終於擺脫日本殖民統治而舉島歡欣鼓舞。但才經過一年多一點的時間，人民對於當時國民黨陳儀政府的腐敗、凶暴和顢頇，感到徹底的絕望。西望中原，內戰的烽煙逐漸轉濃，而島內的政治、社會、經濟和財政在一個面臨全面破敗的舊中國的架構下，逐漸崩潰，而終至爆發了台灣「二二八」民變。

「二二八」民變標誌著台灣人民對國民黨統治的祖國深刻的失望與憤怒。而國共內戰也在同一年向全國範圍蔓燒。這時候，眼看著大陸局勢在逆轉，美國軍方和情報機關開始積極利用台灣一些不肖分子從事「台灣託管」、「台灣獨立」、「台灣地位未定」的鼓動。台灣何去何從？這個問題，像今天一樣，呼喊著要求一個明白的解答。

但是，當時台灣的先賢，看來完全沒有被混亂的時局迷失了方向。

以組成於一九四七年(「二二八」事變當年)十一月十二日(中山先生誕辰)，以台灣著名革命家謝雪紅、楊克培、蘇新、王萬得等為首的「台灣民主自治同盟」為例，在經過國民黨對二二八事變的殘酷鎮壓之後，台盟(「台灣民主自治同盟」的簡稱)不但斷然拒絕了麥帥盟軍總部和美國當局百般支持「國際託管台灣」和「台灣獨立」的蠱誘，而且迭次公開發表聲明，揭露「美帝國主義」意圖鼓勵「託管」和「台獨」而霸占台灣的陰謀。在台灣前途問題上，台盟主張「實現台灣省之民主政治及地方自治」為其政治目標，即以台灣為當時中華民國一個省分的基礎上，要求實現有充分民主生活的地方高度自治這樣一種政治。整體地看來，在美帝國主義極力鼓勵台灣從中國分離出去的國際環境中，台盟超越了「二二八」事變中造成的族群間不幸的矛盾，以長遠的目光，站穩了民族立場，揭發外國勢力介入中國內政的陰謀，嚴正批判和揭發了「託管」論和「台獨」論的禍心。在台灣前途問題上，台盟駁斥美國炮製的、所謂在「《對日和約》簽訂之前，台灣在法律上尚非中國所有」的說法。照顧到在「二二八」民變中突顯出來的、兩岸因殖民地化、長期分斷所造成一時的扞格，而主張台灣在「民主、自治」這樣一個特殊條件下，完成國家統一的進程，以利最終「設立民主聯合政府」，共同「建立獨立、和平、民主、富強與康樂的新中國」。

一九四九年二月，台灣著名的小說家楊逵，聯合了一些本省籍和外省籍的文化人和知識分子，在國民政府正在迅速挫敗的內戰中風雨飄搖之際，發表了《和平宣言》獲罪，被判十二年徒刑。《宣言》的主旨和台盟的主張很近似：堅決反對台灣的國際託管、台灣獨立，阻止內戰蔓延到台灣，避免台灣因國共內戰而化為焦土，並主張台灣的民主和自治。這些主張，現在看來仍有高度的現實意義。

台盟的綱領和楊逵的宣言，體現了當時台灣的有識之士，都能在外國勢力唆使和挑撥民族分離之際，站穩了民族立場，揭發和抵制了分離陰謀。而在台灣最終歸屬的問題上，他們一方面堅持了「台灣屬於中國」的立場，一方面充分照顧到兩岸在現實上複雜的差異，而設想了在台灣的「民主、自治」的特殊條件下，進行祖國的統一。

看來，在台灣，人們不分大陸籍、本省籍，不少人都似乎喪失了將近五十年前台灣先覺者那種堅持民族團結、國家統一、反對外國的干預，又同時善於顧及歷史的、生活的現實，為統一進程設想具體可行的安排與條件——這樣一種英智灼見。今天，在台灣是很有一些人千方百計要把台灣問題「國際化」，甘願充當外國反共反華勢力妄圖「拆散中國」、重新「圍堵」中國的工具，千方百計要使兩岸的分裂永久化和固定化，把台澎最終從中國分離出去。

今昔相比，能不感慨？

第三節　一個被蓄意歪曲的設想

今天兩岸的分裂和對立，其性質和二次大戰後的東西德、南北韓、南北越等分裂國家有根本的不同。它們基本上是二次大戰以後的國際戰後處理過程中被分開來的兩個國際共同承認的主權國家。我們兩岸的分裂就不一樣了。如前所述，兩岸的分裂，是國共內戰末期，因為美國為其冷戰的戰略利益，武裝介入（即中共常說的「干涉中國的內政」），使國共內戰凍結起來，也可以說使這內戰狀態延長了。現在，國際冷戰基本上結束，依恃冷戰結構和美國介入而炮製的台灣「獨立」於中國的內外「合法性」，當然也就相應地發生問題，逐漸失去存在的支柱。而國共內戰所遺留下來的問題——國家統一、民族和解的問題，就在這時候擺到我們跟前來了。

從歷史上看，解決內戰問題，一般多以戰爭方式解決。這是因為原先就是因為內戰雙方在有關國家發展的各種方針上，有不能調和到非打仗不可的矛盾。蔣介石主張「反攻復國」，五〇年代中共講「解放台灣」，就是雙方都要以戰爭方式解決問題。

但是在那個時期，冷戰方殷，美國為它自己的利益，在軍事、外交、經濟、政治上堅定而有力地「支持」台灣。但人們也應該知道，即使在當時，美國基本上也只准許台灣防守，不許向大陸進攻。到了今天，形勢又已大異從前。現在，美國早已和台灣斷了交、撤了駐軍、廢了《協防條約》。固然美台間還有一個《台灣關係法》，美國國會、大眾傳播界也還有一批人很仇視中共，很看不得中共不但沒有在「蘇東波」大崩盤風潮中垮台，不但沒有在「六四」天安門風暴中崩解，反而還在經濟發展上闊步前進，因此，他們不斷地要在國際貿易、人權、軍售，特別是台灣問題上為難中共。但美國也有如同本書例舉的季辛吉、貝克、海格這些人——同樣為了美國國益——不贊成為了背負台灣這個包袱，和中共鬧僵。

在這種情勢下，台灣要武力解決內戰問題，無異痴人說夢了。

於是李登輝國民黨想了一個跳脫出國共內戰歷史的辦法。他想用放棄中華民國對大陸的主權的主張、修改憲法和普選總統等手續來確立與大陸分斷的「獨立政治實體」，再逐步以「兩個中國」，「一中一台」，走向兩岸分斷的長久化和固定化，也就是搞實質上的台灣獨立。

然而李登輝國民黨們並沒有設想過，台灣一旦走向脫離中國而獨立——不論以什麼口實——之路，對於包括海外華人和華僑的全體中國人而言，就是汪精衛的南京政權，就是滿洲國，就是對民族的嚴重背叛，就是第二次馬關割台，就是在百年國恥創痕上撒鹽巴，其結果只能是大陸對台灣的武裝「討逆」了。

如果台灣的各個台獨派不可能在一場慘烈的「獨立戰爭」和大陸的「統一討逆戰爭」中獲勝，人們就應該開始思考轉變一個態度：積極參與和平統一中國的進程，像一九四七年到一九四九年初台灣的先賢那樣，既堅持民族統一的大義，又全面照顧兩岸因歷史造成和遺留的複雜的困難與問題，為祖國最終統一積極設想克服、解決問題的條件。

一九七九年開始，中共首先提出了和平統一的設想。經過十多年來，「一國兩制，和平統一」的方案也益臻周詳，在海峽戰雲森森的當前，很值得人們加以客觀的認識與對待。

「一國兩制」的構想，至少有這幾個基要部分：

（一）一個中國

這是「一國兩制」最基本的先決條件。世界上只有一個中國。台灣和四川、福建、廣東……一樣，是中國的不可分割的一部分。最近江澤民提出的「八點」也著重地說：「堅持一個中國的原則，是實現和平統一的基礎和前提。中國的主權和領土決不容許分割」，並且「堅決反對」任何旨在製造形形色色的「台灣獨立」的言行，也堅決反對主張台灣與中國大陸「分裂分治」，搞「階段性兩個中國」等基本上違背「一個中國」的原則之言論。

（二）兩種制度同時並存

制度，指的是兩岸的社會、政治和經濟制度。「兩制並存」，是說統一之後大陸實行現在的「具有中國特色的」社會主義制度，台灣照舊保持當前的、原有的制度。兩制並立，長期共存，共同發展，「誰也不吃掉誰」。

進一步來說，兩岸統一之後，大陸要保證台灣至少在三個方面不做改變，即所謂「三不變」：一是台灣現行社會經濟制度不變，二是台灣既有的生活方式不變，三是台灣同外國的各種經濟關係、文化關係不變。

在台灣，反對統一的人，特別是台獨派，最喜歡這樣叫嚷：大陸生活水準低、生活窮、收入低，統一以後，台灣人的生活跟大陸一拉平，整個生活水準就得下降。今天我在台灣當個醫生，一個月有十幾、二十萬、三十萬收入。大陸一個醫生的「工資」，多不過一千多人民幣，等於三、四千元台幣，所以當然要反對統一。另外有一些人說，大陸的社會制度不好。「沒有自由」，「沒有民主」。台灣人反對統一，根本上是因為不能接受大陸的生活方式、社會和政治制度……

這些刻板地認為中國大陸生活水準低下的人們，當然大部分對中國大陸懷有根深蒂固的偏見。毫無疑問，中共自己從來就說自己是「發展中」國家，也就是「開發不足」的國家。但是，這些習於以傲慢、不屑的語氣批評大陸貧窮落後的台灣中產階級，並不知道他所崇媚不遺餘力的西方，對大陸十多年來經濟改革高度評價。一九七九年大陸改革發端後，到一九八〇年中後，經濟成長高達一〇%。八八年和八九年，為了壓抑迅猛的通貨膨脹，大陸動用了國家權力的干預，把成長率壓到四%這個仍然讓當時西方豔羨的比率。一九九一年，成長率又回到七%，至九二年再攀高到接近一三%。到九〇年代，大陸的對外貿易比七〇年代末增長了十倍有餘，躍居世界貿易大國之林。由於規模經濟大，中國大陸經濟的巨大成長幾乎要整個改變亞洲經濟的形態。中國大陸經濟的快速而巨大的增長，帶動了香港進入經濟繁榮的全新階段。沒有大陸經濟的發展，台灣勞力密集的產業早已停擺，無法成功地調整到今天持續繁榮的局面。減去台灣對大陸的出超，台灣的國際貿易早已呈現赤字。中國沿海經濟的發展，使印尼、菲律賓大受壓力，面臨中國產品在品質、價格上的競爭和吸引外資的更激烈的競爭。

從大陸平均國民所得看，世界銀行的估計遠遠比大陸自己的估計高得多，是兩千五百美元。外國更保守的估計，也在一千五到一千八百美元。專家們認為，大陸官方統計所以偏低，是社會主義體制由國家承擔大量的支出，壓低了物價。一九九二年，一個住在大陸城市的普通人每月只須付美金一元住房子(八．四人民幣)，住在鄉下的人付得更少。城市人每月的伙食費約為美金十元，衣著開銷美金三元。這些數據，都必須乘上好多倍，才能用國際通用的經濟統計語言表現出來。

對於許多慣於輕視中國大陸的台灣人(包括本省籍和外省籍)，即使把大陸平均國民所得算成兩千五百美元，仍然會嗤之以鼻。然而，對於人口十二億的中國，西方的經濟學家和政治家早已看見了：長此快速發展下去，一個新的超級強國，一個在下一世紀初生產力就要超越美日的超強正在亞洲大陸興起。

至於兩岸的「民主」和「自由」，有一個比較公平的評比辦法：台灣在平均國民所得一千元或兩千五的時期，其「民主」、「自由」度肯定比現在的大陸低得多。這是任何常去大陸的人都應該同感的，那就不必再說台灣的「民主」、「自由」裡面，充斥著權力、金錢、流氓黑道的複雜、嚴重的糾葛了。

但這些並不是我們的重點。

重點在於「兩制並存」、「三個不變」。國家統一之後，台灣社會經濟制度保持不改變，生活方式不改變，目前台灣與外國之間的民間性文化經濟關係不改變，當然就不存在「把台灣生活與大陸生活拉平」，讓台灣生活水準往下掉的問題。與國外民間關係不變，就是台灣在國際上民間性質的「活動空間」不但不變，而且還可以繼續在民間層次上擴大。這三個不變，有一個重要基礎，那就是私有財產權的保障。「兩制並存」的具體內容，還包括了「六個保護」：由國家法律保護私人財產，保護私人住房所有權，保護私人土地所有權，保護私人企業所有權和保護合法的財產繼承權，對於在台灣的外國人員，法律保護他們的投資。

(三)台灣地區的「高度自治」

從一九四七年的謝雪紅，到一九四九年的楊逵，都提出過要求在台灣省享有高度民主生活和地方自治條件下，完成台灣對祖國中國的復歸。台灣的高度自治，反應了台灣人民渴望自己當家做主人的歷史要求。在台灣的高度自治的具體設想上，大陸提了一些概括性的良好方針：

兩岸統一之後，台灣依大陸國家憲法的保證形成「特別行政區」。因此，台灣將不同於大陸的其他省分，甚至不同於港澳，而特別享有「四權」：（1）行政管理權，（2）立法權，（3）獨立的司法權和（4）終審權。在外事方面，台灣特別行政區可以單獨和外國簽訂民間性的商務、文化方面的協定，享有一定的民間性外事權。此外，台灣各政黨、政治、軍事、經濟和財政等事宜，都由特別行政區內自行管理。台灣允許有自己的軍警力量，大陸甚至不派其軍隊和行政人員駐台。但是作為中國特別行政區，台灣各界的代表性人士，還可以出任國家政權機關的領導職務，在全中國範圍內參政議政。

（四）和平談判

如果兩岸選擇了和平方式而不是戰爭方式解決統一問題，當然就要進行和平談判，通過雙方直接接觸、協商和談判，尋求一條雙方都能接受，顧及雙方利益，照顧到一些歷史存留下來的問題，尤其在最大限度上特別照顧到廣泛台灣人民的利益條件下，和平地解決國家再統一的道路。

在和平談判問題上，江澤民在九五年春節的一項談話（「江八點」）中特別提出以「兩岸和平談判」取代過去有一度提到的國共「兩黨談判」的新說法，從而除了執政中的國民黨，台灣其他黨派和具有代表性人士也在受邀參與兩岸和平統一談判的對象之列。這種方針的修正，尤其在當前國民黨在立院「實質不過半」局面下，破除由國民黨一方獨占兩岸協商談判的窗口，破除國民黨獨占台灣有關兩岸統一進程的議論的局面，是饒有意義的。因為十九年來兩岸兩會的交流，固然取得了一定的成就，但人們也發現，由國民黨一方獨占的接觸，時常遭到國民黨任意施加阻撓、要脅，造成困難。把窗口多開幾個，擴大兩岸交流、協商、談判管道，也是把兩岸統一事業「更寄希望於台灣人民」的具體措施。

然而，對於台灣一些執意反共、反中共的人們，即使說破了嘴，也沒有用處，因為他們執意不信任、不相信大陸列為國家大政方針，作為鄧小平「建設有中國特色社會主義」藍圖的一個組成部分的「一國兩制．和平統一」政策的現實可信性。但是時間和歷史正在迅速奔馳。昨日尚以為遙遠不可信的香港回歸，即將在明（一九九七）年七月實現。九九年是澳門的回歸。港澳回歸，也是在「一國兩制」的原則下進行的。一旦實踐證實了港澳的和平過渡，在回歸後，於「一國兩制」方針下繼續，甚至更大、更快地繁榮發展了，台灣一切反共拒統的藉口，就將宣告完全的破產。

第四節　在新形勢面前

很多的時候，人們覺得歷史像一個笨重懶惰的漢子，日子幾十年過下去，世界和生活卻不見什麼改變。但有時候，時候一到，歷史又像一盞走馬燈，叫人眼花繚亂，應接不暇。

從台海形勢看來，人們逐漸感到了一個全新的歷史時期正在展開。

首先，人們看到從八〇年代中後開始的兩岸旅遊、電信、經濟、貿易、文化、科技、學術、體育等領域的交流，取得了蓬勃的發展。從兩岸關係史看，日據台灣時代，阻斷兩岸向來密切的往來凡五十年。一九四五年台灣光復，兩岸又立刻恢復了經濟、文化、學術各方面的往來。韓戰爆發，美國武裝封斷海峽，兩岸經歷了五十年空前的斷絕。一直到八八年以後，由於大陸「和平統一．一國兩制」和台灣「開放探親」的政策轉換下，經過兩岸同胞、港澳同胞、海外僑胞的共同協力，兩岸關係發生了我們民族史上劃時代的變化，兩岸經濟基本上形成互補互利的局面，而使兩岸間民族經濟架構初步形成。台灣經濟已漸漸成為中國民族經濟循環的一個組織部分。

另一方面，在近年間，台灣島內的分離主義也有空前的發展。這主要是由於台灣政局的重大改編。四九年底撤退來台的國民黨集團逐漸萎殆，在兩位蔣總統去世後，代表台灣本地官商資產階級的、以李登輝為首的新政權取得了權力，逐漸顯露拒絕和談、拒絕統一，以倡言「分裂分治」，大搞「一國兩制」、「一中一台」極力尋求台灣問題的國際化，企圖使兩岸分離的架構永久化、固定化。李登輝新政權和在野的台獨政治勢力明暗勾結，互為奧援，終至使台獨勢力在島內發展到空前的高峰。

這時候，外國一部分反華反共勢力誤讀形勢，在一九九五年聯合上演了李登輝赴美的「校友外交」，嚴重地干涉了中國內政，一時帶來大陸與美國間的外交僵局，台海的軍事危機升高，兩岸停止了兩會間一切接觸，至今尚無法恢復。但這次震撼性的衝突，引發大陸以海峽軍事演習表現「武力保台」的決心與實力，基本上緩和甚至一時停止了外國勢力助長島內分裂勢力的活動。而島內朝野台獨勢力在中共軍事演習的威懾中，其政治影響力開始大幅下跌。鮮明昭著主張台獨的民進黨在總統競選舞台上，淪為三等角色。觀察家估計，儘管台獨在島內各界滲透頗深，但總的局面已經開始了它衰退的進程；中共在海峽軍事演習中所表現「武力保台」的實力與決心，終於使台獨運動撞上了一道堅冷的牆壁。

這是第二個形勢。

第三個形勢是中國大陸在亞洲經濟中的崛起。

按照世界銀行首席經濟師勞．蘇默斯的評估，中國經濟的規模只要在今後十一年內，就會超越美國。依澳洲學者的研究，中國「超美」的時間甚至比這個更快一些。依照《中國的崛起》一書的作家威·歐弗荷特比較保守的估計，中國需要二十到二十五年，即一代人的時間來超越美國的經濟。日本便是在戰後以一代人的努力，奠定了它在東亞先進國家的地位。由於大陸無與倫比之巨大的經濟規模，崛起的大陸經濟，將對全球市場與經濟起到深遠的影響。它將形成一個強大的吸力，促成其經濟不可思議的展開。經濟的擴大，自然帶來相應的政治的、軍事的、文化的世界級的膨脹與發展。不論出於善意或疑懼，全世界的政治家、經濟學家、地緣政治學家都在預見一個新的強權中國的興起。事實上，在人類歷史漫長進程中的一個很長的時期裡（約兩千年），中國一直是一個文化、經濟和政治上影響深遠的世界性大國和強國。她在經過近百餘年的、瀕於危亡的挫折後，現在竟又奇蹟般地再次崛起。這個無法改變的事實，勢將成為下一個世紀最令人驚詫和激動的新發展。

第四個台灣要面對的形勢，是香港、澳門之復歸於中國。

和台灣的殖民地化一樣，香港和澳門之「租借」給帝國主義列強，是中國百年國恥的活的印記。但這兩個地方終將分別在一九九七年和一九九九年復歸中國。而時機在中國的經濟和綜合國力開始雄飛的世紀之交，則益發使港澳的回歸牽動全球十數億華人的思想與情感。

和「自由世界」——自然包括台灣在內的反共、反大陸輿論一樣，大眾傳播成年累月地報導了香港在宣布「九七大限」之後，萬國商人撤資，大量人才外湧，市民大量外流，經濟日暮途窮。但是到了距離「九七大限」僅僅一年有餘的今天，這些反共宣傳家並沒有如所指望的那樣，看見香港在「中共暴政陰影下」的衰退、萎縮甚至崩潰。正相反，香港自宣告了「九七」回歸的定期後，一直以更迅猛的速度與規模，成為亞洲最生機盎然，成長率最高，最繁榮發達的城市。上述威．歐佛荷特引用香港政府的統計說明，香港的ＧＮＰ從一九七九年的二一六〇億港元躍升到九一年的八一六〇億港元。世界貿易排名，在同期間由第二十位躍居第十位。外商來港家數從一二六一家增加到二八二八家。美國移往香港的人數由一〇八八〇人（一九八〇年）增加到一九九一年的二四六〇〇人。到了一九九六年的今日，指數只有再增高之一途。

香港的回歸，標誌著英殖民主義歷史的終結。香港回歸前夕的經濟再成長（使它的ＧＮＰ超過了英國本部的ＧＮＰ）是和大陸經濟的竄飛互為表裡的。日日祈求香港在回歸過程中崩壞和不穩的人們，其實早已看見了自己的失敗。

香港的和平回歸和回歸後可以預見的持續繁榮，使大陸和平統一台灣的成功預期，增加了巨大的現實性。但尤其重要的，對於占全球人口四分之一的華人而言，港澳的回歸，意味著中國自鴉片戰爭之後，歷經百年挫辱，終得再次雄峙世界的光榮和驕傲。這種巨大的、集體的民族自豪意識和情感，勢必會對於台灣分離主義形成一股懾人的壓力。而這壓力又不只是抽象的、精神層次的民族主義，而是具有具體勞動生產力、資本、技術、文化和知識的十數億華人之物質力量和總和。

第五節　歷史呼喚著民族的和平與發展

現在回顧起來，去(一九九五)年元月末「江八點」的發表，無疑是意識到了兩岸間形勢的新變化而來。江澤民在這新形勢的形成中，彷佛既看見了對中國的統一有利、有希望的一面，也看到了一些不利、有問題的一面。因此，他似乎力圖及時阻止不利的、困難的一面——島內朝野分離主義的發展，外國干涉勢力蠢動的苗頭，等等，並且想及時推出更積極具體的和平統一的號召——例如簽訂兩岸和平協議，從基本上穩住台海形勢，廣邀台灣各黨派、社會上有代表性人士直接與大陸商談交流，推動兩岸多管道協商談判，「中國人不打中國人」，力爭實現和平統一，大力發展兩岸經濟交流與合作，兩岸領導人互訪等等，希望台灣有所回應。

隔了三個月，「李六點」發表。在這一篇語言和藹、「立場堅定」的宣示中，李登輝至少在堅持「兩岸分裂分治」、「台灣問題國際化」(雙方領導人國際場合見面)、「台灣發展(同中共平等的)國際空間」、中共宣布「放棄對台澎金馬使用武力」、台灣插手香港事務等幾個重要方面，和江八點針鋒相對，語言迥異，形成無法協調的矛盾。

六月，美國突然宣布發給李登輝訪美簽證，爆發了中共與美國之間自一九七九年雙方建交以來最嚴重的爭執，雙方關係陷入重大僵局。人們於是才恍然大悟，在李六點「堅定」的分離立場背後，儼然有外國勢力預先的支持在。

十分顯然，中國大陸千方百計使自己避免在處理兩岸問題時落入它最不樂見的選擇——武力的使用這麼一個願望，在美台聯合突然襲擊之下落空了，從而被動地、無選擇餘地地在海峽連番實施了軍事實戰演習。兩岸關係自此進入了一個新的階段，恐怕再也回不去去年六月以前的狀態。

從去年七月以來，情勢一直未見和緩。雖然大陸曾幾次透過非正式途徑表示，「江八點」仍是當前大陸台灣政策的基礎，台灣必須明確表示認同「一個中國」、實施直接三通、放棄繼續尋求擴展國際「外交空間」，但台灣方面始終沒有改變方針的跡象。

海峽情勢在沉默中向惡化發展，甚至使一些美國的中國問題專家感到不安。今年元月二十三日，美國《紐約時報》刊出一篇巨幅報導，指出美國前國防部副部長傅立民、政治學者路易斯等，經實際在大陸旅行，晤見中共官員後，均向華府傳遞了相同的警告：雖然中共至今寧願以和平方式解決台灣問題，但在實際上已被迫完成攻台的準備。

這長篇報導指出，北京向台灣實施有限度攻擊的時間，可能是李登輝在三月間獲普選連任後數星期內，中共可能或因其台獨宣示，或因美國國會邀請其赴華府進行高階訪問，或再度為增進台灣國際承認而出訪等，發動軍事行動。

傅立民曾向華府警告，說人民解放軍已準備對台灣發動連續三十天，每天向台灣特定目標發射一枚飛彈的攻擊。政治學者路易斯也報告了類似的材料。許多中國問題專家相信，中共發出這些信息，旨在促美國對台灣施加壓力，要台灣放棄在國際外交中尋求獨立身分的言行。

傅立民向白宮安全官員雷克表示，中共已完成了對台發射飛彈和鎖定攻擊目標的一切準備，只等中共中央政治局下達攻擊命令。傅立民甚至透露，為了反對台獨，中共不惜與美國發生核戰衝突，甚至「寧可犧牲數百萬人、犧牲好幾個城市」。據傅立民引述，中共有官員表示：「我們曾試以軍事（演習）警告來避免我們所不樂見的衝突。中國（共）一直在竭盡所能，不使自己陷入一種除了用武，別無解決方案的境地。」但是如果一切都無法使台灣改變其走向分裂的道路，「恐怕就會發生一場戰爭了」。

就在這敏感時刻，消息傳來，美國航空母艦艦隊曾於一月上旬悄然通過台灣海峽。島內分離主義者為此大為歡呼，奢言此一行動正暗示海峽一旦發生戰端，美國一定會像其在海灣戰爭時一樣，拔刀相助，有若海灣戰爭中之義助科威特，給予中共以致命性的打擊。

熟悉戰略戰術人士說，台獨人士的「樂觀」，忽略了這些致命的條件：（一）伊拉克完全沒有核子報復能力，而作為世界第三核武大國的中共則不然；(二)伊拉克和整個中東的龐大的石油資源，是美國出兵侵略伊拉克的重大原因。中東石油資源一旦為與美國敵對勢力所控制，對美國和世界資本主義體系都是致命的打擊。而反觀台灣，不論在政治上、物質資源上，完全沒有讓美國不惜以毀滅性戰爭與中共衝突的誘因；(三)中(共)美大戰，不論勝敗，台灣勢必玉石俱焚，殆無疑義。

誠實地說，國共內戰要和平解決，困難重重。事關政權，要以和平談判讓統治台灣的官商資產階級和平交出政權，一般而言，有若緣木以求魚。何況還有外國勢力的干擾！

但是，鑑於國共恩怨已遠，大陸在近十多年的政策轉變中取得了舉世矚目的成就，而台灣更是在過去三十年中取得了不易的成長，而面對世界經濟中心向亞洲太平洋移轉的新世紀，兩岸中國人如果坐失團結和解，在港澳回歸之後，結成一體，共策雄飛於新世紀的良機，無論如何，總是千古飲恨。戰爭不一定能阻止中國奮力圖強的腳步，但無論如何，一旦戰爭無法避免，對中國的發展，甚至亞洲的發展，都會帶來極為慘重的損害，已無疑義。

為今之計，首先是試圖穩住兩岸的形勢，不讓局勢繼續惡化下去，回到一九九五年六月以前的情況，恢復兩岸兩會的接觸、協商、會談。然後經過認真、耐心、誠摯的談判，逐步解決各項問題，最後完成共同商定的統一過程。

但這首先必需台灣方面重中台灣放棄尋求其「分裂分治」、「擴展國際外交空間」的思維與行動，來保證台灣回歸「一個中國」立場。

長期以來被縱容的朝野分離主義宣傳，嚴重混淆了台灣的思想，使千萬人對現實上台灣今日所處的嚴峻危急的形勢一無所知。

重建對自己中華民族的認同、尊崇和自豪，從根本批判與棄絕民族分裂主義，以民族分斷、對峙、相仇、相輕為恥、為痛，追求民族的重新和解與團結、培養愛台同時又愛國的思想感情。只有這樣，當前我們民族歷史所殷切呼喚的民族和解、民族團結和民族的和平與發展，才會得到喜人的回答。兩岸橫刀立馬、劍拔弩張的危局才會出現轉機，密布在海峽上空的戰雲才會消散，從而迎來民族和平的朗朗長空。

初刊一九九六年三月人間出版社《戰雲下的台灣》（許南村編著），署名許南村

1 本篇為《戰雲下的台灣》之終章。

我在台灣所體驗的文革[1]

陳映真，原名陳永善，台灣知名作家和評論家，曾在六、七〇年代因「思想問題」入獄。著名作品有〈將軍族〉、〈夜行貨車〉、〈山路〉、〈趙南棟〉等。

我二十一歲時的一九五八年，在台北市牯嶺街舊書攤上尋找中國三〇年代文學作品之餘，極其偶然地接觸了三〇年代的社會科學書，改變了半生命運。《大眾哲學》、《政治經濟學教程》、《聯共黨史》、《馬列選集》（莫斯科外語出版社．第一卷）、《中國的紅星》（即《西行漫記》日文本）、抗戰期間出版的毛澤東論文小冊子（如《論持久戰》、《論人民民主專政》）乃至六〇年代初發表的《關於正確處理人民內部矛盾》（日譯本），完全改變我對於人、對於生活、對於歷史的視野。

大學畢業不久的一九六三年，中蘇共之間爆發了大規模的理論論爭。而中共竟把這理論鬥爭訴諸大陸全民。將針鋒相對往返中共中央和蘇共中央的、嚴肅而絕不易讀的論文，一日數次透過電台廣播。而在台灣的我則必一日數次躲在悶熱的被窩裡偷偷地、仔細地收聽這些把中蘇共理論龜裂公諸於世的、於我為驚天動地的論爭。

在論爭中，中共對蘇共分析蘇聯國家和蘇聯黨為「全民國家」和「全民黨」，提出尖銳的批判，認為社會主義國家在向著共產主義過渡的全過程中，仍然存在著階級，也就仍然有階級鬥爭。當一九六六年大陸再次以驚人的形式宣告了「無產階級文化大革命」的登場，我便自然地以「九評」中提起的持續革命論和反修正主義論的觀點，去理解這史無前例的運動了。

我的詫奇的眼光，看到文革的火炬在全世界引發了激動的回應。在東京大學，學生占據系辦公室，批判權威教授，要求教育革命；在法國，「巴黎五月」使戴高樂下台，開展了新的思想運動；在美國，民歌復興運動、言論自由運動、反越戰運動、反種族歧視運動……風起雲湧。我讀著題為〈公社國家之成立〉的日語論文，論證著中國的文革如何體現了巴黎公社運動中工人起而建造階級的國家政權的傳統，宣說「一個新的人類、新的文明、新的國家政權正在中國的地平線上升起……」而心懷激動。

於是，在一九六八年，我懷著這文革的激動被捕，接受拷訊、走進了黑牢。

但這一段屬於我私人生活歷程中的文革，並沒有在我投獄後對我宣布其結束。

兩岸分斷使歷史脫臼

一九六九年底，我被移送到台東縣泰源監獄。七〇年初，即使從開著「天窗」的報紙，我們也敏銳地感覺到囚壁外的世界在急速地變化。我知道了保釣愛國運動和它的左右分裂與鬥爭；我更知道了保釣左翼思潮在島內引發了一場「現代詩論爭」。

一九七五年我出獄回家，著手蒐集關於保釣和文革的文獻，看到了兩岸分斷所造成的歷史的脫臼。一九四九年，人民共和國建政。經歷了十七年的建設和探索，實務派的幹部對於進一步發展經濟、穩定現有秩序，有迫切的要求。但以毛澤東為中心的政團，則憂心開發主義背後的資本主義性質，憂心要求穩定和秩序的背後的官僚主義、封建主義和黨群關係的剝離、工農同盟的弱體化……。這是一場對待革命後的中國所面臨的問題時，是要右向改革（實務派）還是左向改革（毛派）的大爭論。

然而，來自白色的港台、在保釣運動前基本上對中國革命一無所知，甚或保持偏見的保釣左派留學生，卻在短短幾年保釣運動中辛勤而激動地補了大量的課，不少人經歷了觸及靈魂深處的轉變。他們從一個丟失祖國的人變成一個重新認識而且重新尋著了祖國的人。他們更換了全套關於人、關於人生、關於生活和歷史的價值和觀點。有不少人為此付出了工作、學位甚至家庭的代價，卻至今無悔。祖國的分斷使歷史脫臼，運動則使歷史初初癒合。

四九年底到五三年的反共恐怖肅清，使日帝下殖民地台灣艱難發展的民族解放論的傳統為之毀滅。這毀滅絕不只是殘酷的屠殺，而是一代民族／民主運動的、民族解放鬥爭的哲學、社會科學和審美（文學藝術）這些體系的正統和傳統在台灣的滅絕。一九五〇年以後，正是在這肅清的血腥的空白上，移入了美國「自由主義」、「民主」、「資本主義」、「反共」……這些冷戰的意識形態，一直到今天，成為戰後台灣的主流思潮。

保釣打開思想空間

然而，幾乎整整一個七〇年代，保釣運動卻奇蹟一般地打開了一塊反主流、反冷戰的思潮的空間——現代詩批判、學術中國化運動和鄉土文學論爭。在冷戰與內戰交織的白茫茫的荒野上，提出了關心工農、反對帝國主義、民眾文學、民族文學、文學藝術的民族性和階級性、台灣經濟的殖民地性……這些尖銳的口號。

然而，沒有保釣左派，就沒有這一段「脫冷戰」的思想運動。而沒有中國大陸的文革，沒有保釣左翼——也就沒有七〇年代的現代詩批判，沒有學術中國化運動，更沒有著名的鄉土文學運動。

全盤否定文革失於輕薄

文革結束之後不久，大陸主流的文革論是對文革的全面否定。然而，文革結束後二十年的今日，據說在海外年輕一代大陸留學生中正在發展新的文革研究，對「全盤否定」的主流論說，提出深刻的質疑。如果歷史把文革的實體之研究交給文革結束前幾年才出生的一代，那麼，即使不曾直接經歷過文革的台灣的年輕一代，大可不必因沒有直接、間接的文革體驗而謙讓研究和建構文革論的大義名分吧。

文革是一段複雜的萬端的歷史。三十年後的今天，要搞全盤肯定文革勢必和搞全盤否定文革一樣不能不失於輕薄。例如在「開放改革」中沒有得到好處的廣大的人們，今日重讀毛澤東在文革期間主張階級和階級鬥爭的持續性存在；反對官僚主義和封建主義；黨裡面存在著「走資本主義的當權派」；舊社會的文化、思想、習慣正在復活……這些言論，仍然會激起很深的共鳴。

八〇年代後期，隨著蘇聯和東歐的解體而宣告結束的冷戰，使美國成為單極獨霸的霸權，而「意識形態的終結、『自由』、『民主』、私人企業、無盡的經濟繁榮……宣告了最後的歷史性勝利——而共產主義運動終於宣告徹底的失敗」的說法，也成了世界性主流的論述。這些說法，透過西方常春藤精英校園的講壇，通過西方強大的大眾傳播不斷地再生產，也通過全球化的資本循環運動，終至全面湮滅、歪曲和否定廣泛殖民地／半殖民地百年來民族解放運動中追求人和民族終極之解放、和平與進步的思潮，以及這思潮的正當性與正統性。

國際共產主義運動——民族、階級和人的真實的自由與解放運動，被全面譴畫化，受盡毀謗和嘲笑。而作為這民族解放運動史中重要環節的、中國的無產階級文化大革命，就更難於不受盡謗瀆和嘲謔了。

然而歷史的現實是，這文革非但翻動過中華萬里江山、神州大地，也曾越過封斷的海峽，強大地影響了台灣，在戰後反共／冷戰思潮全面支配五十多年的歷史的冰天雪地裡，撞開七〇年代整整十年思想上的脫冷戰時期，踵繼了從四六年到五二年間以在台的中共地下黨為中心的民族／民主運動的傳統，並且具體地引發了「現代詩論戰」和「鄉土文學論戰」等重要的思想運動。

今日台灣各大專院校學生社團中的「慈幼社」、「山地社」、「大陸問題研究社」和社會問題調查活動，追根溯源，其實是島內七〇年保釣的遺物，是保釣激發學生關心社會的「百萬小時服務」、「上山下鄉」運動遺留下的化石。

這是近來極力主張台灣與大陸早已殊途兩端，各不相涉的「學者」和先生們所難以認識的了。

今天，我們民族積累的運動，看來在海峽兩岸正積累著不少複雜而嚴重的問題。官僚主義；官商資產階級的興起；直接生產者的政治和社會權利遭到侵奪；外來資本和勢力的邏輯左右著我們發展的形式與目標；腐朽的思想、文化、習慣和行為，深刻浸透到我們生活的各個領域……。在這樣的歷史時代，對文革進行科學的再思，對祖國兩岸，應該都有重要的意義吧。

初刊一九九六年五月二十六日《亞洲週刊》(香港)

1 本篇刊於《亞洲週刊》「文革三十週年」專題。

敬意與祝願

序南洋文藝一九九五小說年選[1]

收在這本集子裡的，應該是當代馬來西亞華文文學中小說這個文類的典型作品，對於認識馬來西亞華文小說，對我而言，很有教育意義。

這本書的讀者，必須時時刻刻認識到，這是馬來西亞這個種族、歷史、文化和語文環境上與中國完全不同的國家的華裔公民的華文作品。這樣的認識，使我對這本集子裡的小說所達到的語言、藝術和文學上的高水平，驚嘆無已。商晚筠的〈南隆・老樹〉，即使擺在台灣和大陸，都是難能的傑作。從語言上說，商晚筠的漢語已不止流暢，而是儼然地形成了自己的語言風格。以南洋著名的、連綿不斷的熱帶雨季的背景，一家三代中下層馬來華裔的歷史，一段失望的戀情，和雨季一般燠悶荒蕪的愛欲和情仇……不論從心理刻畫、敘述結構、人物塑造上，都是精細完好的作品。

朵拉的〈凋花〉是結構小而完整的「小小說」(short short story)。所謂「小小說」似乎是因應現代高度經濟發展後忙碌的現代人之所需的小說形式。但〈凋花〉在短小的篇幅中，兀自起承轉合。小說的情節，放諸台灣、香港——甚至今日大陸之東南沿海而莫不皆準：在經濟發展中蛽生的中產階級家庭的庸俗化和欺罔化。

從嚴格的定義上說，黃錦樹的〈烏暗瞑〉不能算是小說。但作者卻在這一段「返鄉記」中，表現了小說敘述的強烈的可能性與令人注目的才華。這是一個離開馬來荒陬小村的故鄉出外討生活的青年終於尋路返鄉的記述。作者的漢語已不止通暢達情，而是卓然形成了自己的漢語敘事風格。說「火笑了」，不免失之詩的誇大，但也說明了作者對語言和意象格外的敏銳。在這本集子裡，〈烏暗瞑〉最能表現在馬華裔的環境特色：氣候、風土、民族和環境。大馬華裔與馬來西亞環境、民族的交動，在〈烏暗瞑〉中和商晚筠的〈南隆．老樹〉一樣，自然地表現出來，使作品鮮明地與台、港、大陸之文學區別出來。這是從「在馬來西亞的中國文學」向著「馬來西亞文學中的華語文學」發展的歷程，有十分重大的意義。此外，在寫作技巧上，時空交錯敘述，自然而流麗。這是商晚筠、夏紹華等人也頗能運用自如的。

夏紹華的〈雲圖．幻象及其他〉寫得也很細緻。〈雲圖〉也和〈凋花〉一樣，幾乎看不見馬來生活之特色，說它是港、台的小說，無人置疑。如果這是馬來華人社會與當地現實生活隔絕、處於孤島狀態的存在的反映，恐怕也正是說明終於不得不融入大馬國家的華裔在一定歷史階段的生活。富裕的家庭，離異的雙親，處在離異雙親間的宿命與苦悶，人工而華麗的愛情及其環境，心靈的荒廢，突兀的自殺。在經濟快速成長的東亞、東南亞華人生活中，早已出現了這種「單向度」的、喪失了生的目標與意義的人。

〈髮〉似乎要從時下流行的女性論述切入。如果批評男人把女性（肉體或頭髮）物化而成為愛欲的對象，由女性以對男性物化（身體或頭髮）而「還治其人之身」，則未必可取了。雅波的〈花會不凋謝嗎？〉是一種「擬似禪」（quasi-zen）的語絲、語錄。是不是禪，或宗教，或哲學無暇申論，但從文類而言，不歸小說，蓋可定論。

歷史地看來，所謂「馬華文學」，應該分成上述「在馬來西亞的中國文學」和「馬來西亞文學中的華語文學」兩個發展階段。兩者有本質上的差別，卻又互相有緊密深刻的聯繫。在一個文化、語言、民族環境完全不同的條件下，有表現在這本集子裡的成就，實在難能可貴，令人起敬。然而，這也透露著華裔長年來華裔社團、華文中學、馬來西亞華語報刊、出版社所做辛勤、勇敢、勞苦的大量有血有淚的貢獻，思之肅然！

從「在馬來西亞的中國文學」到「馬來西亞文學中的華文文學」的建設，是相應於馬來西亞國家發展的趨勢。這是從國家[2]和文化上堅持中國種性，拒絕同化，到在國家認同上向馬來西亞認同，卻堅持中國文化、文學認同的過程，是多民族移民社會形成的自然現象。但在具體實踐上，卻是一條外人無法想像的艱難的道路。而也因其艱難，贏得了我的尊敬。

走出封閉的華人生活圈，走進馬來西亞多采豐富的「土著」社會，在華裔移民豐富的、可歌可泣的歷史中取得豐盛的營養，創造出大異於大陸、港台的馬來西亞華語文學。這是我對馬來西亞文學中華文文學界的良好的祝願。

是敬以為序。

初刊一九九六年五月南洋商報（吉隆坡）《南隆・老樹・一輩子的事：南洋文藝一九九五小說年選》（王錦發、陳和錦編）

1 本文按初刊版、參酌手稿校訂。

2 「國家」，手稿為「國族國家」。

撒謊的信徒，背離之路

張大春的轉向論

張大春把他寫《撒謊的信徒》的指導思想說得很清楚，幾至惟恐讀者不知的地步。他說，這小說的目的，在「揭露……權力所誘發的人性惡質之源——懦弱、貪婪、傲慢以及無知……」。落實到具體的小說情節，其實就是「李政男」（作者也是以一種「惟恐人不知」的熱心說明了他所影射的正身）如何四度卑躬屈膝於台灣情治機關的拷問，否認自己的信仰，出賣同志，苟且偷生，終至竊取大位的歷程。

這使人想起二〇年代末期到三〇年代前半，在日本有大批階級運動幹部、「左」翼文化人、作家、知識分子，紛紛在被「檢束」（起訴）、拷問後發表「方向轉換」聲明，表示唾棄馬克思主義，批評自己據以投身實踐運動的思想，甚至洋洋灑灑地以「學術」語言對共產主義批判一番，有的甚且宣布脫離以往的組織生活，轉而向皇國體制、大東亞共榮主義和「八紘一宇」論輸誠。有些「左」翼作家、學者，甚至在轉向後成為皇民化運動的前鋒作家和理論家。

戰爭結束之後，噩夢初醒，回顧二〇年代到三〇年代一段寡廉鮮恥的「轉向」風潮，以及一直到日本戰敗前知識分子「翼贊」侵略戰爭的夢魘，日本知識界遂有吟味和反省戰時日本的精神史中這一段最黑暗部分的轉向批判論。

遠遠在蘇聯革命成功之前，社會主義者和共產黨人就成為西歐各國的警探、特務和劊子手們所獵捕追殺的對象。蘇聯建政以後，階級和民族解放的思潮和實踐，深刻地威脅和動搖了進入帝國主義時代的世界資本主義體制和殖民地體制。於是不僅僅在西歐「先進」「文明」的國家，即使在遼闊的殖民／半殖民地社會，共產黨人和社會主義者都像獵物一樣被國家權力、帝國主義者、帝國主義的本地代理人窮追濫捕，受到非法、秘密、殘暴的拷問、審判、處死和投獄。共產主義被視同最危險的瘟疫，必欲連根滅絕而後已。為達到這斬草除根之目的，拷訊的技術就成了關鍵。把拷問推向在囚人心理和肉體所能承受最大限度內極盡殘暴野蠻之能事，當然是有效的方法。但訴諸人的靈魂中最陰暗、軟弱的部分——對於死的恐懼、對於生的貪戀、「懦弱」、「貪婪」和自私，促其否定、背叛自己的信念，進一步出賣同志……從而造成階級／民族運動的全面瓦解，也取得了巨大成果。這就是「轉向」戰術。

「轉向」的暴力

「轉向」不是在暗室中一個人在隱密裡的反省和懺悔。它是在直接、間接的威迫、利誘下，強制性地向公眾告白自己在政治信仰上被迫的自我否定和改宗。

特別是在創作、學術、實踐和人格上廣受社會尊敬而有廣泛影響力的共產黨人，不殺而迫其「轉向」，不但可以利用其信譽宣告共產主義運動的錯誤和破產，而且還可以從根本上摧毀這些轉向者人格、著作和學說的威信，破壞其社會影響，使其以「變節投降」者苟活殘生。如果此人稍存羞惡之心，則偷生變節的自責，會像凌遲之刑那樣，煎熬他的餘生，自暴自棄，在政治上完全死亡。此中痛苦，較刑殺、拷打和投獄尤烈。

但是，特別在中國，轉向——包括「自首」和「自新」的暴力性，尤非外人所知。和蘇聯、舊東歐國家及黨政領導人個人履歷相較，中共領導人極少有屢次進出國民黨監獄的紀錄。這說明國共間鬥爭的慘烈，一旦被捕，鮮能生還。有不少人即使在拷訊中投降，盡供所有，也不免一死。因此，「轉向」的道德考驗，在於迫人在一邊是嚴酷的死亡、酷刑和毀滅，另一邊是變節偷生的兩者中「選擇」。但所謂偷生變節，絕不以當事人一人的名節、生命與歷史為範圍，讓一個被捕而欲偷生的人以自己一人的名譽、人格為代價換取偷生之權了事。

在國民黨的組織性暴力下，一個向威暴的權力宣告放棄信仰、放棄鬥爭、臣服投降的人，必須以巨細靡遺的招供，交出組織關係、同志名單、聯繫日期、口令和暗號，使劊子手獲取全部資料，據以進行另一次逮捕、拷打、審判和處決。劊子手從招供內容以及招供所帶來的毀滅性勝利的打擊，來衡量轉向者——「自首」及「自新」者投降變節的徹底程度——即其懦弱、變節、偷生、自私的程度，據以決定是否縱而不殺。無數被任意判斷為「自首(自新)不誠」的人，儘管供出要害，因而造成大量同志的慘死者，也仍然終不免一死。

劊子手以屠殺被轉向者供出的同志，使轉向者無法「佯降」，從而與他的組織和同志結成血仇，使無退路，而死心蹋地地為劊子手所驅策，用以和自己從前的組織與同志進行頑強殘酷的鬥爭。

一九五三年以後，在台灣省工委蔡孝乾的核心早於五〇年上半年瓦解，重建的核心又在五二年基本破壞之後，國民黨也執行過一種政策性的「自清」運動。為不使逃亡於台灣山地小路的剩餘黨人走投無路，負嵎頑抗，國民黨採取了招降不殺的政策。此時黨人因組織早已瓦解，同志大量遭到刑殺與投獄，已無可供之人和組織，在「寬大」政策下求一死而無門，辦了「自清」，苟活餘生。但其中很有一些人，即使被迫苟活，不曾供出引起血光的人與事，但到了七十許的暮年，每次酒醉，猶必為自己的「失節」捶胸飲泣，苦苦不肯寬赦自己。

在靈魂的深處

因此，把「轉向」的歷程只看成是「權力所誘發的人性惡質之源——懦弱、貪婪、傲慢及無知；權力如何使擁有它和失去它的人屈服、攀附、獨斷甚至盲目」，尤其從文學的角度看，自然嫌其輕淺和簡化。當然，出於人性的軟弱——「懦弱」、「貪婪」……而變節以苟且偷生，相信了逼供人的甜言蜜語，拚命供出組織和同志，不惜以戰友的橫死換得偷生機會的人是有的，而況或者也不少。但胡亂作供、熬不過酷刑的人，也有不少是因為相信已無生路，又無法忍受永無止息的酷刑拷打，但求一死了斷的心理作供，至少是放棄了在拷問過程中的鬥爭，心想供述雖有愧良心，但自己也終必一死，不須活著面對良知與同志的責難……。也有人自己搞合理化，企圖以詐降過關，以便待時而將以有為於他日，卻不料陷入嚴密的拷訊中，不能自拔，供盡身死。有些情況是領導人在獄中眼見損失太重，當時又誤斷韓戰後解放軍必可東來，以領導人的身分，在自己被刑死之前，秘密傳達盡量轉向保護幹部，因而也有人在偵訊過程中「奉命」轉向……當然，韓戰後局勢全面逆轉，在台組織全面崩解，形勢已去，而在獄中某種偶然際會下得免一死的人也是有的。而前面也說過，有不少人在酷刑中供盡所有，雖然自始不曾寄望因供偷生，但最後果然也被判死刑，卻反而以接受弱不禁逼供的懲罰，安心地面對死刑的人。對於文學家，「轉向」過程中靈魂的受苦、矛盾、煎熬、怯懦……是複雜的drama，深刻的文學，就不能缺少對這「戲劇」的理解。

暴力下的抉擇

如果沒有那巨大、殘酷的、國家組織性的暴力介在其中，一個人的信仰的告白與放卻，就像是筵席中無甚意義的對話。然而，當這信仰的告白與放卻立刻會聯繫到死亡，生理上難堪的拷打，親人、財產、家族、前程的破滅或保全，同志的生死，整個解放事業的保全與破滅，「轉向」與否的選擇，就是天人的鬥爭。因此，沒有對於權力之暴力的道德譴責、否定與拒絕，就沒有對轉向的批判。

而轉向批判的前提，恰恰是這樣一個傳統的存在：即為了信仰的告白，畢竟有人勝過了酷刑、死亡和破身亡家的威懾，以自己、自己的身家、自己應當眷戀的一切為代價，保衛了自己的信念，向殘暴的權力提出斷然的拒絕、否定和抗議。如果在宗教、學術、思想和政治各領域裡的歷史長河中，沒有這樣一個勝利的傳統，「轉向」論就失去了意義。因此，轉向批判就不能建設在任何形式的虛無主義上。恰恰在人的生理上可憫的極限上，在人的好生而惡死的本性上，在人對於死亡、痛苦的深刻恐懼上，人竟以信仰的力量，打破人對暴力在肉體和精神上的極限，選擇了自我破滅以保全真理——而這艱難的選擇，確立了人在自然狀態以上的存在。而正是在這人對於自然狀態的人的勝利的可能，樹立了對於轉向的深刻反省。

轉向論和文學

作為年輕一輩的文學家，張大春確實是才情橫溢。他顯然不只是以寫故事自怡怡人的小說家。他聰敏過人，勤於涉獵各種人文知識。《撒謊的信徒》結構縝密，在歷史和材料上做過令人欽佩、勤勉的調查研究。他有卓然成家、準確、傑出、極富創意的敘述風格與能力，毫無疑問，張大春是一個有無可限量的前程的小說家。

但是如果從「轉向論」的角度，對一個才思敏銳的作家提出來自寄予大希望的苛求，那麼至少有三個問題值得探討。

首先是張大春的「轉向批判」中，沒有以對作為轉向論的前提條件——糾結了內戰與世界冷戰雙重構造，以反共國家安全體制為形式的國家恐怖（state terrorism）和暴力加以嚴肅的凝視。「古將軍」被描繪得活龍活現。在現實上的古將軍，在戒嚴體制終結後，他一生所為不但沒有受到應有的清理，他自己對於作為幾十年國家暴力和恐怖的爪牙生涯，不但沒有絲毫的反省，反倒到處大剌剌地「現身說法」，逞肅共肅諜的英雄，而舉世滔滔，不以為怪。更其不幸的是在大選期間，他被反李各派所用，以他出面指控「李政男」的「奸匪」身分，沸沸揚揚，而世不以為恥。在小說中的「古將軍」，只是用來襯托、展現、戲弄、侮辱一個「材質庸劣、識見短淺」、「懦弱、貪婪、無知、傲慢」的「政客」，出賣了革命，背叛了同志以苟活的「李政男」的工具。前文說過，沒有對國家權力的暴力和恐怖的深層批判，對轉向的糾彈就失去了基盤。如果「古將軍」所代表的國民黨國家體制，在政治上和道德上是正確的，那麼「李政男」的「懦弱、貪婪……」和投降，就不必指責，反而應予哀矜嘉勉了。對長達四十年的恐怖體制不加批判而盡情地嘲弄「李政男」這種受暴力威懾而屈服的悲憫的小角色，小說所揭舉的「人民超越領袖，歷史擺脫政治，信徒遠離神祇」，雖不明所云，但無疑大義凜然的論說，徒然成為空言。

其次，作者雖然做了大量的調查研究，也極可能從類如「古將軍」一類的人蒐集了有關拷問過程中的生動細節，但畢竟對國家暴力下拷問過程中「轉向」的機制，和深深觸及靈魂的撕扯、矛盾、痛苦、黑暗的令人畏慄的「戲劇」，體會稍淺，從而處理得嫌粗暴些，馴至把文學表現上具有豐富可能性的天人交戰、心靈的嚎叫視若未見，把全部精力用在刻薄的揶揄和嘲弄，使作品矮小、單薄。這無論如何是可惜的。

最後，作者雖對轉向者的「懦弱、貪婪」云云盡情揭發，但這揭發與批判缺少了對於「不轉向」——即對信念的堅持力超越了人對死亡、拷訊的恐懼和耐受的極限——的認識與敬畏崇慕之情，就徒然使對「李政男」的轉向批判變成作者個人對某一個政客的、私人水平（儘管以大義名分為者）的攻訐而已。

但這些瑕疵，在一定意義上又是不可避免的，因而也絕不可獨獨實咎於作者。理由明顯：台灣的戰後，竟是轉向者們的世界。蔣介石曾謳歌過赤俄。蔣經國曾經是個忠誠、不惜吃苦為人民服務的布爾塞維克。父子走上反共甚至親手屠殺共產黨人的路，也沒有向世人做過一字、一語的表白交代。台灣的情特機關充滿了轉向的前共產黨人。民進黨的精英也有幾個前國民黨人，同樣對自己的轉向沒有負責任的說明。無數大大小小的「古將軍」一類的人，領「黨國」薪俸而猶或明或暗投效新黨或新同盟會，大義凜然地高呼民主、詈罵「新的獨裁」。過去在這個「廬」、那個「園」裡接受任務，廁身學界的人，無須任何清理交代，如今在朝野各黨中以自來民主、自來進步的姿態，顧盼自雄。從五〇年代到七〇年代活躍海外的台獨「大統領」、「委員長」們，在七〇年代初紛紛回台歸順。不少在青壯之時，在國民黨報刊寫符合國策、符合主流思想的作品，在國民黨打鄉土文學的棍子時，依靠國民黨，在黨刊黨機關寫文章、發言的大作家、大佬們，今天無須任何交代和說明，又成了「台灣人文學」火線上的頭號將帥；日據時競寫皇民文學的人，光復後找機會呑呑吐吐地說他的皇民文學有抗日的微言大義。及至台獨文學論興起，他們又出來用日語發言：我老早就不以為自己是中國人焉。日據時代悲壯地呼喚過中國為「祖國」的詩人，今天要為日據時代的遺老們的《台灣萬葉集》爭取其在台灣文學中的正統地位……。

本質性的難題

台灣光復。一代抗日民族解放鬥爭的戰士，在國共內戰和國際冷戰局勢下，在日據時漢奸士紳密告求榮的陷害下遭到悲慘的毀滅。而日統期與異族朋比為奸的士紳，在反共國策中，在土地改革過程中，從地主階級變身為工業資本集團的鉅子，至今世世榮華。台灣的戰後史，是形形色色的轉向者共生共榮的歷史。沒有嚴肅的、觸及靈魂的戰後史的清算，又怎麼能期望一個年輕又富有創造才華的作家發展出嚴肅、觸及靈魂的「轉向論」呢？

但歷史焦點——例如台灣的民族解放鬥爭史的焦點——的喪失，即史觀的喪失，使作者在寫作策略上產生了混亂。在每一章前面，作者引用了經典性、令人正襟危坐的一段文字。但內文的詼諧，主要是源於某種歷史的虛無主義的嘲弄和揶揄，形成了一種遠遠配不上章前經典名句的猥瑣與虛無，而呈現一種醒目的矛盾。如果這是蓄意的「後現代」的設計，那麼書本封底上的一段煞有介事的話——「追問」、「人民超越領袖」……云云就不知如何理解了，而終至連對「李政男」的「追問」和指控也自我解構。此外，作者聰明地使用布萊希特劇場常見的技法——讓演員（敘述者）面對觀眾扯淡；在現實的幻覺中突然讓「李國章」的亡靈和上帝瞎掰一場。如果布萊希特要藉此向觀眾彰顯歷史與生活的本質，從而激發改造的決心與實踐，那麼，由於《撒謊的信徒》缺少史觀、缺少對歷史與生活的本質的「追問」，技巧依然只是技巧而已。

但除了這些本質性的難題，這本書的優點是顯而易見的。特別是對於我這遭受過二度逮捕與拷訊的讀者，作者對被捕後絕望地與外界隔離時所看到偵訊機關神秘的長廊、光影，以及逼供者逼問的口氣、用語和氣氛，讀之恍若再歷其境。在很多地方，張大春的敘述有大作家的創意和風範。例如寫迴光返照的祖母在井邊梳洗；以日本軍伕葬身南洋戰場的亡兄的幽靈戀家返鄉（頁七五），寫一個少年突兀地闖進「二月革命」，被謝阿女的風采所魅，在埔里戰地擁被瞭望，心中呼喚著「又可以為她作戰一天」（頁八三—八五）；「李政男」在飛機上過換日線時思念亡兒流淚的場景（頁二〇二）。這些段落實在是高手大家的手筆，讀之難忘。至於書中有不少史實末節和某些具體情況不符合，但作為小說，這些都不是重大的問題。總地說，《撒謊的信徒》缺少的是思想，絕不缺少技巧和藝術。

一九九六年六月

初刊一九九六年六月十日《聯合報・讀書人周報》第四十一、四十二版

「東亞冷戰與國家恐怖主義」學術研討會・主導思想

1

從十七世紀開始，西方重商主義的殖民主義就向亞洲擴張。十九世紀前半，以產業資本主義為基礎的帝國主義，向落後、遼闊的亞洲，藉船堅利炮，以征服、割地、賠款開港和殖民地化等手段，把古老的東方強行拉進了世界史的現代。一八四〇年鴉片戰爭，使中國向半殖民地淪落。此時日本經濟迅速進入早產的帝國主義階段，晉身列強，展開侵略亞洲，使亞洲殖民地化的行程。一八九五年，台灣割讓給日帝，成為日本殖民地。一九一〇年，朝鮮半島也淪為日本帝國主義的殖民地。

殖民地化的過程，充滿著暴力、鎮壓、屈辱和掠奪。台灣和朝鮮兩地殖民地化的過程，都首先遭遇到貧困農民前現代的，卻堅強而激烈的武裝游擊抵抗，也都緊接著開展了現代意義的民族解放漫長鬥爭。迨一九三一年，日本帝國主義悍然向中國和亞洲開啟了野心勃勃的十五年侵略戰爭。中國（其中包括台灣）、朝鮮、越南和東南亞各族人民於是相應地展開了反對法西斯主義、爭取民族解放和國家獨立的鬥爭。亞洲大地上的民族、民主運動，在世界反法西斯戰爭的烽火中受到了嚴厲的鍛鍊，取得了巨大的發展，終於在一九四五年迎來了全面的勝利。

然而，對於被壓迫各族人民，勝利絕不曾為他們帶來真實的解放、和平與獨立。在二戰後不久爆發的中國內戰中，美國以軍火和金錢全面支持腐敗的國民政府，反對中國人民的新民主主義變革運動。在朝鮮半島，美國扶植李承晚政權，反對朝鮮人民的統一運動，而朝鮮戰爭則重新固定朝鮮半島南北分斷的結構。在菲律賓，美國在實質上將菲律賓變成美國的殖民地。在中南半島上，英勇的越南人民在奠邊府一舉打敗企圖重新建立在舊安南殖民統治的法國之後，竟迎來了比法國更為凶惡的新帝國主義者美國，使越南的民族解放戰爭更為艱苦。

戰後美蘇間的冷戰，在一九五〇年的朝鮮戰爭中達到了高潮。韓戰所確立的世界冷戰體制，使中國的海峽兩岸和朝鮮的南北雙方，飽受民族分裂、家族離散、同族相仇的重大悲劇。美國以政治、外交、經濟和軍事支持，在亞洲、非洲和拉丁美洲培養和鞏固了無數以反共—國家安全為大義名分的軍事獨裁政權，對各國、各族人民的民族解放運動、民族民主革命的人脈、組織、哲學、社會科學以及審美等傳統和體系，進行殘酷、全面、徹底的清洗（purge），造成以美國帝國主義為根柢的、全球範圍的、組織性國家暴力和恐怖，對各族人民人權、民主主義以及民族解放的文化、歷史、思想傳承，施加毀滅性的殘害，影響至為深遠。

一九八〇年代中葉以後，在世界資本主義的歡聲中，蘇聯和東歐的「社會主義」體制突然瓦解。一個由美國單極獨霸的世界，儘管帶著千瘡百孔，宣告其成立。冷戰中的兩造，由於蘇聯的退陣，只剩下美國單方面的狂笑和暴言：「意識形態的時代告終！資本主義、『民主』與『自由主義』終於獲得了歷史應得的勝利！」

這資本主義和「民主」、「自由」的最終勝利論，已形成強有力的意識形態，通過資本主義大國的學園、大眾傳播和政客，進行這些偷天換日的宣傳：

(一)大肆宣揚所謂民主、自由、人權、議會政治、資本主義經濟……已經被證實為普世公認的價值，從而掩蓋這些口號下長期累積的腐敗、歧視、不正義和倨傲；掩蓋美國在戰後五十年間因支持世界各地以專制統治發展經濟的政權所造成罄竹難書的反民主、反人權的滔天罪行；掩蓋美國為自己的戰略利益而分裂別人的民族，並且在這民族分裂構造上將國家暴力和恐怖不斷地擴大再生產的事實。

(二)大肆宣揚「私人企業」、「自由競爭」、「自由市場和貿易」的理念和實踐創造了「四小龍」的發展奇蹟，從而掩蓋了美國為了自己的戰略利益所支持的反共軍事獨裁政權的國家恐怖，血腥地清除了各地力爭獨立的、公正的、以人為中心的經濟發展的勢力，讓以美國資本為首的外來資本得以取得支配地位，讓美國、日本的資本、技術和市場的邏輯恣意左右亞洲各區從國家／地區的經濟、政治、學術和意識形態，並且造成結構性腐敗、貧富不均、環境生態系的崩潰……這些事實，甚至進一步美化「獨裁下經濟發展」，美國獨裁者與其獨裁體制。

（三）透過學術交流、留學政策所養成的各地美國化西方精英知識分子，大肆宣揚反共的、「自由主義」的、保守主義的哲學、社會科學、歷史學和審美等意識形態，配合冷戰和國家恐怖，全面否認、誣蔑抹殺和湮沒亞洲各地民族解放鬥爭的歷史及其正統性和正當性，歪曲、醜化亞洲民族民主鬥爭中所表現的、反對帝國主義壓迫、面向人的終極解放理想和價值，而且眾口鑠金，終致造成深受其害的亞洲人自己否定和扭曲自己的民族解放鬥爭的歷史和價值，導致廣泛的自我否定和意識、思想的倒錯。

（四）以「世界新秩序」論，製造後冷戰時代「自由」、「民主」、「繁榮」的普遍化幻想，來掩飾美國一極獨霸、美國一國的政治、軍事、外交和經濟支配世界，以貿易、資本、技術為手段，知識產權、人權、民主政治為藉口，對他國內政橫加干涉，將大國意志和價值強加於人。

（五）特別是在最近，西方和日本的意識形態宣傳機器，誇大加碼宣傳台灣和韓國「民主」、「普選」的意義和價值，亦在誇大加碼宣傳美日在亞洲半世紀支配構造的合理性。這種誇大宣傳，無非是為了湮沒亞洲依附性現代化過程中所積蓄的腐敗、黑暗和從未清算的暴力與恐怖；掩飾美日帝國主義繼續干預他國內政，使海峽兩岸和朝鮮半島分裂固定化的企圖。

為了展望東亞新的歷史時代，探索一個以人為中心的、可以持續的經濟發展（sustainable development），實現東亞的民主和平、和解與人的終極性價值的社會，我們痛感到有必要科學地、批判地檢證亞洲現代的百年中殖民與解放、支配與反抗、侵略與反侵略的歷史；有必要科學地、批判地回顧戰後五十年冷戰與內戰雙重構造下亞洲的反共國安體制、國家的暴力與恐怖機制及其深遠的影響，以便站在這亞洲現代史的百年與戰後五十年所樹立的民眾的價值、思想的原點，究明亞洲社會史和政治史的本質。我們不能允許蘇聯和東歐的瓦解，即所謂「社會主義崩潰」，和「後冷戰」時代的來臨，進而成為對於亞洲和世界被壓迫民族和人民為反抗壓迫、為了人和民族的解放所付出的巨大犧牲遭到嘲笑、歪曲和否定，成為冷戰構造下反共軍事獨裁政權和獨裁者的美化與正當化。

此外，在冷戰體系下一直成為東亞對立、緊張情勢之焦點的台灣與韓國，在它們的「經濟奇蹟」被過度張揚之餘，八〇年代以後，台灣和韓國的經濟逐漸呈現某種「準帝國主義」性質。台、韓資本對亞洲各地的侵透，和越境湧流到台、韓地區的外國勞動者問題，已愈見嚴峻。新的種族歧視和種族排外主義正在較發達的亞洲社會中形成。妄圖以跨國境的階級／民族壓迫與剝削，製造亞洲人民間的分裂與對立，來維持現有體制的趨勢，正要求我們以新的國際主義覺悟，對抗準帝國主義的壓迫。

一九九六年七月

一九四七年，在美國默許下，國民黨軍隊血腥鎮壓了要求民主化改革、要求台灣高度自治的民眾，近兩萬人遭到恐怖屠殺。一九四八年在韓國的濟州島「四三」事件中，美國直接進行干預，屠殺了六萬主張排除外來干涉，促進南北統一的韓國人民，另外有好幾萬人被送進監獄。韓戰爆發之後，美國第七艦隊封斷台灣海峽，方便國民黨大開殺戒，以肅清共產黨人之名，在台灣殺害了四千人，八千人到一萬人投獄，颳起了秘密、非法逮捕、拷問、審判和執行的白色恐怖腥血風雨。在這種高度恐怖獨裁體制下，台灣完成了以外（美）資為主導的經濟發展，並且在八〇年代中葉以後，反共、反中國、反統一，以及反民族解放的勢力，作為上述的歷史否定和意識倒錯現象而蓬勃發展。二次戰後，台灣確實是受到冷戰—內戰構造戕害最烈的地區之一，集結了民族、階級和意識形態的重大矛盾。

在冷戰的五十年中，在遼闊的東亞，死於國家組織性恐怖的人，不計其數。要求行政當局清理具體的歷史事實，深切追悼死難者，並適當平反和恢復名譽，給予適當的賠償，這不僅是台灣和韓國民眾的要求，也是中國大陸、朝鮮民主主義共和國以及亞洲各地人民的普遍心聲。清理冷戰和國家恐怖的歷史，發掘被湮沒歷史的真相，是東亞各族人民的共同願望。我們要作為東亞廣泛人民共同的事業，求其實現。

也因為這樣，我們深感必須力爭從民眾的立場去奪取真正結束冷戰的勝利，從而展望和創造東亞新的歷史之餘，決定和韓國、日本學界和運動圈，籌畫一場「東亞冷戰與國家恐怖主義」（The Cold War and State Terrorism in East Asia）的討論會。

約作於一九九六年七月

本文依據「東亞冷戰與國家恐怖主義」學術研討會邀請函附件打字稿校訂

---

1 本篇為第一屆「東亞冷戰與國家恐怖主義」學術研討會邀請函（一九九六年七月十日）之附件，用以說明該次國際討論會之主導思想。「東亞冷戰與國家恐怖主義」學術研討會，時間：一九九七年二月二十二－二十三日；地點：台北市劍潭海外青年活動中心；主辦：東亞冷戰與國家恐怖主義學術研討會執行委員會；承辦：台灣秘書處、台灣地區政治受難人互助會；協辦：韓國事務局、日本事務局；後援：中國統一聯盟、夏潮聯合會、勞動黨、台灣社會科學研究會。

「東亞冷戰與國家恐怖主義」學術研討會・會議旨趣[1]

隨著蘇聯與東歐既有社會主義圈的瓦解，以美蘇兩極對抗為主軸的世界冷戰解消，原本在冷戰支配範圍內的國家，從政權到經濟制度、社會制度紛紛轉化或更替。在「自由化」、「民主化」和「國際化」的共和大合唱下，資本主義在全世界跨國暢行，資本主義的「全球化」得到了空前的進展，全世界進入美國單極支配的後冷戰時代。

曾為東亞冷戰前線的台灣，在這大潮流中，從一九八七年的解嚴為轉捩點，進入新時期。解嚴後的十年中，最突出的現象莫過於其「本土意識」的霸權化，掩蓋了階級意識和正確的歷史認識。表現在政治上，「新台灣」、「大台灣」、「咱台灣」成了全社會最有效的動員令，強力地瓦解了虛構的老法統體制，野心勃勃地向國家辦公室、國家議壇、校園與媒體伸手。但撥開現象的迷霧，探究事物的本質時，人們發現一切與戒嚴時期不曾有根本的變化。以中共為假想敵的「國家安全」論與以勝共發展為主旨的「國家競爭力」仍舊是朝野的首要政綱；今日的「戒急用忍」

與過去的「臥薪嘗膽」一樣是民族對峙的策略語。更糟的是，為過去保衛政權不擇手段、為「國家安全」不惜愚民、不惜放縱物欲，使叢林法則成為今日社會原理，怪力亂神是社會現象的同義語。而「本土意識」者，只不過是「冷戰—戒嚴」政治下，因反共而不以民族相仇對峙為恥的意識形態符號而已。它是「冷戰—戒嚴」思想和價值的繼承而非其超克，是冷戰時代的殘留物。

為求得思想意識形態上的真正解嚴，從思想認識上去克服「冷戰—戒嚴」結構是很重要的課題。溯源到這結構起源的五〇年代，去探究其結構化的過程，了解其原理，具有現實的意義。而且「冷戰—戒嚴」的結構化，是通過一次針對依美國全球利益判定「有害」的人、事、思想、哲學、意識形態，由國家機關發動全社會的暴力鎮壓和洗滌，而確立其統治地位的，那就是五〇年代白色恐怖。無數人在毫無抵抗能力下，被非法監視、逮捕、拷問、審判、監禁、刑殺。民族解放的知識、思想、哲學被滅絕，從此極端的反共、親美意識支配一切。重新正視白色恐怖的具體歷史，真心傾聽歷劫者的證言，是重塑完全的知識、史觀、世界觀的關鍵。

從戰後世界史的視野看待，五〇年代大規模的國家暴力在台灣的展現，絕非特殊的、孤立的歷史事件。由美國支持、由美國影響下各反共獨裁政權發動的大恐怖，普遍地、同時地也發生在東亞各國，雖然彼此之間形式不同（如韓戰與台灣五〇年代白色恐怖），但本質是相同的，都是東亞冷戰與國家暴力結合下的產物。因此，要把台灣的「冷戰—戒嚴」結構放在東亞冷戰的宏觀背景中來看，才能掌握開啟五〇年代各國由政權發動的恐怖主義內幕的鑰匙。

有鑑於此，我們和韓國、日本的朋友，進步的學者、專家、社會運動家，共同舉辦「東亞冷戰與國家恐怖主義」學術研討會，彼此交換在共同的東亞冷戰支配下各國的具體歷史經驗與各自的省思，以期更客觀、更宏觀地認識東亞冷戰與各國國家暴力的關係，以及在這結構下的人的共同命運與展望，進而增進彼此間的了解與真誠的團結，共創和平的世界。對台灣來說，將台灣戰後特殊歷史與東亞冷戰的普遍歷史結合起來，將國家暴力與東亞冷戰聯繫起來，才能踏出「本土意識」感情論和道德論的框框，對戰後台灣社會和歷史的本質，獲致科學的、本質的認識。將於二月二十二日至二十三日在台北劍潭海外青年活動中心舉行的研討會，內容包括：學術研討會、文化座談會與證言會。以各種活動試從人的角度、文化的角度、思想的角度、歷史的角度來提供一個共同昇華的空間，一條政治和思想解嚴之路。

約作於一九九六年七月

本文依據「東亞冷戰與國家恐怖主義」學術研討會邀請函附件打字稿校訂

1 本篇為第一屆「東亞冷戰與國家恐怖主義」學術研討會邀請函（一九九六年七月十日）之附件，用以說明該次國際討論會之會議旨趣。「東亞冷戰與國家恐怖主義」學術研討會，時間：一九九七年二月二十二—二十三日；地點：台北市劍潭海外青年活動中心；主辦：東亞冷戰與國家恐怖主義學術研討會執行委員會；承辦：台灣秘書處、台灣地區政治受難人互助會；協辦：韓國事務局、日本事務局；後援：中國統一聯盟、夏潮聯合會、勞動黨、台灣社會科學研究會。

一個人身上「住著」兩個人

短評《雙身》[1]

這是「女性主義」、「同性愛」成為流行論述的當前，以同一個身體中生理性別與心理性別，即肉體的性別與認同的性別的剝離、矛盾為題材的小說。小說的「動作」，是一個男形而女身的「林山原」，焦慮地急於尋找在日本東京某地的「貓眼咖啡店」，以便在那兒找到一個「池源真知子」，來解明何以自己變成男形女身的原委，因為這林山原的敘述者，失去了邂逅池源時的一段記憶。在這追尋、挫折、返回香港的過程中，「林山原」與「阿徹」、「秀美」、「妹妹」和分別叫作「湯」和「康」的男男女女發生繁複的關係，呈現一個性別的形與質混亂倒錯的愛欲和苦惱的喘息。

不同的生理性別與心理性別寓於一個肉體，一個人身上就「住著」兩個人了。一個是生理學上的存在，另一個是心理學上的存在。兩者寓於一體，就形成了對立，互相界定，互相矛盾又互為條件的關係。生理和心理的存在，自然也成為第一人稱與第二人稱的關係，即第一人稱與第二人稱之間一分為二，又合二為一的獨特的關係。

小說敘述觀點的建立，是營造小說世界時確立敘述角度、視角的重要前提，其目的，在建設一個可信、可理解、可推想的世界與秩序，因此，小說敘述的人稱，一般只允許使用一個人稱：全知觀點的第三人稱，限制在所設定敘述者年齡、背景等諸條件的第一人稱，和第一人稱的變種即第二人稱。

但是在《雙身》這篇小說，作者適應了性別認同倒錯者獨特的人稱倒錯，一口氣在這篇小說中使用了三種人稱，使讀者頻頻跟著改變視角——也跟著改變性別認同，相當有效地一窺生理性別與心理性別又矛盾又統一，既緊張對立又渾乎一體的世界。

但這敘述人稱的複雜化，固然乍見鬧熱非凡，但也絕不是通篇順暢合理。例如同時出現兩個身分不同的第一人稱；指謂不明的第一人稱；作為直接以第一人稱出現與作者設定為敘述者的第一人稱間的矛盾……這些人稱、觀點上的「交通事故」，時而嚴重破壞著作者刻意營造的小說世界裡的秩序。

不可否認，作者在個別的段落，表現了對於身體、官能、愛欲獨特的敏感與表現力，雖豔而不淫，卻也難掩頹廢。性別倒錯之世界，乍見是愛欲的焦慮與喘息，但也不乏觸及靈魂深部的苦難(suffering)和約伯式的被棄置者為救贖而掙扎的獨白。只寫前者不免猥小，能寫後者，其成功者可以通大文學之心靈矣。

一九九六年八月

初刊一九九六年八月二十五日《聯合報・副刊》第三十七版
收入一九九七年一月聯經出版社《雙身》（董啟章著）

1　本篇為一九九五年第十七屆聯合報文學獎長篇小說特別獎決審的評審意見。

陳映真全集（卷十五）
THE COMPLETE WRITINGS OF CHEN YINGZHEN (VOLUME 15)

作者　陳映真
全集策畫　亞際書院・亞太／文化研究室
策畫主持人　陳光興、林麗雲
執行主編　宋玉雯
執行編輯　郭佳
版型設計　黃瑪琍
排版／印刷　中原造像股份有限公司

出版者　人間出版社
發行人　呂正惠
社長　陳麗娜
總編輯　林一明
地址　108台北市萬華區長泰街五十九巷七號
電話　886-2-2337-0566
傳真　886-2-2337-7447
郵政劃撥　11746473・人間出版社
電郵　renjianpublic@gmail.com

初版一刷　二〇一七年十一月
定價　一萬二千元（全套不分售）
ISBN　978-986-95141-3-2

國家圖書館出版品預行編目（CIP）資料

陳映真全集／陳映真作. -- 初版. -- 臺北市：
人間, 2017.11
23冊；14.8 ×21 公分

ISBN 978-986-95141-3-2（全套：精裝）

848.6　　106017100